WOHIN DIE LIEBE FÜHRT

Band 2 der Serie, Heimkehr nach Green Valley

von

VIRNA DEPAUL

WOHIN DIE LIEBE FÜHRT
Copyright © 2016 by Virna DePaul

INHALT DES BUCHES

Als Zweitältester von fünf irischen Brüdern lebte Conor O'Neill sein Leben immer frei und ungebunden. Doch der Tod seiner Mutter wirft ihn regelrecht aus der Bahn. Zusammen mit seinem ältesten Bruder erkundet Con nun neue Möglichkeiten in GREEN VALLEY, Kalifornien, wo seine Mutter aufgewachsen ist. Da er der Faszination des großartigen weiten Pazifik erliegt, eröffnet er im nahegelegenen Timber Cove einen Surf-Shop. Und hier begegnet er auch der rassigsten Braut, die er je gesehen hat.

Madlyn Sanchez ist überrascht, dass der irische Surfer an ihr Gefallen zu finden scheint. Da sie älter als er und obendrein eine ehrgeizige Hochzeitsplanerin ist, könnte sie nicht unterschiedlicher sein als Conor. Eines jedoch haben sie gemeinsam: Sie suchen beide nach einem Neuanfang. Ehe Madlyn weiß, wie ihr geschieht, beginnen sie eine unglaublich leidenschaftliche Romanze. Aber als Madlyn ihre Verantwortlichkeiten in San Francisco nicht mehr länger beiseiteschieben kann, küsst sie Conor zum Abschied und wünscht ihm alles Gute.

Conor merkt, dass ihm Madlyn mehr fehlt als er sich jemals hätte vorstellen können. Gleichzeitig weiß er, dass er sich eine einmalige, vielleicht sogar die beste

Gelegenheit entgehen lassen würde. Deshalb schließt er kurzerhand seinen Laden, um Madlyn nachzujagen. In San Francisco findet er die Wahrheit über Madlyns wirkliches Leben heraus – sie hat ein Kind und einen Ex-Ehemann, die beide immer noch bei ihr wohnen. Gerade erst hat Con gelernt, sich auf eine Frau festzulegen – ist er imstande, sich auch auf ein Kind festzulegen?

Mutter und Sohn erobern Cons Herz im Sturm. Aber kann ein irischer Draufgänger, dem seine Freiheit einstmals über alles ging, die Liebe seines Lebens überzeugen, dass er sich nur allzu gerne binden und Wurzeln schlagen würde, während er ihr gleichzeitig beibringen will, abzuheben und zu fliegen?

KAPITEL EINS

Das Großartige am weiten Pazifik war nicht, wie majestätisch er an einem wolkigen Novembermorgen aussah. Es waren nicht die Wellen, die weiße Schaumkronen trugen, wenn er launisch war, und auch nicht der Anblick der sinkenden Sonne am Ende eines langen Tages. Es war der Stolz, den das Meer dabei ausstrahlte.

Mit seinen fünfundzwanzig Jahren war Conor O'Neill zu dem Schluss gekommen, dass er, falls er sich jemals verlieben und jemals einer Frau, die nicht seine Mutter war, diese magischen drei Worte sagen sollte – dann würde es eine Frau sein, die genauso stolz wie der Pazifik war.

Das Meer fragte nicht scheu, es war nicht unsicher, wohin es gehen und wie es leben sollte. Es driftete nicht ziellos von Land zu Land. Es wusste einfach, was zu tun war, wie es sein sollte, und tat all das ohne Reue, ganz gleich, ob es friedlich war oder wütend oder irgendetwas dazwischen.

Als Con die Wellen von seinem Liegestuhl auf der Veranda seines neuen Surfladens in Timber Cove, Kalifornien beobachtete, fragte er sich, ob er jemals eine Frau finden würde, die ihn erden und ihn mit demselben Staunen erfüllen konnte wie das Meer, wann immer er sie sah. Das Gefühl, gleichzeitig zu Hause und dennoch sorglos frei zu sein. Er warf einen Kieselstein und beobachtete, wie er über den Sand hüpfte.

Wohl kaum. Con war mit vielen wunderbaren Frauen ausgegangen, doch der einen war er noch nicht begegnet, die ihn in Versuchung geführt hätte, sein Wanderleben aufzugeben. Vielleicht kam das daher, weil es einfach schwer war, jemanden zu finden, der seiner Mom, die vor gerade mal zwei Monaten gestorben war, das Wasser reichen konnte. Die Königin seines Herzens hatte einen hohen Standard gesetzt. Oder vielleicht war es, weil er selbst das Leid gespürt hatte, das man erlebte, wenn man zu sehr an einem Menschen hing, besonders wenn es ein Partner oder ein Kind war.

Er hatte gesehen, wie sehr sein Bruder am Boden zerstört gewesen war, nachdem er zuerst sein Baby Ryan und dann seine Frau Elizabeth verloren hatte, als unfassbares Leid ihre Ehe zerrissen hatte. Er hatte gesehen, wie seine Mom den Tod seines Dads betrauert hatte. Und natürlich litt Con noch immer unter dem Tod seiner Mutter, die mit nur fünfzig Jahren an einer Gehirnblutung gestorben war. *Viel zu früh.* Er wusste nicht, ob er es auch noch ertragen könnte, jemals Frau oder

Kind zu verlieren.

Zu viel Schmerz, dachte er. Es fiel ihm schwer, sich vorzustellen, alles auf eine Karte zu setzen. Auch wenn er seine Mom und seinen Dad geliebt hatte, genauso wie er seine vier dämlichen Brüder liebte, war es vielleicht besser, nicht zum Leid beizutragen, das Familien manchmal ungewollt auslösten. Anders als sein ältester Bruder Quinn, der vor kurzem einen Fernbeziehungs-Tanz mit seiner Freundin in Miami angefangen hatte, kam Conor zu dem Schluss, sein eigenes Ding machen zu wollen, unbelastet und frei, ohne Wellen zu schlagen.

Anders als der Pazifik.

Ein Tag nach dem anderen war sein Motto, und heute wartete er auf die Kids, die zum Anfänger-Surfkurs angemeldet waren. Er hatte den Surfladen gerade erst vor drei Wochen von seinem Vermieter übernommen und sich schon in die kleinen Gauner verliebt; das Beste war immer das Ende des Kurses, wenn sie nach einer Menge Spaß mit strahlenden Gesichtern mit ihren Eltern nach Hause gingen.

Keine Schlafenszeit-Dramen, keine Hausaufgaben, um die er sich kümmern musste. Nur er, seine Musik und eine Flasche Parker House Shiraz direkt aus den fruchtbaren Hügeln von Green Valley.

Und das Meer natürlich.

Auf das Meer konnte er sich immer verlassen.

Noah war der erste. Er war ein cleverer Junge, elf Jahre alt, missverstanden von seiner Mom und seinen Geschwistern. Als mittleres Kind wurde er meistens ignoriert, bekam jedoch immer dann die Schuld zugeschoben, wenn etwas schief ging. Conor konnte sich damit identifizieren. Noahs Mutter hatte angefangen, ihn zum Surfunterricht zu bringen, als sein Therapeut vorgeschlagen hatte, dass ihm eine Aktivität guttun würde, der er alleine nachgehen konnte; etwas, das ihn stolz machte.

Seine Mutter, eine ziemlich heiße Braut, die immer einen Pferdeschwanz und Yogahosen trug, winkte ihm von ihrer Luxuslimousine aus zu, während Noah mit seinem Surfboard über den Strand getrottet kam. Wie Con trug er immer einen Neoprenanzug. „Hey", sagte er.

„Bereit für die Wellen, kleine Made?" Con sprang die Stufen vom Laden hinunter und landete mit seinen Füßen im kalten, feuchten Sand. Er zerzauste Noahs zottige braune Haare, die ihm in die Augen fielen.

„Warum bezeichnest du uns eigentlich immer als Maden? Kannst du uns nicht leiden?"

„Made ist ein vollkommen legitimer Ausdruck. Noah. Es bedeutet so viel wie Bruder, Kumpel, Typ, den ich mag."

„Ich bin mir so ziemlich sicher, dass er Fliegenlarve bedeutet, Mr. O'Neill."

Conor lachte. „Con." Er beobachtete, wie zwei Autos anhielten und zwei weitere Schüler ablieferten – einen Jungen und ein Mädchen. „Ich hab dir doch gesagt, dass du mich Con nennen sollst."

„Mr. O'Neill, haben Sie meinen Kratzer gesehen? Sehen Sie?" Noah schob den Ärmel seines Neoprenanzugs hoch, um ihm eine lange, rote Spur zu zeigen. „Das war meine Katze, als ich mit ihr am Veterinärstag gerauft habe. Mom sagt, dass sie immer noch ein Teenager und deshalb launisch ist."

„Dann solltest du vielleicht besser nicht mit ihr raufen", bemerkte Con und dachte *Veterinärstag?* Ah, der kleine Gauner meinte Veteranentag oder Rememberance Day, wie der Tag in Irland genannt wurde, auch wenn er dort kein offizieller Feiertag war. Conor lächelte Miquelle und Wenzel an, die über den Sand auf sie zu gerannt kamen. „Also gut, meine Herren, meine Dame, dann wären wir ja vollzählig. Sollen wir anfangen?" Er klatschte in die Hände, um sich zu motivieren, doch er war sich nicht sicher.

Miquelle umarmte Cons Bein, dann wirbelte sie ihr pink-gelbes Surfboard wie eine Drehtür herum. „Meine Mom sagt, du hast einen sexy Akzent, doch mein Dad meint, du bist ein zielloser Gammler. Was bedeutet das?"

„Sexy bedeutet, dass ich in meinem Neoprenanzug umwerfend aussehe. Auf geht's jetzt!" Con blickte hinaus aufs Meer, als er die Kinder ans Wasser führte. Oben an der Straße hielten noch zwei Autos in der Nähe der großen Felsen an, doch all seine Schüler waren bereits da.

Miquelle lachte. Sie hatte in den wenigen bisherigen Unterrichtsstunden bereits Cons Humor begriffen.

„Sie will wissen, was ein zielloser Gammler ist", sagte der zehnjährige Wenzel, der sein Surfboard durch den Sand hinter sich her schleifte.

„Ich weiß, was sie meint, Schlauberger. Ich habe nur

einen Witz gemacht. Es bedeutet..." Er drehte sich zu Miquelle um, die links neben ihm her lief. „... dass dein Dad mich nicht sonderlich gut kennt. Ich bin nämlich ein ziemlich scharfsinniger Geschäftsmann in der *Gestalt* eines ziellosen Gammlers. Das macht meinen Charme aus." Er warf ihr ein schiefes Lächeln zu.

Zumindest hoffte Con darauf, genau das zu werden – ein scharfsinniger Geschäftsmann. Er hatte das Meer schon immer geliebt, doch nachdem er Dublin verlassen hatte, um nach Green Valley zu gehen, hatte er seine Liebe zum Pazifik mit dem Kindheitstraum seiner Mutter vereint, eines Tages einen Surfladen zu eröffnen. Dadurch fühlte er sich ihr näher, denn es betäubte seine Trauer ein bisschen, doch es gab ihm auch einen Lebensmittelpunkt in einem fremden neuen Land, etwas, das seine Brüder in Form der Vorbereitungen für ihr neues Restaurant, *The Stylish Irish*, gefunden hatten, weniger als eine Stunde entfernt in Forestville. Die offizielle Eröffnung sollte am Donnerstag sein, und Con hatte keinen Zweifel daran, dass es eine große Sache werden würde, auch wenn einige Leute in Green Valley die O'Neill-Brüder nicht gerade mit offenen Armen aufgenommen hatten. Unter diesen Miesepetern war unter anderem auch ihr Großvater mütterlicherseits.

Egal.

Con und seine Brüder bildeten eine geschlossene Front; trotz gelegentlicher dummer Streiche und belangloser Streitereien (und davon gab es eine Menge) waren sie unzertrennlich. Auch wenn Con eine Stunde entfernt lebte, kamen die fünf mindestens einmal pro Woche zusammen, um Schwarzgebrannten zu trinken, und Con hatte im vergangenen Monat freiwillig viele Stunden im Restaurant gearbeitet. Er war stolz auf seine Brüder, auch wenn sie –genau wie ihr Dad – ihn nicht wirklich verstanden.

Für sie würde er immer der flatterhafte Träumer bleiben, der auf seltsame Dinge wie Yoga und Meditation stand. Brady hatte die Augen verdreht, als er erfahren hatte, dass Con einen Surfladen eröffnen würde, und die Zwillinge hatten gescherzt, dass Con das nächste Familienmitglied wäre, das ins Gras beißen würde – aufgrund einer Haiattacke. Doch Con wusste, dass seine Brüder jederzeit hinter ihm standen.

Sein Dad dagegen…

Wann wirst du endlich einen gottverdammten Fisch aus dem Wasser ziehen?, hatte sein Dad ihn vor zwei Jahren im Büro des Familienrestaurants *The Crazy Yankee* angebrüllt. *Wann hast du vor, endlich mal eine verdammte Sache durchzuziehen, Con?* Es hatte nicht gut geendet. Danach hatten sie tagelang nicht miteinander geredet, und ein paar Wochen später war das *Yankee* von einem Brand verwüstet worden und Dad war an einem Herzinfarkt gestorben.

Er hoffte, dass sein Dad ihn jetzt sehen konnte. Mom war immer stolz auf ihn gewesen und hatte ihn bei jeder Gelegenheit verteidigt. Doch Dad? Wahrscheinlich würde sein streng katholischer Vater ihn dafür schelten, dass er sonntags Surfunterricht gab, nachdem das ja der Tag des

Herrn war und so weiter.

Con seufzte und schloss die Augen.

Als er sie wieder öffnete, war seine Begeisterung zurück. „Okay, stellt euch auf, Füße auseinander, und dann will ich euch stretchen sehen. Streckt euch hoch in den Himmel, auf geht's…" Er stellte sich vor seine drei Schüler und streckte die Arme aus, dann reckte er sich in Berghaltung gen Himmel, als wollte er die Wolken pflücken; danach berührte er mit den Fingerspitzen den Sand. Die Kinder machten es ihm nach und folgten ihm durch die Hund-, die Krieger-, die Dreiecks- und Kindhaltung und atmeten und lauschten den Wellen. Con war stolz auf seine Kids.

Etwa zwanzig Meter weiter sammelte sich eine kleine Gruppe bei den großen Felsen. So wie es aussah, waren es Braut und Bräutigam. Sie hatten Cons Surfklasse den Rücken zugedreht, doch die Braut trug das aufwändigste Brautkleid, das er je gesehen hatte. Um sie herum flatterten die zart grünen Kleider der Brautjungfern im Wind, die sich mit rosa Blumensträußen in der Hand auf kleinere Felsen drapierten, während die Männer in Smokings wie ein Haufen Bekloppter herumblödelten.

Ihnen gegenüber stand ein Fotograf um die Fünfzig, mit dicken, zerzausten Haaren und Bierbauch, und wartete darauf, dass sich der Haufen endlich zusammenriss.

Die Braut warf Con verächtliche Blicke zu, während der Bräutigam immer wieder seine Fingernägel kontrollierte, während die anderen versuchten, sich zu organisieren. Doch das Interessanteste an der bunt gemischten Gruppe war ein feines Exemplar von einer Frau, die den anderen gegenüber stand und die anderen begleitet von Gesten herumkommandierte. „Da, genau so, nein, nicht so, anders rum." Sie blickte zu Con herüber und seufzte entnervt. „Nach links. Nein. Warte. Ich mach das."

Con schloss die Augen und tat so, als wäre sie nicht auf dem Weg zu ihm, auch wenn das bisschen, das er bisher von ihr gesehen hatte, kaum zu ignorieren war. Kurven, Bamm! Sexy kastanienbraunes Haar, das sie zu einem Chignon hochgesteckt hatte, Bamm! Perfektes Makeup, auch wenn sie ein bisschen stärker geschminkt war, als er es gewohnt war, Bamm! Doch was ihn am meisten erstaunte: ihre hohen Absätze hier, am Strand. Wie konnte sie mit denen nur am Strand laufen? Con hatte keine Ahnung.

„Lasst allen Stress hinter euch", sagte er zu seinen Schülern. „Vergesst die Hausaufgaben, den Rüpel in der Schule, vergesst eure Geschwister, die euch nicht kapieren. Das Meer versteht euch…" Con atmete ein. „Schließt eure Augen, und hört den Wellen zu. Lauscht auf das Rauschen des –"

„Ähem."

Con atmete aus.

Und öffnete ein Auge.

Das elegante Pin-Up Girl stand da, eine Hand in die Taille gestemmt. Ein schneller Blick bestätigte, dass sie keinen Ring am Finger hatte. Sie trug einen schlichten schwarzen Rock und eine Spitzenbluse mit Ausschnitt, der den Blick auf ihre perfekten, vollen Brüste freigab, die zu einem atemberaubenden Dekolleté hochgepuscht waren. Die Kinder musterten sie, dann starrten sie Con erwartungsvoll an.

„Hallo?", rief die Frau ein wenig entnervt.

„Atmet, Jungs und Mädels", wiederholte Con und schloss seine Augen wieder. „Schiebt alle Ablenkungen von euch…"

„Können Sie mich nicht hören, oder ignorieren Sie mich einfach?"

Con blinzelte durch seine gesenkten Lider die gereizte Frau an. „Natürlich können wir Sie hören. Ist ja nicht so, dass Sie leicht zu ignorieren wären." Er warf ihr ein spitzbübisches Grinsen zu. „Ich hatte nur darauf gewartet, dass sie ein wenig höflicher sind. Kann ich Ihnen helfen?"

Sie schnaubte und presste die Lippen zusammen. „Ja, das können Sie. Meine Klienten da drüben wollen das Licht des Sonnenuntergangs für ihre Hochzeitsfotos nutzen. Würde es Ihnen etwas ausmachen, woanders hinzugehen, während wir das tun? Sollte nicht länger als eine Stunde dauern. Danke." Ohne eine Antwort abzuwarten, ging sie davon.

„Eine Stunde? Mehr habe ich nicht für meinen Unterricht hier!"

Die Frau blieb stehen und drehte sich wieder um. „Und das tut mir leid. Doch das Letzte, was meine Klienten gebrauchen können, ist ein Haufen *Surfer* im Hintergrund ihrer Fotos. Wenn Sie darum ein bisschen weiter hoch in Richtung der Bretterbude da gehen könnten?" Sie deutete auf das Holzhaus, das neben seinem

Laden *The Big CeltHuna* auch seine Wohnung beherbergte und zehn Meter weiter oben in Richtung Straße gelegen war.

„Dann wollen Sie also, dass ich meinen Surfunterricht da oben abhalte, wo kein Wasser ist?" Con runzelte die Stirn.

Die Frau, die feiner war als alle reifen Trauben von Green Valley zusammen, feiner als alle Gemälde von Paris, verschränkte ihre Arme vor ihrer üppigen Brust und zog eine perfekt gezupfte Augenbraue hoch. „Was ich will", sagte sie und ging mit kalkulierten Schritten auf ihn zu, „ist, dass Sie bitte woanders hingehen, damit Sie nicht die Fotos meiner Braut ruinieren. Verstanden?"

„Furie…" Con richtete sich aus seiner Yoga-Haltung auf und ging langsam auf die Schicki-Micki-Tussi zu, bevor er nur Zentimeter vor ihr stehen blieb. Gott, sie war umwerfend schön – eine Porzellanpuppe mit dunklen Augen, dunklen Haaren und diese Lippen… „Ihre Braut hat ihre Fotos ganz allein ruiniert, indem sie diesen Rüschen-Fummel angezogen hat, das kann ich Ihnen versichern." Con schmunzelte, dann stimmten die Kinder in sein Lachen ein.

„Haben Sie…" Die Frau neigte den Kopf und kniff ihre schönen Augen zusammen. „Haben Sie mich gerade *Furie* genannt?"

„Süßes Ding? Schmusekatze? Hölle auf High Heels?" Er konzentrierte sich auf ihre vollen, rubinroten Lippen und wie sie sich darauf biss, als ihr Atem kaum merklich stockte. Er genoss den Effekt, den er selbst auf die zickigsten Frauen hatte.

„Ich habe keine Zeit für Spielchen", zischte sie. „Verschwinden Sie endlich von unserem Strand."

Wenn alles, was er in diesem Moment in ihren Augen gesehen hätte, Abscheu und Aufforderung gewesen wäre, hätte er einen höflichen Weg gefunden, ihr zu sagen, dass sie sich zur Hölle scheren sollte, doch als er sie betrachtete, bemerkte er, dass ihre Unterlippe zitterte und Panik in ihren Augen glitzerte. Er bemerkte auch, dass sie gegen die Versuchung ankämpfte, den Blick über seinen Körper schweifen zu lassen und wie ihre Wangen hübsch erröteten. Er entschied sich zu glauben, dass das von körperlicher Anziehung und nicht von ihrer Empörung kam. Das arme Ding versuchte scheinbar nur, es ihrer Klientin recht zu machen, auch wenn sie wirklich lernen musste, sich ein bisschen zu entspannen. Hier ging es verdammt nochmal nicht um Leben oder Tod.

Doch bevor er ihr gewährte, was sie wollte, konnte Con nicht anders, als sie noch ein bisschen mehr zu provozieren. „Was war nochmal das Zauberwort?", fragte er wie ein Grundschullehrer. Hinter ihm kicherte Miquelle amüsiert.

Die feurige Frau starrte ihn ein oder zwei Herzschläge lang an, und ihre Sturheit hätte ihn beinahe grinsen lassen, während er sich fragte, ob sie es schaffen würde, das Wort über ihre Lippen zu bringen. „Bitte", zischte sie schließlich zwischen zusammengebissenen Zähnen hervor.

Er lächelte sie siegesbewusst an. „Ihr Wunsch ist mir Befehl, Hochzeits-Lady", sagte er mit einer galanten

Verbeugung, dann hob er sein Surfboard auf und hob es über seinen Kopf. „Na denn kommt mit, ihr Maden, lasst uns ein Stück weiter den Strand runter gehen. Habe gehört, da unten sollen die Leute netter sein." Er warf der Hochzeitsplanerin einen Blick hinterher, der es irgendwie gelungen war, in ihren zehn-Zentimeter-Absätzen bereits zehn Meter auf die Felsen zu über den Sand zu staksen, ohne dabei auch nur einmal zu wackeln.

Das nenn' ich Klasse, dachte Con.

Die Frau hatte wirklich die Hosen an.

Die neue Stelle an einem geschwungenen Strandabschnitt, war außer Sichtweite der Hochzeitsgesellschaft und stellte sich als zum Lernen besser geeignet heraus, da es hier weniger Felsen gab und der Sand ebener war. Die Kids paddelten vergnügt hinaus, kletterten mit Leichtigkeit auf ihre Bretter, und es gelang jedem, mindestens eine Welle zu erwischen. Nur Noah war noch ein bisschen langsam, doch mit ein bisschen Übung würde er den Bogen schon noch rauskriegen.

Als die Kids vom kalten Wasser ordentlich durchgefroren waren, ihn umarmt und versprochen hatten, als „Hausaufgabe" Videos professioneller Surfer anzusehen, bevor sie nach Hause gegangen waren, hatte die Sonne begonnen, unterzugehen, und die Hochzeitsgesellschaft am Felsen machte die letzten Aufnahmen. Conor zog seinen Wetsuit aus, wechselte in Shorts und ein Sweatshirt, öffnete ein Guinness und setzte sich auf die hölzerne Brüstung seines Ladens, um ihnen beim Einpacken zuzusehen.

Die feurige Hochzeitsplanerin war definitiv einen längeren Blick wert. Schade nur, dass sie so eine Zicke war. Dennoch hätte er gerne eine Nacht mit ihr verbracht, wenn sie Lust darauf gehabt hätte. Es war unmöglich, dass eine Frau mit derart Feuer im Bauch und Leidenschaft für ihren Job langweilig im Bett war. *Das wird jedoch nie passieren*, dachte er und stand auf, um ins Haus zu gehen und sich Abendessen zu machen.

Zu seiner Überraschung kam die Frau wieder in seine Richtung, und wieder lief sie über den Sand, als wäre es ein Catwalk. Sie kam näher, beobachtete ihn eindringlich, und er bemerkte den entspannteren Ausdruck auf ihrem Gesicht. Conor trank noch einen Schluck von dem schwarzen Gebräu, dann hüpfte er von der Veranda, um ihr mit neugieriger Miene entgegen zu gehen. „Schön Sie wiederzusehen."

Tadellos gekleidet mit manikürten schwarzen Fingernägeln und einer Designertasche über der Schulter sah sie ihn verlegen an. „Ich wollte mich wegen vorhin entschuldigen. Ich muss mich wie eine Megazicke angehört haben."

„Ach was...", winkte Connor ab. „Natürlich nicht. Alles okay." Wow. Eine Frau, die sich entschuldigte? Dann war es also doch wahr. Amerika war voller erstaunlicher neuer Dinge.

Sie warf ihm einen zweifelnden Blick zu. „Es ist nur, dass wir die Aufnahmen wegen diesem verdammten Nebel schon ein paarmal haben verschieben müssen, und heute, wo wir endlich einen klaren Tag haben, hätte ich es beinahe nicht hier raus geschafft – ich wohne zwei Stunden weit weg – und die Braut hat einen hysterischen Anfall bekommen."

Sie ließ Dampf ab, und Conor fühlte sich in gewisser Weise geehrt, dass sie ihm dieses Vertrauen entgegenbrachte, wenn auch nur für einen Moment. „Ich verstehe."

„Darum… Danke. Sie haben mir den Arsch gerettet."

Conor dachte insgeheim an das, was er am liebsten mit diesem Arsch tun würde. Besonders während sie diesen Bleistiftrock trug. Doch er schob die Fantasie beiseite und konzentrierte sich auf ihre tiefbraunen Augen mit den paar grünen Sprenkeln. Ihre Haut war perfekt, auch wenn sie ein bisschen älter aussah als er. Achtundzwanzig vielleicht? „Ah, gerne doch, Miss ähm…"

„Madlyn", sagte sie und streckte ihm ihre zierliche Hand entgegen. „Sanchez."

„Madeleine Sanchez", wiederholte Con, ergriff ihre Hand und sah sie an. Zarte Haut. Keine Poren. Keine Unreinheiten. Perfekte Nägel.

„Nein, Madlyn, zwei Silben. Mad-lyn."

„Mad-lyn", lächelte Con und ließ ihre Hand los.

„Und ja, nochmal: tut mir wirklich leid wegen vorhin. Wenn ich unter Druck stehe, drehe ich manchmal ein bisschen am Rad." Sie wich einen Schritt zurück.

Die stilvollste Frau, die er je gesehen hatte und noch

dazu eine, die dazu imstande war, sich zu entschuldigen, war im Begriff, aus seinem Leben zu marschieren, und dann würde er sie nie wiedersehen.

„Ich lasse Sie jetzt besser in Frieden."

„Hören Sie…" Cons Instinkt schaltete sich ein. Er konnte sie nicht einfach ziehen lassen, ohne zumindest versucht zu haben, bei ihr zu landen, auch wenn eine Frau wie sie wahrscheinlich viel zu anspruchsvoll für einen Mann wie ihn war. Dennoch war es einen Versuch wert. „Ich wollte mir gerade Shrimps und Reis machen. Sie sehen hungrig aus. Ich habe Wein da, und Sie sind die schönste Frau, die mir je die Leviten gelesen hat – und das war jetzt keine billige Anmache. Das ist die Wahrheit. Sie haben der Braut die Show gestohlen, ganz im Ernst."

Sie wurde rot und schüttelte den Kopf. „Wow, danke."

„Und, was denken Sie? Dinner? Ich bin ein ausgezeichneter Koch."

Er hatte gewusst, dass irgendwo in ihrem schönen Gesicht ein Lächeln zu finden sein musste, und endlich kam es zum Vorschein. Selbst wenn sie jetzt gegangen wäre und ihm einen Korb gegeben hätte, wenn er sie nie wieder gesehen hätte, hatte sie ihm zumindest ein umwerfendes Lächeln geschenkt, mit ihren perfekten weißen Zähnen und rosigen Wangen.

„Ich kann nicht."

Sein Herz zog sich zusammen. „Fuck, einen Versuch war's wert."

„Ich meine, meine Klienten warten auf mich. Wir sind

zwar mit getrennten Wagen gekommen, doch sie fragen sich bestimmt…"

„Ah, vergiss sie."

Sie lachte und schüttelte den Kopf, als ob sie versuchte, eher sich als ihn zu überzeugen. „Außerdem muss ich noch nach Hause fahren."

„Und wo ist das?"

„San Francisco. Ich übernachte bei meiner Cousine, damit wir morgen zu einer Hochzeits-Messe gehen können. Ich muss…" Ihr Handy klingelte, und sie zog es aus ihrer Handtasche, um zu sehen, wer es war. Er hörte ein leises Seufzen.

„Sie müssen was?", fragte er. Sie hatte wahrscheinlich einen Freund, zu dem sie zurück musste. Eine Frau wie sie musste mindestens einen Mann haben, der ihr den Hof machte – eher mehr.

„Nichts. Es ist spät. Aber danke. Ich weiß Ihr Angebot wirklich zu schätzen, ähm… ich glaube, Sie haben sich mir noch nicht vorgestellt."

„Conor O'Neill, der, dem Sie das Herz gebrochen haben." Er hob sein Bier – ein Toast auf eine äußerst bemerkenswerte Frau.

Sie lachte, ein perlender Klang, der ihn lächeln ließ. „Freut mich, Sie kennenzulernen. Ich bin Madlyn – der das furchtbar leidtut und die spät dran ist – Sanchez. Doch danke nochmal, dass Sie vorhin meiner Bitte nachgekommen sind." Ihre Augen musterten ihn kurz von oben bis unten als sie das sagte, und er bemerkte es. „Bis denn!"

„Bis denn, Miss Sanchez."

Conor winkte ihr kurz nach, als sie davonging. Sie war nicht nur zurückgekommen, um sich bei ihm zu entschuldigen, sie hatte ihn sogar angelächelt und ihm ihren Namen verraten, sodass er sie jetzt online finden und kontaktieren konnte... Er genoss den Anblick ihres sanft wiegenden Hinterteils in dem schwarzen Bleistiftrock, während sie geschickt durch die Sanddünen stakste.

Ein feines Exemplar.

Kurz bevor sie die Felsen erreichte, hielt sie inne.

„Komm schon, komm schon..." murmelte Conor. Er hatte weibliches Verhalten schon viele Male in verschiedenen Städten und Ländern in ganz Europa beobachtet. Sie waren alle gleich, sogar Furien wie Madlyn. Sie konnten nicht anders, als vor ihrer angeborenen Neugier zu kapitulieren. Es war ein Spiel, ein schönes Spiel, und er spielte gern.

Dann tat sie es. Sie enttäuschte ihn nicht. Sie drehte den Kopf und warf ihm im schnell schwindenden orangenen Licht noch einen letzten Blick zu. Und bevor sie hinter den Felsen verschwand, schenkte sie ihm noch ein Lächeln, der krönende Abschluss des Tages, den weder Shrimps und Shiraz noch die Aussicht auf sein geliebtes Meer übertreffen konnten.

KAPITEL ZWEI

Als sie aus Timber Cove heraus und Maria Bellevue und Shane, deren Warmduscher von einem Verlobten, auf dem Pacific Coast Highway hinterher fuhr, fühlte sich Madlyn ein bisschen wie Rotkäppchen, die vor dem großen bösen Wolf davonrannte. Nur dass der große böse Wolf in dieser Geschichte leuchtend grüne Augen und einen irischen Akzent besaß, und sie floh nicht, weil er sie auffressen oder ihre Süßigkeiten stehlen wollte, sondern weil sie so sehr wollte, *dass* er genau das tat.

Conor, der Surflehrer – breite Schultern, schmale Taille und stramme Waden, die sein Neoprenanzug betont hatte – hatte ihren Magen flau werden und ihre Knie vor Verlangen zittern lassen, auch wenn er ein Klugscheißer war. Doch genau genommen war sie selbst auch nicht gerade nett zu ihm gewesen, besonders als er angefangen hatte, nach dem magischen Wort zu fragen und sie vor diesen Kindern wie einen Idioten hatte aussehen lassen. Jetzt dachten die Kinder sicher, dass es okay war, respektlos mit Frauen umzugehen, solange man gut aussah und einen entzückenden Akzent hatte. Sie war zu ihm gegangen, um sich zu entschuldigen, nicht weil er sie bezaubert hatte, oder weil sein Aussehen in seinem Wetsuit oder seine muskulöse Brust in dem engen Sweater irgendetwas damit zu tun gehabt hätten.

Sie hatte nicht damit gerechnet, dass er sie daraufhin zu Dinner, Wein und mehr einladen würde... Natürlich hatte sie abgelehnt. Sie war schließlich nicht nur älter als er, sondern auch eine Geschäftsfrau. Und Mutter. Eine anständige Frau.

Aber...wäre es wirklich so schlimm gewesen? Mit jemandem, der so ganz anders war, eine einzige Nacht zu verbringen? Mit einem Mann zusammenzusein, der sie dazu brachte, sich nervös und weiblich zu fühlen – etwas, das sie schon seit geraumer Zeit nicht mehr empfunden hatte, lange vor ihrer Scheidung von Leo. Was noch besser war: Conor besaß etwas, das Leo nie gehabt hatte, selbst als es zwischen ihnen wirklich gut gelaufen war – einen spitzbübischen, sanften Humor und eine gelassene Ausstrahlung, die Madlyns angespannte Schultern locker werden ließ und den Wunsch in ihr weckte, den Stress des Tages einfach auszuatmen und einfach... zu *sein*.

Sie seufzte.

Dinner und Wein am Strand mit einem heißen Iren klang wunderbar, und Gott allein wusste, wie sehr sie eine Pause gebrauchen konnte. Nicht nur eine Pause, sondern...

Sie hatte bemerkt, wie er sie angesehen hatte. Er hatte sie mit Blicken verspeist, sie angebetet. Was ein solcher Mann wohl mit ihr im Schlafzimmer anstellen würde! Heiliger Strohsack. Und dieses Grübchen, das immer zum Vorschein gekommen war, wenn er versucht hatte, ein Lachen zu unterdrücken. Was er andauernd getan hatte. Denn er war genau *dieser* Typ Mann, der, der genau wusste, wann man welche Knöpfe drücken musste… und dieses Wissen auch anwandte.

Mist. Wem versuchte sie etwas vorzumachen? Sie wollte ihn wiedersehen.

Daran ist überhaupt nichts falsch, Madlyn, redete sie sich ein.

Ihre Finger umschlangen das Lenkrad fester, und ihre Knöchel traten vor Unentschlossenheit weiß hervor. Die SMS, die sie erhalten hatte, als sie sich mit Conor unterhalten hatte, war von Leo gewesen, der ihr mitgeteilt hatte, das Jax fertig gegessen hatte und bald ins Bett gehen würde. Sie sollte ihm schreiben, wenn sie bei ihrer Cousine Vanessa angekommen war, damit er wusste, dass sie okay war. Sie sollte sich Zeit morgen lassen und selbst wenn sie noch einmal übernachten wollte, wäre das okay, denn nach der Schule wollte er Jack zu seinen Eltern bringen, damit sie sich nicht beeilen musste, nach Hause zu kommen.

Nach Hause. Ha! Interessantes Wort, denn das Haus, das sie sich teilten, fühlte sich für sie nicht mehr wie zu Hause an, schon seit einer ganzen Weile nicht mehr. Sie lebten auch ein Jahr nach der Scheidung noch unter einem Dach, damit Jax' Welt nicht zusammenbrach. Außerdem war es so finanziell gesehen leichter für beide.

Seinen Nachrichten nach zu urteilen, war Leo guter Laune, denn auch wenn es viel zu spät gewesen war, hatte sie endlich gelernt, seine verschlüsselte Sprache zu sprechen. Dass er vorschlug, dass sie eine Nacht länger bei Vanessa blieb, bedeutete, dass er Jax von der Schule abholen würde, ihn zu seinen Großeltern bringen und dort lassen würde, bevor Leo zu der Frau fuhr, die er zur Zeit datete. Natürlich hatte er Madlyn nicht gesagt, dass er eine neue Freundin hatte, doch wenigstens hatte er sein Verspechen gehalten, noch niemand Neues in Jax' Leben einzuführen.

Und warum sollte er auch etwas anderes tun? Er konnte mit seinem Sohn den Familienmenschen spielen *und* schlafen, mit wem er wollte.

Doch auch wenn das Arrangement für Leo funktionierte, für sie tat es das nicht. Sie hatte das Gefühl, festzusitzen. Schon ein paar Monate hatte sie versucht, mit Leo über dessen Auszug zu reden, doch jedes Mal hatte er gesagt, dass sie warten sollten. Zuerst war es *Warum Jax den Sommer ruinieren?* gewesen. Dann *Warum Jax' Halloween kaputtmachen?* Und dann, vor ein paar Tagen: *Warum Thanksgiving für Jax zerstören?*

Jedes Mal hatte sie nachgegeben, da sie nicht das Glück ihres Babys für ihr eigenes opfern wollte.

Sie und Leo gingen zivilisiert miteinander um. Jax hatte akzeptiert, dass Mommy und Daddy nicht mehr im selben Zimmer schliefen und sich auch nicht mehr küssten, und es schien ihm nichts auszumachen. Eigentlich gab es keinen Grund, warum sie nicht weiterhin zusammenleben konnten.

Keinen Grund außer… Madlyn war unglücklich.

Sie umklammerte das Lenkrad fester und starrte geradeaus.

Das letzte Jahr war zweifellos das stressigste Jahr ihres Lebens gewesen, und sie hatte wenig dagegen unternommen. Sie arbeitete härter denn je und hoffte auf eine Beförderung bei Deene & Nora, bevor dieses Jahr zu Ende ging. Andere Hochzeitsplaner in dem High-End Büro in San Francisco, wie Christine und Kimmi, hatten ihre erhalten, nachdem sie zwei Jahre dort gearbeitet hatten. Madlyn war nun schon fast drei Jahre dabei und immer noch nichts. Es war wegen ihrer Scheidung und allem, was davor passiert war, das wusste sie. Es war eine schwere Zeit gewesen, die sie vorübergehend aus der Bahn geworfen hatte, doch nun war sie zurück. Genau genommen war sie schon seit acht Monaten zurück, besser als je zuvor und hatte sich die Beförderung zur Event Managerin redlich verdient.

Und einen freien Abend.

Sie hatte sich Wein und Meeresrauschen verdient. Ein bisschen Lachen. Gott ja, vielleicht sogar einen guten Fick.

Madlyn starrte so angestrengt geradeaus, dass ihre Augen zu brennen begannen, weil ihre Kontaktlinsen zu trocken wurden.

„Verdammt!" An der nächsten Ausfahrt bremste sie und fuhr vom Highway ab. „Was tue ich da gerade?", murmelte sieh, blieb am Straßenrand stehen und lehnte ihre Stirn gegen das Lenkrad. Schließlich richtete sie sich auf, nahm ihr Handy und schickte Maria eine Nachricht, dass sie etwas in Timber Cove vergessen hatte und sie sie beim Probedinner treffen würde.

„Was vergessen", schnaubte sie. „Ja, meinen Verstand."

Anschließend schrieb sie ihrer Cousine, dass es spät geworden war und sie die Nacht in Timber Cove verbringen und sie am nächsten Morgen abholen würde, um mit ihr auf die Messe zu gehen.

Dann wollte sie Leo schreiben, genau, wie er sie gebeten hatte.

Sie hatte ihrem Ex während ihrer Ehe so gut wie alles gegeben, und trotzdem war nichts von dem, was sie getan hatte, gut genug für ihn gewesen. Selbst jetzt ertappte sie sich dabei, dass sie immer noch alles tat, um ihn zufriedenzustellen. Als er gebeten hatte, dass Jax vor Sonnenuntergang mit ihm zum „Trick or Treating" geht, da Leos Mutter nicht gerne in der Dunkelheit das Haus verließ, hatte sie ihn natürlich sofort zum Haus der Großeltern gebracht. Als er gefragt hatte, ob sie ihre Pläne ändern könnte, weil er die Frau, mit der er ausging, sich nur am Abend vor ihrem Flug nach Denver treffen konnte, hatte sie quasi einen Handstand gemacht, um Jax an Leos Stelle abzuholen. Und warum? Des lieben Friedens wegen?

Das musste aufhören. Er wusste bereits, dass sie frühestens morgen Abend nach Hause kommen würde. Warum sollte sie ihm also Bericht erstatten? Sie war nicht sein Eigentum, und er hatte jegliches Recht zu erfahren, was sie tat, verwirkt, als er das Eheversprechen gebrochen hatte.

Sie drehte den BMW um und fuhr zurück nach Timber Cove. Sie fragte sich, warum Conor sich entschieden hatte, dort zu leben. Ja, es lag am Strand, und die Felsen waren auch schön, doch es war ziemlich abgelegen. Nun würde sie je gleich ihre Chance bekommen, ihn zu fragen, warum er dorthin gezogen war, denn sie war auf dem Weg zu ihm, angezogen wie eine Motte vom Licht.

Nachdem sie hinter dem weißen Holzhaus geparkt hatte, schaltete sie die Lichter aus und stieg aus. „Du bleibst nur für Dinner und Wein, mehr nicht." Und je nachdem, wie sie sich später fühlte, vielleicht auch einen Kuss. „Vielleicht..."

Sie klopfte an die Hintertür des *The Big CeltHuna* und fragte sich, was das bedeutete – *ah!* Jetzt hatte sie es begriffen. Big Kahuna und der große, großspurige Kelte – sie wartete und strich sich dabei den Rock glatt.

Wie groß der großspurige Kelte wohl war?

Nein. Solche Gedanken brachten nichts als Ärger.

Dinner, dann nach Hause.

Durch das offene Fenster trug der Wind köstlichen Essensduft heraus und noch etwas... altmodische Musik. Waren das nicht diese drei Schwestern aus dem Krieg mit ihren coolen Pin-Up-Frisuren, die a cappella sangen?

Die Tür ging auf, und vor ihr stand Conor, immer noch in Shorts, jetzt jedoch mit einem ausgeblichenen T-Shirt, einen Kochlöffel in der Hand. Der Duft der buttrigen

Shrimps stieg ihr in die Nase, und plötzlich bemerkte sie, wie ausgehungert sie war. Sie war sich jedoch nicht sicher, ob es nach dem Essen oder nach Conor war. Sein besserwisserisches Grinsen ging von Ohr zu Ohr. „Es war der Akzent, oder?"

Herrgott, der Junge war gut. Aber nein. Der Akzent allein war es nicht gewesen, der sie zurückgebracht hatte. „Du hast gesagt, dass ich bemerkenswert bin."

Nachdem sie ein Jahr verheiratet gewesen waren, hatte Leo sich kaum mehr die Mühe gemacht, ihr Komplimente zu machen, und auch wenn Madlyn offensichtlich nicht das Zeug zum Model hatte, bemühte sie sich immer, perfekt zurecht gemacht zu sein. Doch ganz gleich wie geschniegelt, gebügelt, poliert und maniküt sie war, Leo schien sich entschlossen zu haben, nicht ein Wort darüber zu verlieren, als ob es ihr einen unfairen Vorteil verschaffen würde, wenn er zugab, dass er sie attraktiv fand. Was für ein Arsch, der befürchtet hatte, sich einen Zacken aus der Krone zu brechen, wenn er ihr sagen würde, dass sie schön war, während er mit verschiedenen anderen Weibern in der Weltgeschichte herumvögelte. Doch das war vorbei und war nicht mehr wichtig. Sie war für Leo nie etwas Besonderes gewesen.

Vielleicht konnte sie für einen anderen Mann etwas Besonderes sein, selbst wenn es nur für eine Nacht war.

Überrascht leuchtete Conors Gesicht auf. „Ist das dein Ernst?" Conor lehnte sich an den Türrahmen. „Denn das ist lediglich eine Tatsache. Ich wollte dir keinen Honig um den nicht vorhandenen Bart schmieren, als ich es gesagt habe. Schau einfach in den Spiegel. Und davon abgesehen, nehme ich an, dass du das jeden Tag mindestens dreimal hörst." Er wartete. „Oder nicht?"

„Willst du mich nicht reinbitten?"

„Oh fuck, natürlich. Komm rein!" Conor trat zurück, um sie einzulassen.

Das Haus war warm und gemütlich eingerichtet mit bequemen Sofas, einer Gitarre in der Ecke, einem Schreibtisch mit einem Laptop und ein paar Surfboards, die an der Wand lehnten. Es war das erste Mal, dass sie die Einladung eines anderen Mannes zum Dinner angenommen hatte, seitdem sie angefangen hatte, Leo zu daten, und jetzt gab es kein Zurück. Er führte sie in eine kleine Küche, wo ein Topf auf dem Herd vor sich hin blubberte und der Tisch der Essecke für eine Person gedeckt war.

„Du magst alte Musik?", fragte sie ein bisschen nervös und rieb sich die Arme. „Das hätte ich nicht von dir erwartet."

„Du hast das hier noch nicht gehört", sagte Con, zog sein Handy aus der Hosentasche, tippte darauf herum, und Minuten später zerrissen grelle Heavy Metal Gitarren die Ruhe. Über die Musik hinweg krähte er: „Dude! Besser?" und streckte zwei Finger einer Hand als Hörner in die Höhe.

„Du bist ein ganz schöner Scherzbold, nicht wahr?", schrie Madlyn gegen die Musik an und lehnte sich an den Küchentresen.

„Ah. Ertappt. Zurück zu den Andrew Sisters." Das

Handy verstummte und wieder schwebte die vierziger Jahre-Melodie durch den Raum, während Connor aus dem Abtropfgestell neben der Spüle einen sauberen Teller nahm, ein weiteres Weinglas aus dem Schrank holte und ihr Gedeck seinem gegenüber auf den Tisch stellte. „Du bis gerade richtig gekommen. Ich hoffe, du magst Meeresfrüchte?"

„Und wie", sagte sie und beobachtete ihn dabei, wie er dampfend heißen Reis mit Shrimps auf den Tellern anrichtete. Dann goss er zwei Gläser tief dunkelroten Wein ein und reichte ihr eines.

„Auf Frauen, die ihre Meinung ändern."

Sie stieß mit ihm an. „Hört, hört", lächelte sie und nippte an dem Wein, der leicht nach Blaubeeren schmeckte. „Der ist köstlich. Wo kommt der her?" Den musste sie unbedingt ihren Paaren vorstellen, wenn es um die Weinauswahl für das Dinner ging.

„Ah, du magst ihn? Der kommt vom Weingut der Freundin meines Bruders draußen in Green Valley. Wunderschöner Ort. Bring dich demnächst mal hin."

Gedanken spritzten in ihrem Kopf herum wie ein Jackson Pollock-Gemälde. Er wollte sie dorthin bringen? Wie kam er darauf, dass sie damit einverstanden war? Natürlich liebte sie Wein, Leo war nie gerne zu Weinproben gegangen, und sie hätte zu gerne mal wieder etwas in der Art unternommen, doch sie kannte Conor gerade mal... zwei Minuten. Der Junge war offensichtlich überhaupt nicht von sich eingenommen...

„Kommst du aus Green Valley? Denn ich dachte, ich

meine – ich hatte angenommen…" Madlyn stotterte, denn sie wusste nicht, wie sie es ausdrücken sollte, ohne womöglich ins Fettnäpfchen zu treten. „Dass du nicht aus der Gegend bist."

„Das bin ich auch nicht." Er setzte sich hin, nahm seine Gabel und mischte seine Shrimps unter den Reis. „Ich bin gerade erst von Dublin hierher gezogen. Meine Mutter war aus Green Valley. Sie ist vor zwei Monaten gestorben. Mein Dad vor etwas mehr als zwei Jahren."

„Oh, das tut mir leid." Madlyn hielt die Gabel auf halbem Weg zum Mund an, um ihm zuzuhören. Auch wenn das Essen mehr als einladend roch, hörte sie die frische Trauer in seiner Stimme. Ihre eigene Mutter war zurück nach New Orleans gezogen, als Madlyn sechzehn Jahre alt gewesen war, und sie hatte sie seitdem nur ein paarmal gesehen. Es war ihr Dad, der die Konstante in ihrem Leben und in dem ihres Bruders war. Sie konnte sich immer noch an den Schmerz erinnern, den sie empfunden hatte, als ihre Mutter sie verlassen hatte.

Komm schon, Mad, hatte Mom gesagt, die Augen glänzend vom Alkohol. Madlyn war nur zögernden Schrittes in die Küche gegangen, doch sie hatte gewusst, dass es besser war, es hinter sich zu bringen. *Wir gehen weg, Bary und ich, zurück nach Lakeview. Willst du mitkommen? Dein Bruder will hier bei eurem Vater bleiben, auch wenn ich mir nicht vorstellen kann, warum…*

Madlyn konnte es sich jedoch vorstellen. Sie konnte sich Hunderte von Gründen vorstellen. Die Tatsache, dass ihr Dad der verantwortungsbewusstere und bessere

Elternteil war, war nur der Anfang einer langen Liste. Dennoch hatte es wehgetan, zusehen zu müssen, wie sich ihre Mutter gegen sie und ihren Bruder und für ihren Lover entschieden hatte.

„Dann hast du Dublin verlassen, um…", hakte Madlyn nach.

„Um zu sehen, wo meine Mom aufgewachsen ist. Ich komme aus einer ziemlich großen Familie, doch jetzt sind nur meine vier Brüder und ich übrig. Mom hatte uns immer erzählt, dass sie keine Familie hatte, doch nachdem sie gestorben ist, wussten wir erst nicht, was wir tun sollten, bis Quinn auf dem Dachboden eine Truhe mit ihren Sachen gefunden hat. Da waren Briefe drin. Und Fotos." Plötzlich lächelte er. „Meine Liebe zu altmodischer Musik habe ich von Mom und Dad geerbt, und da war ein Foto von den beiden mit zwei Freundinnen auf einer Kostümparty am Abend vor Allerheiligen. Mom und ihre Freundinnen waren als die Andrew Sisters gegangen, und mein Dad hatte sich als Frank Sinatra verkleidet. Warte, ich zeig's dir." Er stand auf und schob in einer Schublade ein paar Papiere umher, dann reichte er ihr ein verblasstes Foto. Sie erkannte seine Mutter sofort – auch wenn sie blonde Haare hatte und seine dunkel waren und blaue Augen im Vergleich zu seinen grünen – doch die Ähnlichkeit zwischen Con und seiner Mutter war unübersehbar. Sie hatten dieselbe schlanke Statur, leuchtende Augen und ein spitzbübisches Lächeln. Conors Vater war ein attraktiver Mann mit dunklen Haaren, und er sah seine Frau verliebt an.

„Sie sieht großartig aus. Deine Mutter war eine schöne Frau." Madlyn gab ihm das Foto zurück, damit er es wieder in die Schublade legen konnte.

„Das war sie. Äußerlich genauso wie innerlich." Er setzte sich wieder. „Wir haben auch ein altes Tagebuch gefunden, aus der Zeit, als sie ein junges Mädchen war. Daraus haben wir erfahren, dass sich ihre Familie gegen ihre Hochzeit mit Dad ausgesprochen hatte. Sie hat ihn trotzdem geheiratet, und als sie nach dem Tod ihrer Mutter versucht hat, die Beziehung zu ihrem Vater zu kitten, hat er sie abgewiesen."

Conor hatte seine leuchtend grünen Augen, die aussahen wie die Minerale, die Jax sammelte, seit sein Vorschul-Lehrer sein Interesse dafür geweckt hatte, gesenkt, als er über seine Mutter sprach, und wirkte traurig. Madlyn hatte jetzt ein furchtbar schlechtes Gewissen, weil sie ihn am Strand vorhin so angezickt hatte, diesen faszinierenden Mann, der offensichtlich seine geliebte Mutter betrauerte.

Bevor sie sich bremsen konnte, legte sie ihre Hand auf seine – etwas, das ihn offensichtlich erschreckte, denn sie sah, wie sich seine Augen einen Moment lang weiteten, bevor er seine Hand umdrehte und seine Finger mit ihren verschränkte. Das Gefühl seiner rauen, warmen Haut auf ihrer, ließ Teile ihres Körpers auftauen, von denen sie nicht einmal gewusst hatte, dass sie gefroren waren.

„Hast du deinen Großvater gesehen, seitdem du angekommen bist?"

„Nein. Und das habe ich auch nicht vor, bis er zugibt,

dass es falsch war, sich von seiner Tochter abzuwenden. Ich meine, im Ernst? Nur weil sie sich verliebt hat?" Er starrte sie mit glühenden Augen an, als forderte er sie heraus, ihn dafür zu kritisieren.

Als ob sie das getan hätte.

„Ich verstehe. Ich würde auch nicht anders damit umgehen."

Seine Miene entspannte und seine Mundwinkel hoben sich. „Quinn ist anderer Meinung, auch wenn er bisher genauso wenig versucht hat, Kontakt zu unserem Großvater herzustellen. Doch er steht in Kontakt mit einer unserer Tanten und glaubt, dass die Zeit auch solche Wunden heilen wird." Con zuckte mit den Schultern. „Wir werden ja sehen. Doch in der Zwischenzeit bin ich hier und lebe den Traum meiner Mutter in einem Surfladen am Strand. Das ist doch schon mal ein guter Anfang."

Nachdem sie seine Hand noch einmal gedrückt hatte, lehnte sich Madlyn zurück. „*Ihren* Traum?"

„In ihrem Tagebuch hat Mom von verschiedenen Träumen geschrieben, die sie hatte umsetzen wollen, sobald sie erwachsen war. Ein Blumenladen, ein Surfladen oder eine Pension. Welchen Beruf sie ausüben würde, war ihr ziemlich egal, solange sie die Beste darin war." Er neigte den Kopf und lachte leise über die kindliche Seele, die sich seine Mutter bewahrt hatte.

„Doch es war auch immer dein Traum? Ich meine, einen Surfladen zu eröffnen?"

„Nein. Ich habe die letzten Jahre, bevor Mom gestorben ist, mit Backpacking verbracht. Ich habe mir freigenommen und immer wieder ein paar Monate am Stück in anderen Städten verbracht. Manchmal allein, manchmal mit Kumpels. Aus dieser Phase bin ich raus, doch dieses Leben hat mir eine ganze Weile gut gefallen. Meine Brüder und ich sind auf der Suche nach einem Neuanfang hierhergekommen. Da war nichts mehr, was uns in Dublin gehalten hätte, oder vielleicht schon, doch wir wollten nicht danach suchen. Hat sich einfach richtig angefühlt, hierher zu ziehen. Und als ich den Pazifik gesehen habe, hat es sich genauso richtig angefühlt, hier einen Laden aufzumachen. Ich hab mich umgesehen, einen Typen getroffen, der *seinen* Surfshop schließen wollte, und weniger als einen Monat, nachdem ich in die Staaten gezogen bin, war *The Big CeltHuna* geboren. Zumindest für die nächsten sechs Monate."

„Warum nur sechs Monate?"

„Ich mag ja vielleicht leichtsinnig sein, doch ein Idiot bin ich nicht. Die meisten kleinen Unternehmen gehen recht schnell den Bach runter. Darum habe ich erstmal einen sechs-Monats-Mietvertrag unterschrieben, und Bamm! – Neuanfang. Mal sehen, wie es läuft."

„Wow", seufzte Madlyn. Sie konnte das Bedürfnis nach einem Neuanfang nur allzu gut nachvollziehen. Sie hatte sich das ganze letzte Jahr auf dieses Ziel zu bewegt, doch Leo hatte es ihr schwer gemacht, indem er darauf beharrt hatte, dass sie weiter zusammen lebten und für Jax eine einheitliche Front aufrechterhielten. Con probierte etwas Neues aus, und in gewisser Weise traf das auch auf Madlyn zu.

Natürlich hatte sie nicht vor, heute Abend darüber zu reden. Dieser Junge war genau genommen immer noch ein Fremder, und so offen er auch ihr gegenüber war, war es nicht nötig, dass er Details über ihr Privatleben erfuhr. Es war aus gutem Grund privat, und falls heute Abend irgendetwas mit ihm passieren sollte, etwas Intimes, dann war es nur, weil sie vorübergehend körperliche Gesellschaft brauchte, und das war's.

In diesem Augenblick wusste Madlyn, dass Conor nie mehr als das für sie sein würde. Neuanfang oder nicht, er hatte gerade zugegeben, dass der Surfladen mehr oder weniger nur eine vorübergehende Angelegenheit für ihn war, genauso wie sie eine sein würde – heute hier, morgen weg. Vielleicht würde er den Laden ja eine Weile behalten, um den Traum seiner Mutter zu würdigen, doch sie zweifelte nicht daran, dass ihn bald wieder die Wanderlust packen würde. Und so sollte es auch sein. Anders als sie, die geheiratet und mit fünfundzwanzig ein Kind auf die Welt gebracht hatte, war Con immer noch Anfang zwanzig, und ihm standen alle Türen offen. Er konnte gehen, wo auch immer er hin wollte, sein, wer er sein wollte, sich Zeit lassen und sich hundertmal umentscheiden, bevor er schließlich seine wahre Bestimmung fand.

Auch wenn dieses Leben nichts für sie war, würde sie nichts daran ändern. So sehr sie Leo dafür verachtete, dass er sie betrogen hatte, aus ihrer Ehe war Jax hervorgegangen, und der war das Beste, das ihr je passiert war. Und trotz all seiner Fehler, war Leo ein wundervoller

Vater. Sie liebte ihren Beruf und war gut darin. Sie hatte ihre Familie – ihre Cousine Vanessa, deren Mutter, ihren Vater und ihren Bruder Rico in LA, wenn sie sie brauchte. Darum würde sie glücklich werden, auch wenn sie nie wie Conor auf Wanderschaft gehen könnte.

Heute war nur ein kleiner, einsamer Umweg, ein Abend, den sie, und hoffentlich auch Conor, ohne Erwartungsdruck genießen konnte.

Während sie aßen, sprach er hauptsächlich vom Familienleben mit seinen Brüdern. Quinn, der älteste, dann Brady, dann er, dann die Zwillinge, Sean und Riley. Seine Augen strahlten, wenn er von ihnen sprach. Es war schön, das zu sehen – denn es war der Beweis, dass Con trotz seiner Wanderlust doch im Herzen ein Familienmensch war.

Sie erzählte ihm, dass ihre Eltern geschieden waren, dass sie ihrem Bruder und ihrem Vater nahestand, und dass einige Cousins und Cousinen in der Nähe lebten. Sie erzählte ihm sogar von Leo, auch wenn sie auf die Frage, warum sie sich hatten scheiden lassen, lediglich mit einem Schulterzucken geantwortet hatte. „Dieselbe alte Geschichte. Mädchen trifft Jungen, Mädchen heiratet Jungen, Mädchen findet heraus, dass Junge nicht nur sie, sondern auch ihre lebhafte Freundin haben will", sagte sie, und ließ das Thema fallen.

Jax erwähnte sie jedoch nicht und auch nicht, dass Leo noch immer bei ihnen lebte. Das eine Mal, als sie bei einem Mann, der bei der Hochzeit einer Klientin an ihr interessiert gewesen zu sein schien, von Jax erzählt hatte,

hatte der die Flucht ergriffen. Nicht dass es ihr peinlich war, im Alter von neunundzwanzig Jahren einen vierjährigen Sohn zu haben – das war vollkommen okay – doch Conor musste davon nichts wissen. Das hätte die Sache nur verkompliziert.

Ein schöner kleiner Umweg, ermahnte sie sich.

Und nach mehreren Schlucken des bemerkenswerten Weins und Cons kleinen Berührungen hier und da – er griff nach ihrer Hand, strich ihr über die Schulter, oder schob ihr eine Haarsträhne hinters Ohr – bewahrheitete sich ihr Vorsatz immer mehr.

Conor schob sich die letzte Gabel voll Reis und Buttershrimps in den Mund, eine köstliche Kombination, die ihm etliche Punkte bei ihr eingebracht hatte, besonders weil Leo nicht ein einziges Mal für sie gekocht hatte. Er legte seine Gabel auf den Teller, nahm sein Weinglas in die Hand und verschränkte die Arme. „Du hast gesagt, dass du mich verstehst. Ist das, weil du geschieden bist? Oder wegen deiner Arbeit? Du hast heute Nachmittag ziemlich gestresst gewirkt."

„Naja, ich hab's dir ja erzählt", sagte sie, während sie ihn ansah und sich fragte, ob seine Brüder auch nur annähernd so umwerfend aussahen wie er. „Wir haben das Ganze ein paarmal verschieben müssen, darum war heute unsere einzige Gelegenheit. Sie heiraten dieses Wochenende. Danach fliegen sie nach Paris. Darum... stand ich ein bisschen unter Zeitdruck."

„Kann ich verstehen. Paris. Eine meiner absoluten Lieblingsstädte."

„Du bist dort gewesen?" Sie war plötzlich neidisch auf diesen Jungen, der ihr gegenüber saß, weil er die Stadt ihrer Träume besucht hatte und so beiläufig darüber sprach, als wäre es nichts Ungewöhnliches.

„Ich? Ja. Du erinnerst mich sehr an die Frauen dort."

„Wie das?", fragte Madlyn und legte ihre Gabel auf den Teller, der noch halb voll war – nicht, weil das Essen nicht köstlich war, sondern weil sie befürchtete, sonst nicht mehr in ihre Kleider zu passen.

Er stand auf und streckte ihr die Hand entgegen. „Komm, bring deinen Wein mit nach draußen. Dann erzähl ich's dir."

Madlyns Magen zog sich auf eine Weise zusammen, wie sie es schon lange nicht mehr gespürt hatte, als sie sich gegen die Schmetterlinge zur Wehr setzte. *Warum eigentlich dagegen ankämpfen?* Sie hatte bereits ihren Wagen umgedreht, war zurückgefahren zum Haus dieses umwerfenden Mannes und hatte bereits eine wunderbare Mahlzeit mit ihm geteilt. Draußen erwarteten sie Strand, Wellen und Sterne zusammen mit dem charmanten irischen Surfer, doch war das nicht der Grund, weswegen sie gekommen war?

Sie trank einen großen Schluck von ihrem Wein, reichte ihm ihre Hand und ließ sich von ihm auf die Veranda führen, die bereits im Dunkeln lag. Wie erwartet war es eine schöne Nacht. Die Wellen wuschen leise über den Sand, und ein Stück weiter brachen sie sich an den Felsen. „Wird es dir eigentlich jemals langweilig hier draußen?", fragte sie, befürchtete jedoch, dass es falsch rüberkommen könnte und fügte hinzu: „Ich meine, es ist schön. Atemberaubend. Doch was treibst du so den ganzen Tag?"

Conor lehnte sich an das Geländer und blickte hinaus auf das schwarze Wasser. Er schien eines starke Bindung mit dem Meer zu besitzen. „Ich unterrichte, ich höre Musik… und manchmal sitze ich einfach hier draußen und denke nach. Klingt das wirklich langweilig für dich, Madame?"

„Madame?", schnaubte Madlyn und wich ein Stück zurück.

„Jetzt mach dir nicht gleich ins Höschen. Das ist ein Kompliment. Ich meine, schau dich an. Du siehst aus, wie aus einer Modestrecke entstiegen – der Rock, die High Heels, deine Haare sind perfekt…" Er drehte sanft ihren Kopf und betrachtete ihren Chignon, bevor er eine lose Strähne hinter ihr Ohr schob. Es war windig. „Du bist schick."

„Aber ganz sicher nicht madamig… Wolltest du mir nicht erzählen, warum ich dich so sehr an deine Pariser Frauen erinnere?"

„Ah. Sie waren nicht wirklich meine Frauen, doch ich habe eine ziemlich gute Beobachtungsgabe. Ich habe diese Mädchen beobachtet, wie sie die Straße entlang geeilt sind, Taxen gerufen haben, oder wie sie die Stufen der Métro hinunter verschwunden sind. Sie waren immer unabhängig, selbstbewusst und hatten ein ordentliches Durchsetzungsvermögen. Manche haben mir ganz schön Angst gemacht, das muss ich zugeben." Er lachte.

Doch Madlyn fiel es schwer, eine Verbindung zu sehen. Ja, er hatte erlebt, dass sie ganz schön fordernd sein konnte. Wenn etwas erledigt werden musste, dann ließ sie sich von nichts aufhalten, das stimmte. Doch sie wünschte sich, dass die Worte „selbstbewusst" und „Durchsetzungsvermögen" auch in Bezug auf ihre Beziehungen zuträfen. Es hing alles davon ab, wer ihr Gegenüber war. Bei Leo hatte sie kaum jemals das Sagen gehabt. Sie hatte kaum den Mut aufbringen können, um auch nur die kleinste Änderung in ihrer Routine vorzuschlagen, da sie gewusst hatte, dass sie damit einen wahren SMS-Krieg auslösen würde.

Doch sie glaubte, dass es mit Con – falls es überhaupt je so etwas wie ein „mit Con" geben würde – anders wäre.

Er wirkte so locker, als er über Paris sprach, während sie ihr Weinglas leerte. Sie fand es schön, wie sein Gesicht strahlte, als er beschrieb, wie sich die Leute in Paris Zeit ließen, um durchzuatmen und das Leben zu genießen, selbst inmitten des emsigen Chaos. Sie fanden immer Zeit, sich hinzusetzen, und ihre Café au laits zu genießen, und hatten dabei auch nicht ihre Handys in der Hand. Sie unterhielten sich, sprachen über Kunst und Religion und waren nicht so abhängig von technischen Gimmicks, Computern und Social Media. „Es kommt öfter mal vor, dass jemand in einem *Park* einfach einschläft", sagte er und rutschte unauffällig ein bisschen näher an sie heran. „Sie wissen, wie man sich entspannt."

Der Wein hatte bereits seine Wirkung entfaltet, und sie hatte das Gefühl, dass die Veranda mit dem Rhythmus des Meeres schwankte. Madlyn spürte, wie sie die Welt hinter sich ließ, und es war ein wunderbares Gefühl. All das hatte sie Conor und den schönen Worten zu verdanken, in die er sie einspann, den Empfindungen, die er in ihr weckte. Nicht einmal fühlte sie sich unbehaglich oder unsicher. Nur unterhalten, hingerissen, perfekt. Sie schloss ihre Augen und lauschte dem beruhigenden Klang seiner Stimme vor dem Rauschen der Wellen im Hintergrund. Conor O'Neill, Träumer und Surfer, der ihr sagte, dass sie atemberaubend, stilvoll und schön war.

Und diese Art der Aufmerksamkeit hatte es verdient, erwidert zu werden.

Sie stellte das Weinglas auf die Brüstung, ergriff seine Hände und betrachtete sie. Schlanke Finger, saubere Nägel, gepflegte, sanfte Hände. Er hob sie, legte sie unter ihr Kinn, um es leicht anzuheben, und beugte sich vor. Madlyn roch den Duft des Blaubeer-Shiraz in seinem Atem, der sich mit der salzigen Brise vermischte und ihr Gehirn auf Hochtouren laufen ließ. *Lass ihn...*

„Und in Paris küssen sich die Leute auch", er beugte sich vor, bis er nur noch einen Atemzug von ihr entfernt war. „Andauernd."

Ihre Lippen berührten sich und hielten die Magie fest, dann atmete sie ihre Sorgen aus und ergab sich dem Augenblick.

KAPITEL DREI

Diese Frau. Diese herrische Furie von einer Frau schmolz in seinen Armen wie die Butter, die er vorhin beim Kochen verwendet hatte. Es war an der Zeit, sie heiß zu machen, zu grillen und sie zu vernaschen wie eine köstliche Süßigkeit, denn genau das war sie. Madlyn Sanchez hatte sich vielleicht am Strand wie eine Oberzicke aufgeführt, doch jetzt war sie bereit, die Kontrolle aufzugeben.

An mich.

Er hatte nicht gelogen, als er gesagt hatte, dass sie ihn an die Frauen in Paris erinnerte. Er erinnerte sich an Angelique, die Studentin an der Sorbonne, mit der er eine Woche verbracht hatte. Sie war genauso schlagfertig gewesen wie Madlyn, doch ihr hatte die Klasse gefehlt. Sie hatte Befehle gebellt und all seine Vorschläge, wohin sie zum Dinner gehen sollten, hochnäsig abgelehnt, doch wenn sie allein waren, hatte sie ihm alles gegeben.

Madlyn hatte sich zunächst eher von ihm küssen

lassen, als dass sie ihn geküsst hätte; sie hatte ihn getrunken und ihre Macht aufgegeben, doch Conor bezeichnete es lieber als *Vertrauen*, und er hatte nicht vor, sie zu enttäuschen. Der nächste Song seiner „Chillout"-Playlist war *Crush* von Dave Matthews Band, zu dem er Madlyns kurvigen Körper im Rhythmus der Bässe wiegte. Er löste seine Lippen von ihren und schmiegte sich an ihre Wange. „Willst du draußen bleiben oder lieber rein gehen?"

Ja, es war eine Testfrage. Wollte sie einfach nur küssen oder wollte sie mehr? Ein Mann musste so etwas wissen. Fragen konnte man ja zumindest.

„Rein gehen", sagte sie mit belegter Stimme und geschlossenen Augen.

Ihm wurde heiß angesichts ihrer Worte, und es war, als prickelten elektrische Funken durch seine Arme und bis hinunter in seinen Schritt. Sie küssten sich weiter, die Arme verschlungen, der Puls rasend. Ihre Lippen schmeckten nach den süßen Honignoten des Weins, und diese Wangen, so dezent bestäubt mit einem feminin duftenden Puder, trieben ihn in den Wahnsinn. Was für einen Zauber mischten sie nur in diese Produkte?

Lovely lady, let me drink you, please… trällerte Dave Matthews im Hintergrund.

Sie bewegten sich im Rhythmus der Musik, und Conor verstand genau, was Dave empfunden und gedacht haben musste, als er diesen Song geschrieben hatte. Er wollte nur die Chance – *eine* Chance sie zufriedenzustellen, nein, sie glücklich zu machen, für eine

Nacht. Morgen konnten sie auseinander gehen, wenn sie es so wollte, doch jetzt sehnte er sich nur danach, sie zu trinken und ihr ein echtes Lächeln auf die Lippen zu zaubern.

I won't spill a drop, no I promise you.

Sie küssten sich und tanzten, zum Teil beschwingt vom Wein, doch zum größten Teil von ihrer Einsamkeit getrieben. Sie gingen durch die Tür zurück ins Wohnzimmer, wo sie den Kuss nur unterbrach, um sich auf sein Sofa sinken zu lassen, wie die halb entblößte Figur in einem Renaissance-Gemälde.

„Ich weiß nicht warum ich hier bin und warum ich mich so fühle", murmelte sie.

Er legte sich neben sie und küsste die Innenseite ihres Arms, ihre zarte, weiße Haut. „Das ist okay. Du brauchst keinen Grund. Ist alles okay, Madlyn?" Er hielt einen Moment lang inne, um sie besorgt anzusehen.

„Ich denke schon. Es ist nur... Ich weiß nicht, was es ist."

Er glaubte, es zu wissen. Es fiel ihr schwer zuzugeben, dass sie ihn wollte, dass sie den Stressabbau brauchte, dass sie nicht die Kontrolle über alles hatte. Das war der Typ Frau, deren Erotik am gefährlichsten war, denn sie kämpfte so schwer gegen ihr eigenes Verlangen an, dass es irgendwann wie ein Vulkan explodieren musste. „Das musst du auch nicht wissen", sagte er. „Ich weiß es auch nicht. Ich folge einfach meinen Gefühlen."

Sie starrte zu ihm auf. Sie hatte wirklich die schönsten braun-grünen Augen, die ganz einzigartig geformt waren.

Woher das wohl kam? Hatte sie hispanisches, indisches oder vielleicht Philippino-Blut in den Adern? Oder etwas ganz anderes? Er wollte es gerne wissen. Er wollte so viel mehr über sie erfahren. Das zumindest wusste er. Und er ging davon aus, dass er sie wiedersehen wollen würde, ganz gleich, wie diese Nacht endete.

„Conor, du bist wirklich unglaublich süß... und ich will das hier wirklich. Es ist nur..." Ihre Unentschlossenheit war ihr ins Gesicht geschrieben. Wogegen kämpfte sie nur an? Was auch immer es war, es schien sie aufzufressen. „Ich tue so was nicht andauernd. Ich meine – uff, ich tue so was sonst *nie*. Darum denke bitte nicht, dass ich so jemand bin."

„Das habe ich eigentlich auch nicht gedacht."

„Und *was* denkst du?"

„Ich denke, was für ein unglaubliches Glück es ist, dass du den Weg zurück gefunden hast. Ich denke, was für ein glücklicher Kerl ich doch bin, dass eine Frau wie du mir ihre Aufmerksamkeit schenkt. Und dass ich dich nicht enttäuschen will. Und dass du gut riechst. Ist das okay?"

Um ihre Lippen spielte ein sinnliches Lächeln über ihre Porzellanhaut. Ihre Arme legten sich um seinen Nacken, zogen ihn zu sich hinunter, und als sie sich diesmal küssten, bog sie ihren Rücken ein wenig durch und drückte ihre Brüste an ihn, was ein elektrisches Prickeln in seine Leistengegend schickte.

Bald tanzten ihre Zungen und Lippen einen erotischen Tanz, ihre Hände in seinen Haaren, während er die Kurven ihrer Taille und Hüfte erkundete. Angesichts ihrer

Sanduhr-Figur und ihren Brüsten, die die Knöpfe ihrer Bluse spannen ließen, würde es nicht lange dauern, bevor Cons Geduld schwinden und er sie ausziehen würde. Er küsste sie und knabberte unterhalb ihres Ohrs, während er ihrem leisen Stöhnen lauschte. Als sich ihre Körper aneinander schmiegten, bemerkte er, dass sie unruhig wurde. Er rutschte ein Stück hinunter, bis seine Wange an ihrer Brust lag und inhalierte den schwachen Duft ihres Bodysprays, der sich mit ein wenig Schweiß und einer Menge Pheromonen mischte.

Just as long as you're around...

And here I'll be dancing on the ground.

Am I right side up or upside down?

„Ist das okay?", flüsterte er.

„Ja." Ihre Hände gruben sich wieder in seine Haare und zogen ihn an ihre Brust.

By love, we'll beat back the pain we've found...

Wie recht Dave Matthews doch hatte. Indem sie diese Nacht zusammen verbrachten, kämpften sie gegen den Schmerz an, fanden Trost und verscheuchten die Geister der Vergangenheit.

Während er sich an ihr wunderbares Dekolleté schmiegte, öffnete er vorsichtig den obersten Knopf und streichelte ihre Brust durch die Spitzenbluse. Sie seufzte. Ihre Hände wanderten zu seinen und führten ihn, doch als sie zufrieden mit seinen Liebkosungen war, ließ sie ihn die Kontrolle übernehmen. Langsam knöpfte er die übrigen Knöpfe auf und entblößte einen wunderbar flachen Bauch, nicht steinhart oder trainiert, sondern weich, aber flach.

Kein Mädchen – eine Frau, dachte er.

Ihre Brüste in dem engen, hautfarbenen Push-up-BH, der mit einem schmalen Streifen schwarzer Spitze gesäumt war, mussten der sexieste Anblick gewesen sein, den er je gesehen hatte. Nicht, wegen des Designs der Unterwäsche, doch weil es nicht so aussah, als hätte sie heute vorgehabt, mit einem Mann zusammen zu sein. So wie er es sah, war sie einfach zur Arbeit gegangen und hatte vorgehabt, danach wieder nach Hause zu gehen, bevor sie es sich anders überlegt und die Einladung eines Wildfremden zum Dinner angenommen hatte. Sie hatte sich für sich selbst angezogen – nicht für einen möglichen Betrachter oder einen Mann, auch nicht für ihn, sondern nur für sich selbst. Sie war klassisch-sexy und offensichtlich immer tip-top gekleidet.

Heiß.

Und es trieb ihn in den Wahnsinn, so viel war klar. Er liebkoste beide Brüste ausgiebig und schob die Träger ihres BHs von ihren Schultern. Sie stöhnte und drängte sich an ihn, sehnte sich nach mehr. Er schob die Körbchen von ihren Brüsten und hielt inne, um ihre natürliche Schönheit zu bewundern. Dunkle, schöne Nippel, die unter seiner Berührung hart wurden. *Ah, sind sie nicht wunderschön?* Er musste sie einfach kosten. Als er seine Zunge um sie kreisen ließ, beobachtete er, wie sie noch härter wurden.

Ihr Atem stockte, und Conor glaubte sie flehen gehört zu haben. *Bitte.*

Er ließ sie lange genug zappeln. Langsam schlossen

sich seine Lippen über ihrem Nippel und mit geschlossenen Augen presste er seine Zunge dagegen, ließ alle Sorgen los. Den Stress, die dunkelsten Momente der letzten zwei Monate, alles. Alles, was im Augenblick zählte, waren er und Madlyn; sie glücklich zu machen und sich dabei selbst ein wenig glücklicher zu fühlen. Sie rieb ihre Beine aneinander als der nächste Song anspielte. Es war Lindsay Stirlings elektrische Violine, und Con stellte sich vor, dass Madlyn diese vibrierenden Töne mit ihrem Körper verursachte. Er schob das andere BH-Körbchen weg und saugte auch diesen Nippel in seinen Mund, knabberte ein bisschen daran, testete ihre Grenzen aus.

Einmal biss er vorsichtig zu, und sie öffnete ihre Beine ein wenig weiter, ihre Arme um seinen Hals und seine Hüfte geschlungen, ihr Atem stockend. „Möchtest du mehr?", fragte er. Nicht, dass er die Bewegungen ihres Körpers nicht verstand – die sprachen für sich, doch er wollte es aus ihrem Mund hören.

„Ja, bitte." Mit geschlossenen Augen, den Kopf zur Seite gedreht, zog sie wie in Trance ihren Rock gerade weit genug hoch, damit er verstand.

Er beobachtete, wie ihre Erregung wuchs, als er eine Hand über ihren Bauch gleiten ließ und am Bund ihres schwarzen Satin-Höschens inne hielt. „Immer noch mehr?", lächelte er gegen ihren Bauch. Jetzt spannte er sie nur auf die Folter, doch es machte ihm Spaß zuzusehen, wie sie sich in Erwartung seiner Berührung wand.

„Ja", sagte sie mit Verzweiflung in der Stimme.

Dann wollte er sie nicht länger warten lassen. Seine

Finger tasteten über den weichen Stoff und fanden ihre sensible Weiblichkeit. Ohne den Blick von ihrem Gesicht abzuwenden, begann er, sie sanft zu massieren. Ihre Miene würde ihm alles sagen, was er wissen musste. Sie biss sich auf die Unterlippe und stöhnte, als er sie intensiver zu liebkosen begann und seine Finger kreisen ließ. Dann strich er am Saum ihres Höschens entlang und schob seine Finger vorsichtig darunter, um zu fühlen, wie sehr sie ihn wollte.

Verdammt, und wie sie ihn wollte. Sie war so feucht. *Verdammt heiß.*

Er stöhnte, als er ihre feuchte Wärme spürte. „So schön", murmelte er und zog ihr Höschen langsam herunter, um ihre sexy, kurz geschorene Pussy zu entblößen. „Du bist so schön, Madlyn. Exquisit! Wie fühlst du dich?"

„Wunderbar."

„Gut. Willst du, dass ich dafür sorge, dass du dich noch besser fühlst?"

„Ja."

Genau das hatte er hören wollen. Sanft schob er seine Finger in sie hinein und spürte ihre Hitze, bevor er sie wieder herauszog. Seine Finger waren nass von ihren Säften, sie war bereit, ihn in sich aufzunehmen. Doch das würde er erst dann tun, wenn sie ihn darum bat.

Sie stöhnte, unfähig, seine Neckerei noch länger zu ertragen.

Er wandte sich wieder ihren Brüsten zu und zog ihr den BH ganz aus, bevor er seinen Mund auf einen der weichen Hügel presste und daran saugte, während die Finger seiner anderen Hand zu ihrer Klitoris zurückkehrten und sie kreisend massierten. Zunächst ganz leicht, dann stärker. Sie wand sich unter ihm und schob ihm ihre Hüften entgegen. Die Violine im Song erreichte ihren Höhepunkt, und Madlyn schien ihr zu folgen.

Cons Erregung drängte gegen seine Shorts, und sie suchte blind mit ihrer zarten Hand danach. Als sie seine Härte gefunden hatte, wanderten ihre Finger in seine Hose und schlossen sich um sie, bevor sie begann, ihn auf und ab zu massieren.

„Oh Gott!" Ihre Berührung machte ihn wahnsinnig, und er wollte nichts mehr, als in sie hinein zu stoßen, doch er musste geduldig sein. Er wollte, dass sie sich zuerst entspannte und glücklich war, auch wenn ihm das Warten schwerfiel, als sie weiter mit seinem Schwanz spielte, ihn streichelte und massierte.

Er half ihr, indem er seine Shorts auszog, und Madlyn umfasste ihn sofort fester, und liebkoste ihn mit der ganzen Hand in ihrem ganz eigenen Rhythmus. So liebkosten sie sich eine ganze Weile, ineinander verschlungen. Während er ihre Brüste verwöhnte, massierte sie seinen Ständer, und er begann, ihre Klitoris immer schneller zu streicheln, bis sie den Kopf in den Nacken warf.

Schließlich spannten sich ihre Beine an, ein Vorzeichen der guten Dinge, die folgen sollten. Er konnte beinahe ihren Herzschlag hören, der gegen ihre Rippen donnerte. „Ja... das ist es", keuchte sie und presste ihre

Beine zusammen, ihre Hand um ihn geschlungen, und plötzlich spürte er, wie er ein Teil von ihr wurde; ihrer Erfahrung, ihrer Gedanken, als Wellen der Lust durch ihren Körper rauschten.

Sie kam heftig. Und laut, mit heiserer Stimme schreiend.

Ihren Orgasmus zu beobachten trieb auch ihn zu ungeahnten Höhen. Nur einen Augenblick nach ihr stöhnte er laut auf, begleitet vom Finale von Lindsay Stirlings Song. Madlyns Körper blieb erstarrt, während er sich auf sich selbst ergoss. Nicht gerade glamourös, doch es war ihm egal. Es war großartig, *fucking* großartig, und nun konnten beide entspannen. Seinen Kopf an ihrer Brust ruhen zu lassen, war der beste Teil. Mit Dara, dem Mädchen, das er in Forestville kennengelernt hatte, als er gerade aus Irland angekommen war, war es anders gewesen. Sie war so schnell gekommen, wie ein D-Zug, und danach war sie verschwunden. Anders als Madlyn, die einfach liegenblieb, unbewegt, und einfach atmete und sich erholte. Es war unglaublich schön, ihr friedliches Gesicht zu sehen, das nur ab und an einmal zuckte.

Als sie schließlich aus ihrer Trance erwachte, richtete sie sich auf und sah ihm in die Augen. „Danke", sagte sie und küsste ihn lang und innig.

„Das Vergnügen war ganz meinerseits, Maddie. Ich meine – darf ich dich Maddie nennen?"

Das Glitzern ihrer Augen wurde von einem sonnigen Lächeln überstrahlt. Sie nickte und gähnte, bevor sie sich an die Sofakissen schmiegte. So schön es wäre, einfach hier zu liegen und einzuschlafen, musste er sich jedoch erst einmal saubermachen, darum erhob er sich langsam und ging in die Küche.

Es war schon spät. Es hätte ihn gefreut, wenn sie bliebe, doch die Frage war, wollte sie das auch? Sie hatte gesagt, dass sie zwei Stunden von hier entfernt wohnte, und er wollte nicht, dass sie so spät in der Nacht fuhr, besonders nicht, nachdem sie getrunken hatte. Er hatte ein bequemes Bett und genug Frühstück, das er gerne bereit war, mit ihr zu teilen. Er kehrte mit einem kleinen Handtuch ins Wohnzimmer zurück, nur für den Fall, dass sie es brauchte, und wollte ihr sagen, dass sie gerne bleiben konnte.

Er setzte sich auf das Sofa neben sie. „Madlyn?"

Keine Reaktion. Nur leises Schnarchen. Sah aus, als würde sie die Nacht über bleiben. Er streckte sich neben ihr aus und spürte, wie sie sich ein wenig umdrehte, um sich an seine Brust zu schmiegen, bevor er die dunkelrote Chenille-Decke von der Lehne zog und über beide ausbreitete.

„Gute Nacht, Maddie", wünschte er der schönsten Frau, die er je gesehen hatte, und küsste sie auf die Stirn. „Danke, dass du zurückgekommen bist. Und dafür, dass du das Risiko mit mir eingegangen bist.

KAPITEL VIER

Gedämpftes Licht fiel in ihre Augen, als Madlyn ihre Lider öffnete. Einen Augenblick lang wusste sie nicht, wo sie war. Doch als sie das Rauschen der Wellen und die Schreie der Möwen draußen hörte, fiel es ihr wieder ein.

Letzte Nacht. Dinner. Conor.

Sie hatte bei ihm übernachtet, nur, dass sie in einem Bett lag – seinem Bett wahrscheinlich – wobei sie genau wusste, dass sie auf dem Sofa eingeschlafen war. Hatte er sie getragen, oder war sie selbst ins Bett gegangen, schlafend, ohne, dass sie sich daran erinnern konnte?

Ein wunderbarer Duft wehte aus der Küche herüber, der ihre Sinne weckte. Und ihren Magen. Sie fuhr hoch und sah sich panisch nach ihrem Handy um. Als sie es vom Nachttisch nahm, sah sie neun verpasste Nachrichten von Leo und ihrer Cousine Vanessa.

„Wo bist du? Warum bist du noch nicht bei Vanessa? Was machst du???" Das war der Tonfall von Leos SMSen, die von Vanessa dagegen enthielt nur einen Smiley und zwei Worte: „Viel Spaß!"

Woher wusste dieses Mädchen nur immer, was sie trieb, auch wenn sie es eigentlich gar nicht wissen konnte?

Dennoch zauberte Vanessas Nachricht ein Lächeln auf ihr Gesicht. Die vergangene Nacht war fantastisch gewesen. Sie erinnerte sich an die köstlichen Küsse, die zu mehr geführt hatten, wenn auch nicht zu Sex im engsten Sinn des Wortes. Sie erinnerte sich an die Shrimps und den süßen Wein, und *oh mein Gott... bin ich wirklich sofort eingeschlafen, nachdem ich gekommen bin?* Sie hatten keine Gelegenheit gehabt, sich danach zu unterhalten, weil sie tatsächlich allen Ernstes eingeschlafen war. *Qué pena!* Wie peinlich! Er musste sie für eine derartige Schmarotzerin halten, einfach anzunehmen, dass sie hier schlafen konnte!

Madlyn war solche Situationen nicht gewöhnt. Was war das Protokoll für einen solchen Fall? Hätte sie zuerst fragen sollen? Hatte sie seine Gastfreundschaft überstrapaziert? Plötzlich schämte sie sich und wollte einfach gehen. Sie nahm ihr Handy in die Hand und begann, Leo zu schreiben, um ihn wissen lassen, dass sie okay war und lediglich die Nacht in Timber Cove verbracht hatte, und dass sie heute bei Vanessa übernachten würde, damit er seine Zeit mit seinen Eltern und Jax genießen konnte. Sie erklärte, dass sie Jax nach der Schule anrufen würde, damit er ihre Stimme hören konnte.

„Einen wunderschönen Sonntagmorgen,

Sonnenschein. Wie wäre es mit Frühstück?" Conor stand an den Türrahmen gelehnt, nur mit Boxershorts bekleidet, die mit gelben Smileys bedruckt waren. Sein Waschbrettbauch und seine Brust waren einfach atemberaubend. Guter Gott, er war schön und dabei nicht *zu* perfekt. Einfach natürlich umwerfend.

Sie schwang die Beine aus dem Bett und bemerkte in diesem Augenblick, dass sie in ein T-Shirt und Shorts gekleidet war, die ihr viel zu groß waren, und dass ihre Bluse, ihr Rock, und ihre Schuhe ordentlich auf dem Ledersessel in seinem sturmgrauen Schlafzimmer lagen. „Danke, aber ich muss wirklich los."

„Bist du sicher? Ich mache göttliche Frühstückswurst mit gebackenen Bohnen und Kartoffel-Pfannkuchen. Wärst dumm, wenn du dir das entgehen lassen würdest." Sein Lächeln schwand und wurde von einem enttäuschten Blick abgelöst, als könnte sie tatsächlich so unsensibel sein zu gehen, ohne an seinem Mahl teilzuhaben.

Doch sie hatte bereits an seinem Mahl teilgehabt, und wenn sie es zuließ, würde sie den ganzen Tag hier bleiben, jeden Tag und den heißen Iren in seinen Boxershorts für sie kochen lassen, an jedem Mahl teilhaben, das er ihr bot – doch das konnte sie nicht. Jax war zwar in der Vergangenheit schon ein paarmal für einige Tage ohne sie ausgekommen, doch das war immer dann gewesen, wenn sie irgendwohin zu einer Hochzeits-Messe gefahren war. Das war wichtiger gewesen. Ihre Arbeit. Das hier jedoch grenzte einfach nur an Egoismus.

Dennoch wollte sie ihn nicht enttäuschen, zumal er ja

schon gekocht hatte. „Aber nur einen schnellen Bissen, dann muss ich wirklich los. Ich muss mit meiner Cousine zu einer Hochzeits-Messe, und außerdem muss ich mich noch um die letzten Details einer Hochzeit kümmern." Zugegebenermaßen hatte sie schon fast alles unter Dach und Fach. Sie musste nur noch den Tortenaufsatz zum Bäcker bringen. Das konnte eigentlich auch gut jemand anderes erledigen, doch sie wollte sicher gehen, dass sie wieder in der Spur war.

„Schon besser. Kann dich ja nicht verhungern lassen." Con warf ihr ein strahlendes Lächeln zu, und sie betrachtete seinen niedlichen Hintern, bevor er wieder in der Küche verschwand.

Mädel! Sie konnte Vanessas Stimme in ihrem Kopf hören. *Der ist ja zum Anbeißen!*

Nachdem sie die Tür geschlossen hatte, um sich in Ruhe anziehen zu können, zögerte sie und holte tief Luft. „Entspann dich, ist keine große Sache. Er ist ein netter Typ… und du hattest ein bisschen Spaß mit ihm… doch jetzt ist es Zeit zu gehen", flüsterte sie sich selbst zu.

Mit entschlossener Miene öffnete sie die Tür und trat in den kleinen Flur.

Es roch wirklich, als ob jemandes Mutter ein Festmahl in der Küche zubereitete, und Madlyn ging mit ihrer Tasche über der Schulter und ihren Schuhen in der Hand hinein, um zu sehen, was er gekocht hatte. Auf dem Tisch in der Essecke standen zwei Teller mit gebratener Frühstückswurst, Bohnen und etwas, das wie Hash Browns aussah. Dampf stieg aus zwei Tassen frisch gebrühtem

Kaffee auf – das war das einzige, was sie wirklich ansprach, denn sie war nicht gerade jemand, der großen Wert auf Frühstück legte, auch wenn sie die Mühe zu schätzen wusste, die er sich gemacht hatte. „Hast du Süßstoff und Kaffeeweißer?"

Einen Augenblick sah er sie an, als wäre ihr ein zweiter Kopf gewachsen. „Nein, im Haus eines Iren gibt es nur Irish Coffee mit echtem Zucker und echter Sahne." Sie beobachtete dabei, wie Conor etwas davon in den Kaffee träufelte und zwei echte Zuckerwürfel in jede Tasse fallen ließ, bevor er einen Löffel voll Schlagsahne obendrauf gab.

„Wow… Das sieht… ähm… sättigend aus… und alles andere auch. Wirklich fantastisch. Du darfst mich jetzt nicht missverstehen, doch ich muss wirklich auf meine Figur achten. Ich kann es mir im Moment nicht leisten, neue Kleider zu kaufen, und wenn ich das alles essen würde, dann –"

„Ah, komm schon Madlyn, leb einfach mal ein bisschen! Setz dich hin. Genieß dein Frühstück mit mir. Du läufst schon auf Hochtouren, dabei bist du gerade erst aufgestanden. Und dein Handy hast du auch schon in der Hand. Ist das normal in Amerika? Setz dich hin und entspann dich erstmal."

Ich dachte, das haben wir letzte Nacht getan. Erinnerungen stiegen in ihrem Kopf auf – an Küsse, daran, wie der Wind ihre Bluse aufgeweht hatte, an ihren Rock, der um ihre Taille hochgeschoben war, und an seine Finger, die ihr Höschen beiseitegeschoben hatten. Sie erinnerte sich daran, wie auch sie ihn erkundet und liebkost hatte. Ihre Augen weiteten sich, als sie plötzlich alle Details vor sich sah.

Ihr Bein zappelte nervös. „Du hast definitiv gute Argumente, um mich zu bremsen. Dann ess' ich eben was, aber nur, weil du dir so eine Mühe gemacht hast. Niemand hat je für mich gekocht. Also niemand, mit dem ich zusammen war."

Verdammt. Wieder mal punktgenau ins Fettnäpfchen getreten. Niemand, mit dem ich zusammen war? Sie schüttelte den Kopf. „Entschuldige. So habe ich das nicht gemeint. Ich meinte, einen *Mann.* Ein Mann, mit dem ich geschlafen habe… *zusammen im Bett* war! Den ich mochte. Weißt du was? Bevor ich noch mehr Blödsinn labere, fang ich lieber an zu essen", stammelte sie und nahm die Gabel vom Tisch.

Er lachte herzlich. „Keine Sorge. Ich weiß, was du meinst, und das ist wirklich eine Schande. Ich kann nicht fassen, dass dein Ex nie für dich gekocht hat. Eine Frau muss verwöhnt werden, umsorgt wie eine Königin, wenn ein Mann weiß, was gut für ihn ist."

Dem musste sie zustimmen, doch sie fragte sich, ob er wirklich meinte, was er sagte, oder ob es nur Gerede war, um sie um den Finger zu wickeln. Vor sechs Jahren hatte Leo so ziemlich dasselbe gesagt – dass sie es verdiente, verwöhnt zu werden, und dass er es nicht abwarten konnte, genau das zu tun, doch dann hatte er sich als Egoist entpuppt.

„Nein wirklich", sagte Madlyn und schnupperte an

ihrem Irish Coffee. „Danke für alles. Du bist unglaublich süß gewesen, und ich hatte eine wirklich gute Zeit. Das Dinner gestern Abend war großartig, und das hier sieht wirklich köstlich aus. Du solltest ein Restaurant aufmachen."

„Meine Brüder haben eines. Drüben in Forestville in Green Valley. Ich würde dich gern am Donnerstag zur offiziellen Eröffnung mitnehmen. Was meinst du, hast du Lust hinzugehen?" Er zog erwartungsvoll die Augenbrauen hoch, als der Ball in ihrem Spielfeld war. Da! Schon wieder redete er davon, in naher Zukunft mit ihr irgendwo hingehen zu wollen. Begriff er nicht, dass das nicht mehr als ein One-Night-Stand hatte sein sollen?

Die Hand, mit der sie ihre Tasse hielt zuckte, und ein wenig Kaffee schwappte heraus. Er hatte schon gestern Abend erwähnt, dass er ihr Green Valley zeigen wollte, doch sie hatte das nur für Gerede gehalten. Sie war aufrichtig geschockt, dass er sie nicht nur wiedersehen, sondern sie obendrein auch noch seinen Brüdern vorstellen wollte. Was dachte er sich nur dabei? Wollte er einfach mehr Sex mit ihr? Schließlich waren beide gekommen, doch es gab immer noch eine Menge, die sie füreinander tun konnten.

Als sie sich diese Dinge in Gedanken ausmalte, begann ihre Hand so zu zittern, dass sie ihre Tasse abstellen musste, um nicht zu riskieren, noch mehr zu verschütten.

Okay, okay. Zeit, die Sache zu beenden. Letzte Nacht hatte sie sich eine Atempause gegönnt, doch jetzt hatte sie

Dinge zu erledigen, Leute zu treffen und musste in die Realität zurückkehren. Doch warum brauchte sie jedes Bisschen an Disziplin, um zu sagen, was sie sagen musste. „Conor", brachte sie schließlich heraus. „Es ist alles schrecklich kompliziert im Moment."

„Kompliziert?" Er trank einen Schluck von seinem Kaffee. „Was meinst du?"

„Ich meine. Ich hab verdammt viel um die Ohren. Meine Arbeit ist anstrengend. Ich reiße mir gerade den Arsch auf, um die Beförderung zu bekommen, die eigentlich schon vor einem Jahr fällig gewesen wäre." *Außerdem habe ich einen Vierjährigen, um den ich mich kümmern muss, und einen Ex-Mann, mit dem ich immer noch unter einem Dach lebe. Ha!* Ja, das würde ganz sicher großartig ankommen.

„Das klingt doch gar nicht so schlimm. Ich meine, wir alle arbeiten, doch wir alle haben auch so was wie Freizeit, oder nicht?", fragte er hoffnungsvoll. Gott, der Junge wollte es nicht begreifen, oder?

Sie schob eine Gabel mit Bohnen und Kartoffel in den Mund, kaute und schluckte langsam. Köstliches Essen, doch sie fürchtete, allein von einer Gabel voll ein Pfund zuzunehmen. „Hör zu, ich will nicht, dass du das jetzt als Beleidigung auffasst, doch was du tust und was ich tue, das ist etwas ganz anderes. Ich manage acht bis zehn Hochzeiten pro Monat, okay? Pro Monat. Von der ersten Besprechung bis zur Organisation des großen Tags plane ich jedes Detail. Unsere Kunden sind bereit, eine Menge Geld auszugeben, darum müssen wir dafür sorgen, dass alles perfekt ist. Wir haben keine Zeit herumzusitzen und den ganzen Tag aufs Meer zu starren. Kurz und gut: der Druck ist verdammt groß und ja, es ist wirklich so schlimm."

Vielleicht klang es barsch, doch er konnte ihr nicht weismachen, dass er genauso viel arbeitete wie sie. Er lebte am Strand und spielte den ganzen Tag mit seinem Surfboard in den Wellen, und den Rest seiner Zeit verbrachte er mit Kochen und hörte altmodische Musik.

„Glaubst du wirklich, dass mein Tag so aussieht?" Er legte seine Gabel ab, faltete die Hände und versuchte, empört auszusehen, doch sie konnte das Lächeln sehen, das seine Mundwinkel umspielte. „Du glaubst, dass ich den ganzen Tag nur rumhänge und aufs Meer rausstarre?"

Sie straffte ihre Haltung. „Ja, das tue ich."

„Dann hast du damit vollkommen recht. Und es ist so unglaublich schön, Maddie!" Seine smaragdgrünen Augen leuchteten auf. „Bleib ein paar Tage, und du wirst sehen. Ich bringe dir das Surfen bei, wir kochen jeden Tag, machen Feuer am Strand – du kannst dir nicht vorstellen, wie verdammt romantisch das ist!"

Sie starrte ihn einen Moment lang an. Was für ein Leben! Sie könnten den ganzen Tag am Strand rumhängen, Wein trinken und sich die ganze Nacht lang lieben… irgendwann würde sie Jax dazu holen, und sie würden gemeinsam spielen, in diesem idyllischen Leben am Meer. *Moment… was? Jetzt aber langsam, Mädel!* In ihrem Kopf konnte Madlyn Bremsen quietschen hören, als ihr Verstand schlagartig ihre Fantasie zügelte.

Wie konnte sie nur solche Träumereien zulassen? *Wach auf!*

„Ja, also… verdammt und romantisch sind nicht gerade zwei Worte, die ich sonst miteinander in Verbindung bringen würde", sagte sie. „Und auch wenn ich verstehe, was du meinst…"

Er schob seinen Stuhl zurück, baute sich vor ihr auf und streckte ihr die Hand entgegen. „Du hast es selbst gesagt. Du bist vollkommen gestresst, und gestern Abend bist du quasi mittendrin eingeschlafen."

Oh mein Gott, wie peinlich. „Ja, was das angeht… Danke, dass du das erwähnst …"

„Gern geschehen. Nein, aber im Ernst. Musst du heute unbedingt mit deiner Cousine zu diesem Hochzeits-Dingsda gehen?"

Wenn sie ehrlich war, nein, und der Ausdruck auf ihrem Gesicht bestätigte ihm das offensichtlich.

„Maddie. Ich bin einer von den guten Jungs." Er setzte sich an den Rand des Tischs und streichelte ihr übers Haar. „Ich verstehe, dass deine Arbeit anstrengend und wichtig ist, doch wenn sie so wichtig ist, musst du auch ab und an mal ausspannen. Für deine Arbeit musst du kreativ sein, und stell dir nur mal vor, wie viel effizienter und kreativer du sein könntest, nachdem du dir erst einmal Zeit genommen hast, dich zu entspannen. Nachdem…" Mit einem abwesenden Lächeln streichelte er ihre Wange. „Nachdem du dank mir ein paarmal am Tag gekommen bist…"

Guter Gott! Dieser Akzent sollte verboten werden.

Seine Finger zu spüren, die über ihre Haare strichen und ihre Wange berührten, war wunderbar. So ungern sie es auch zugab, er hatte recht – so recht. Sie hatte dringend Urlaub nötig, und die Hochzeit von Maria und Shane war erst in vier Tagen. Sie konnte sich noch einen Tag gönnen, oder? Sie konnte dafür sorgen, dass jemand aus ihrem Büro den Tortenaufsatz zum Bäcker brachte. Sie konnte die Hochzeitsmesse mit Vanessa absagen und ganz wie Leo es erwartete morgen zurückfahren und Jax von der Schule abholen. Sie fühlte sich allein beim Gedanken, sich Zeit für sich selbst zu nehmen, schuldig, doch genau das sprach Bände. Warum sollte sie sich schuldig fühlen, wo Jax doch gerne bei Leos Eltern spielte? Vor allem angesichts der Tatsache, dass Leo heute Zeit mit einer anderen Frau verbringen würde? Sie wusste, dass Vanessa kein Problem damit haben würde, *nicht* zur Messe zu gehen, besonders wenn sie den Grund dafür kannte.

Dazu kam, dass Madlyn an etwas denken musste – etwas, dass ihre Tante Chiqui, Vanessas Mutter, ihr nach Jax' Geburt gesagt hatte. Sie hatte gesagt „*Mi hija*, vergiss nicht, dir Zeit für dich selbst zu nehmen. Das ist wie im Flugzeug. Zuerst setzt du deine eigene Maske auf, bevor du einem Kind hilfst. *Cuidate*, tu jeden Tag etwas für dich… Und es ist ganz egal, was es ist, solange du es nur tust."

Abgesehen von ihrem monatlichen Friseurbesuch und der gelegentlichen Maniküre hatte sie schon lange nichts mehr für sich getan. Con hatte Recht. Sie könnte definitiv mehr von dem gebrauchen, was er ihr gestern Abend geboten hatte, und wollte nur zu gerne sehen, was seine talentierten Lippen sonst noch zu bieten hatte. Sie würde mit vollen Tanks zurückkehren, mit mehr Energie, um mit ihrem Leben und Jax zurechtzukommen. Ja, sogar mit Leo.

Es würde niemandem wehtun.

Sie stand auf. Als sie ihre Gabel ablegte, öffnete Conor seine Arme. Sie trat vor ihn und legte die Arme um seinen Nacken. „Also gut."

„Ist das ein Ja?"

„Ja. Aber ich muss dich warnen. Ich bin nicht auf der Suche nach einer Romanze. Absolut nicht. Mein Ex hat das für mich versaut, und ich habe keine Lust, das noch einmal durchzumachen. Für mich steht im Augenblick meine Karriere an erster Stelle." *Nein, Jax.* Aber das ging niemanden sonst etwas an. „Darum bleibe ich nur diesen einen Tag und diese eine Nacht. Und morgen kehre ich dann in mein wirkliches Leben zurück."

„Ich hatte noch nicht vor, Farben für die Hochzeitsdeko auszusuchen oder so was", grinste Conor spitzbübisch und küsste sie. Sein Lächeln fühlte sich gut an, warm und einladend.

„Doch wenn", murmelte sie, „würdest du doch ganz sicher mich dafür anheuern, nicht wahr?"

„Ich hoffe, dass du diejenige wärst, die ich heiraten würde, damit ich nichts für deinen Service zahlen müsste."

„Und von welchem Service sprichst du gerade?"

„Von jedem." Er küsste sie inniger, und seine Lippen kosteten, erkundeten und verschlangen ihren Mund.

Sie erwiderte seinen Kuss und presste sich an die

Ausbuchtung unter seinen Shorts, ein wenig frustriert, dass sie ihre Beine in ihrem engen Rock nicht ein bisschen für ihn öffnen konnte. Sie hatte Kleider zum Wechseln im Auto, doch es war auch wieder nur ein enger Rock. Nichts, worin man sich hätte entspannen können. Am liebsten hätte sie wieder Conors zu große Shorts und sein T-Shirt angezogen. Vielleicht würde sie ja sogar einen Neoprenanzug in seinem Laden nebenan kaufen, damit er ihr das Surfen beibrachte. Oder sie konnte einfach nur im Sand sitzen und zusehen, wie Conor sich im kalten November-Wasser den Arsch abfror. „Ich fürchte nur, dass ich nicht die richtigen Kleider für einen Tag am Strand dabei habe."

Seine Hände wanderten ihren Rücken hinab zu ihrem Po und drückten ihn spielerisch. „Dann ist ja gut, dass du keine Kleider brauchen wirst."

Der Tag verging wie im Traum, gemächlich, verschwommen. Sie gingen Hand in Hand am Strand durchs Wasser. Sie tanzten in der Küche zu alten Melodien und wiegten sich im Rhythmus zum Wein. Sie aßen einfache Mahlzeiten, saßen am Strand, beobachteten die Wellen und redeten davon, die Vergangenheit loszulassen. Con erzählte mehr von seiner Mutter. Darüber, wie sie in Green Valley als Tochter des Betreibers eines prominenten Weinguts aufgewachsen war. Darüber, dass es ihre Art gewesen war, die negative Vergangenheit loszulassen, dass sie ihren Söhnen nichts davon erzählt hatte. Sie hatte ihr Leben nicht damit vergiften wollen. Sein Großvater hatte Mrs. O'Neill verstoßen, nachdem sie ihren Verlobten sitzen gelassen hatte, um nach Irland zu ziehen. Doch wie es schien, waren ihr Vater und ihre Schwestern darüber aufgebrachter gewesen als ihr Ex.

„Doch genug davon", sagte er. „Erzähl mir von deiner Mom, Maddie. Gestern Abend hast du gesagt, dass deine Eltern geschieden sind, und dass du deinem Bruder und deinem Dad nahe stehst, aber …"

Sie schluckte und spürte, wie sich ein Band um ihre Brust schnürte. Wow, er war ein wirklich guter Zuhörer, wenn er sich daran erinnern konnte. „Meine, also… ich denke, dass sie uns schon liebt, doch mein Dad, mein Bruder und ich waren ihr im Weg. Sie wollte mit Barry zusammen sein, ihrem neuen Freund, darum ist sie mit ihm zurück nach Louisiana gezogen, wo sie ursprünglich herkam. Wir hören kaum von ihr. Nur an Thanksgiving oder an Weihnachten ruft sie an."

„Das muss schrecklich sein. Kann mir das kaum vorstellen. Und dein Dad?"

„Mein Dad lebt in L.A. Er ist zur einen Hälfte Mexikaner, zur anderen Hawaiianer. Meine Großmutter lebt in Honolulu."

„Ah, da kommt also deine Schönheit her." Ein strahlendes Lächeln breitete sich über Cons ganzes Gesicht aus. „Deine Augen und deine dunklen Haare. So schön. Gefällt mir."

„Danke." Madlyn hätte sich glatt an diese Art der Aufmerksamkeit gewöhnen können. Sie war sich zwar nicht sicher, ob er aufrichtig war oder ihr nur Honig um den Bart schmierte, doch so oder so – es war schön. „Wo wirst du Thanksgiving verbringen?"

„Ah, ja, dieser typisch amerikanische Feiertag, von dem ich keine Ahnung habe, wie man ihn feiert. Wie läuft so ein Tag denn üblicherweise ab?"

„Nun, du triffst dich mit deiner Familie", sagte sie, doch dann fiel ihr ein, dass ihn das traurig stimmen könnte, nachdem seine Eltern tot waren und seine Brüder eine Stunde weit weg lebten. „Oder deinen Freunden. Im Grunde, wer auch immer da ist. Katze, Hund, Nachbarn, wer auch immer." Sie zuckte mit den Schultern, um es herunterzuspielen, für den Fall, dass er keine Pläne hatte.

Con lächelte. „Ist okay. Man besucht seine Familie. Ich verstehe."

„Dann entscheidet man, wer das Dinner ausrichtet. Das Dinner ist der wichtigste Teil. In der Regel bereitet jemand einen Truthahn zu, doch den kann man auch bestellen. Die anderen bringen die Beilagen mit, wie zum Beispiel Kartoffelbrei, grüne Bohnen, Preiselbeergelee, Maisbrot, Pekankuchen und so weiter…"

„Gab es all das auch beim ersten Thanksgiving, als die englischen Siedler ihre gefährliche Pilgerfahrt über den großen Teich hinter sich gebracht hatten?"

Madlyn kicherte. „Nicht wirklich. Man sagt, es gab irgendwelches Geflügel, Maiskuchen und Porridge, und das war's dann aber auch schon."

„Warum feiert man dann nicht mit Maiskuchen und Porridge?"

„Nicht wahr?" Madlyn lachte. „Man kann eigentlich tun und lassen was man will. Einmal haben mein Bruder und ich das Thanksgiving Dinner aus *Charlie Brown Thanksgiving* nachgekocht, bis hin zum verbrannten Toast, Geleebohnen und Popcorn. Ganz egal wie, es kommt nur darauf an, dass man sich dabei für all das bedankt, was Gott einem gegeben hat."

„Ihr habt allen Ernstes Geleebohnen zum Abendessen serviert?" Er lachte. „Ich wette, eure Eltern waren stolz auf euch."

„Meine Mom war stinksauer. Wir hätten stattdessen Pekankuchen machen sollen."

Ein paar Regentropfen begannen, um sie herum in den Sand zu fallen. Con sprang auf, nahm ihre Hand und zog sie in einer schnellen Bewegung zu sich hoch. „Lass uns reingehen."

„Klingt gut. Könnte sowieso ein Mittagsschläfchen gebrauchen", feixte sie.

Sie genoss den Tag mit Con. Es hatte eine Weile gedauert, doch zwischenzeitlich war sie ein bisschen entspannter, etwas, das ihr in letzter Zeit nicht gerade leicht gefallen war. Während sie sich sonst permanent bemühte, eine gute Mutter zu sein, hart für ihre Beförderung arbeitete und in Leos Netz permanenter Lügen eingewickelt war, fühlte es sich wunderbar an, einen Tag ganz für sich zu haben.

Doch einen Augenblick lang ließ sie ihre Nervosität die Überhand gewinnen, jetzt, wo sie auf dem Weg nach drinnen waren, wo mehr Wein und Musik auf sie warteten und die Versuchung, genau das zu tun, was sie vergangene Nacht getan hatten, nur, dass der Regen draußen noch zur romantischen Stimmung beitragen würde. „Hab letzte Nacht nicht viel geschlafen."

„Du? Du hast geschlafen wie ein Baby! Ich muss es wissen, denn ich habe dir dabei zugesehen."

Madlyn wurde rot, als er sie ins Haus führte. Seltsam, dass es einen Mann überhaupt interessieren könnte, wie sie aussah, wenn sie schlief. Hatte sie sich je so Hals über Kopf in einen Mann verknallt? Herrgott, sie konnte sich nicht daran erinnern, je solche Gefühle für Leo gehegt zu haben, und ihn hatte sie geheiratet!

Während Cons Braten im Ofen vor sich hin schmurgelte und seinen köstlichen Duft im Haus verströmte, wehte durch die offenen Fenster die kühle Sturmluft herein. Con schob Madlyn sanft ins Schlafzimmer, wo sie sich aufs Bett fallen ließen, seufzten und einander ansahen. Ohne Wein, der ihre Wahrnehmung und ihr Urteilsvermögen vernebelte, nahm sie sein unrasiertes Gesicht in ihre Hände und presste ihre zitternden Lippen auf seine, bevor sie sich wieder aufrichtete, um sich in seinen smaragdgrünen Augen zu verlieren. „Danke, dass du so lieb zu mir bist."

„Ist mir ein Vergnügen, Maddie", antwortete er und küsste sie zärtlich.

In seinem Kuss spürte sie eine Zurückhaltung, die ihr mehr bedeutete, als er es je ahnen würde. Leo hatte ihr nur Komplimente gemacht, *damit* sie mit ihm schlief, nette Dinge getan, *damit* sie ihn ranließ. Doch Cons liebe Worte kamen nicht mit einer unterschwelligen Aufforderung, ohne Drängen. Er nahm nicht den ganzen Arm, wenn sie ihm den kleinen Finger bot. Nichts. Mit Kontrolle und Geduld ließ er sie entscheiden, wann es sich richtig für sie anfühlte.

Und genau aus diesem Grund wollte sie ihn plötzlich.

Sie küsste ihn intensiver, und inhalierte ihn, als böte er all den Sauerstoff, den sie brauchte. Den Körper an ihn geschmiegt, die Beine mit seinen verschlungen, genoss sie es, wie er ihren Po packte, ihre Kurven erkundete und seine Hände in ihre Haare grub. In ihr brodelte ein Feuer, das sich schnell in ihre Gliedmaßen ausbreitete, in ihren Bauch, zwischen ihre Beine. Ruckartig richtete sie sich auf und zog das T-Shirt aus, das er ihr geliehen hatte, dann ließ sie auch ihren BH zu Boden fallen.

Voller Bewunderung starrte er ihre Brüste an, und der Funke in seinen Augen fachte ihr Feuer nur weiter an. Sie zog die Shorts aus, die er ihr gegeben hatte, und stand einen Augenblick lang nackt da, das Knie auf die Matratze gestützt, während er sie bestaunte, bevor sie seinen Hosenbund ergriff und ihm auch seine Shorts auszog. Sie konnte sich nicht an allzu viele Details der vergangenen Nacht erinnern, doch jetzt konnte sie ihn auf sich wirken lassen – groß und dick und mit einer leichten Krümmung.

„War es irgendetwas, das ich gesagt habe?", flüsterte er lächelnd.

„Alles, was du gesagt hast." Sie gewöhnte sich langsam an seinen Humor, und er gefiel ihr viel besser als Leos vollkommene Humorlosigkeit. Verlangen breitete sich aus, und während sie normalerweise eine Weile brauchte, vollbrachten seine Worte, seine Art und sein einzigartig-salziger Geruch wahre Wunder.

Sie kletterte über ihn, setzte sich rittlings auf seinen gestählten Körper und beobachtete, wie sich seine Augen weiteten, als sie die Kontrolle übernahm. Er wartete ein paar Sekunden, bis er in die Nachttischschublade griff, ein Kondom herausholte und es überstreifte. Dann positionierte sie sich über ihn und ließ sich langsam auf ihn nieder. Er stöhnte und schloss die Augen, während sie sich in langsamen, fiebrigen Kreisen an ihm rieb.

„Es macht dir nichts aus, dass ich dich gerade benutze, oder?", fragte sie verschmitzt.

„Bitte benutz' mich."

„Ist das entspannend genug?"

„Für mich auf alle Fälle."

Es würde nicht lange dauern, bis er kam, besonders wenn sie sich vorbeugte und ihre Brüste seine Haut streiften, während sie ihn küsste, tief und innig, und er darüber nachdachte, wie er auf dem Rücken lag, sie gewähren ließ und es genoss, ihr die Kontrolle zu überlassen. Sie drängte sich fester an ihn und rieb sich, bis sie es fast nicht mehr ertragen konnte. Je mehr sie stöhnte, desto energischer kam er ihr entgegen, reckte sein Becken in die Höhe und knetete ihren Po während er von unten in sie hinein stieß. Ob sie nun ihn fickte oder er sie, dessen war sie sich nicht mehr sicher, doch es war die ungezügelte Wildheit in seinem Blick, die sie in den Wahnsinn trieb.

Sie ergriff seine Schultern, als sie zu Zucken begann.

Er massierte und saugte an ihren Brüsten und dehnte ihren Orgasmus aus, während er schneller und härter zustieß. „Ich komme gleich", keuchte er.

„Bitte. Ja." Sie klammerte sich an ihn, als er sie immer heftiger fickte, spreizte ihre Beine weiter, bis er nicht mehr an sich halten konnte und laut stöhnte, während er weiter in sie hinein stieß, als er kam. Sie lag auf ihm, und sie atmeten gemeinsam, keuchten und seufzten als wären sie eins.

Einen Augenblick lang gab es außer ihrem Atem nichts. Keine Zeit, keinen Raum, keinen Sturm draußen, keine Wellen, die ans Ufer peitschten. Nichts, außer dem Pochen ihrer Herzen und ihrem Atem.

Dann vibrierte ihr Telefon, und fünf Sekunden später zerriss Leos Klingelton die Stille. Sie riss die Augen auf, unsanft in die Realität zurück gerissen. Sofort musste sie sich gegen die Schuldgefühle zur Wehr setzen, die plötzlich von allen Seiten auf sie eindroschen, als hätte sie etwas Verbotenes getan. Sie kletterte von Conor herunter, schlang das Laken, das auf den Boden gerutscht war, um sich und verließ das Zimmer, um ihr Telefon zu suchen.

„Ist alles okay?", fragte Conor, doch Madlyn wollte nur, dass es aufhörte zu klingeln. Als sie ihr Telefon gefunden hatte, trat sie auf die Veranda, immer noch nur in das Laken gewickelt. „Hallo?"

„Hey, wo bist du?"

„Ist doch egal. Was gibt's?"

„Oh, die Tatsache, dass du mir nicht sagen willst, wo

du bist, bedeutet, dass du nichts Gutes im Schilde führst."

Sie wandte sich vom Haus ab. „*Ich* führe nichts Gutes im Schilde? Das geht dich ja wohl überhaupt nichts an. Was willst du, Leo? Ist Jax okay? Seid ihr schon bei deinen Eltern?"

„Ihm geht's gut, doch Mann, wir sind nicht zu meinen Eltern gefahren. Ich muss ein paar Tage weg. Sie haben mir gerade erst gesagt, dass ich zu einer Konferenz muss. Ich muss heute Abend weg."

Ihr Magen zog sich zusammen. Soviel zum Thema Zeit für sie. „Im Ernst? Kannst du nicht morgen früh weg, wenn ich zurück bin?"

„Warum? Was ist so wichtig an einer Hochzeitsmesse, dass du heute Abend nicht hier sein kannst? Oder ist es, weil du gar nicht auf der Messe bist? Denn als ich dir gesagt habe, dass du dich nicht beeilen musst und noch eine Nacht bleiben kannst, habe ich bei Vanessa gemeint, Madlyn, und nicht bei irgendeinem Typen, den du in einer Bar zum Ficken abgeschleppt hast!"

Durch seinen herablassenden Tonfall zog sich ihr Magen vor Scham und Wut zusammen, auch wenn sie nichts Falsches getan hatte. Sie hatte das Recht, ihre Zeit zu verbringen, mit wem sie wollte. Sie waren geschieden, und Leo hatte keinerlei Rechte mehr an ihr. Warum ließ sie zu, dass er ihr weiterhin das Gefühl gab? Warum setzte sie sich nicht vehementer zur Wehr?

„Es ist vollkommen gleich, was ich tue, Leo, selbst wenn ich genau das täte", sagte sie, und ihr wurde übel, da sie das Gefühl hatte, sich verteidigen zu müssen. „Was im

Übrigen nicht zutrifft. Fakt ist, dass du gesagt hast, dass es kein Problem ist, wenn ich erst morgen zurückkomme."

„Und das war es auch nicht. Doch jetzt ist es das, darum hast du gefälligst nach Hause zu kommen. Wann kannst du hier sein?"

Da es erst vier Uhr war, konnte sie gegen sechs Uhr zu Hause sein. Nachdem sie ihm das gesagt hatte, legte sie auf und presste das Telefon an ihr pochendes Herz. So entspannt sie gerade eben noch gewesen war, das war alles futsch. Weg. Verpufft.

Conor kam nach draußen, mit nackter Brust und zerzausten Haaren. „Ist alles okay?"

Sie spürte, wie ihr Tränen in die Augen stiegen und blinzelte sie weg. Nein, nichts war okay. Ihr Ex-Mann war ein Arschloch. Ihr Sohn würde bald die Wahrheit herausfinden, dass seine heile Welt eine Lüge war, und jetzt musste Madlyn zurück, wo sie endlich einmal einen Tag Frieden und Ruhe gefunden hatte. „Ich muss gehen, Conor. Tut mir leid."

„Warum?"

„Arbeitskram und…" In ihrer Wut wäre ihr beinahe herausgerutscht, dass ihr Ex sie dazu zwang, ihren Trip abzubrechen, doch dann hätte sie ihm erklären müssen, warum Leo noch bei ihr und ihrem Sohn lebte. Das war es nicht wert. Sie hatte ohnehin nicht vor, etwas Ernstes mit Conor anzufangen, so süß er auch war.

„Bist du sicher? Ich dachte, wir haben eine schöne Zeit zusammen." Seine Finger streiften ihre Hand, als sie an ihm vorbei ging, eine stille Bitte, nicht zu gehen.

„Tut mir leid. Es ist nur – uff… Probleme." Nachdem sie ihre Sachen eingesammelt und sich versichert hatte, dass sie nichts vergessen hatte, ging sie ins Schlafzimmer, um sich anzuziehen. Als sie fertig war, blieb sie in der Tür stehen.

Conor lehnte am Küchentisch, die Arme vor der Brust verschränkt, und starrte sie enttäuscht an. Wieder war es ihr nicht vergönnt gewesen, ihm näherzukommen, nachdem sie Liebe gemacht hatten, und es tat ihr aufrichtig leid. Er war so zärtlich und geduldig gewesen, und sie hatte das Gefühl, dass sie ihm gegenüber nicht fair war.

Doch sie musste wirklich gehen, darum ging sie zu ihm, sah ihm ein letztes Mal in seine unglaublich grünen Augen und sagte: „Es tut mir leid, Con. Ich habe die Zeit mit dir wirklich genossen. Ganz ehrlich. Doch das ist jetzt vorbei."

„Warum muss es denn vorbei sein? Kannst du mir deine Telefonnummer dalassen? Kann ich dich anrufen?"

Gott, sie war versucht, sie ihm zu geben, doch es war keine gute Idee. Wenn ihr Leben irgendwann etwas weniger kompliziert war, wenn sie wieder allein war und sich imstande fühlte, eine neue Beziehung jonglieren zu können, dann würde sie sich vielleicht wieder bei ihm melden. Sie wusste jedoch, dass die Chancen, dass ein Mann wie Conor solo blieb, gering waren – eher nicht existent. „Ich kann nicht. Nicht im Moment. Pass auf dich auf." Sie lehnte sich vor und stahl noch einen letzten Kuss. Dann legte sie ihre Hand an seine Wange. „Danke für alles. Dafür, dass du mir ein Stück von mir selbst zurückgegeben hast, von dem ich geglaubt hatte, dass ich es vor langer Zeit verloren habe. Du bist ein ganz besonderer Mann, und eines Tages wirst du eine Frau sehr glücklich machen." Leider würde das jedoch nicht sie sein.

Mit diesem letzten Gedanken drehte sie um und ging hinaus.

KAPITEL FÜNF

Im einen Moment war sie da, im nächsten schon verschwunden.

Drei Tage war es her, seitdem Madlyn schneller als ein Rennfahrer am Start davongebraust war, und Conor musste immer noch an sie denken. Warum war sie so plötzlich gegangen? Hatte er etwas Falsches gesagt oder getan? Er war sich bewusst, dass sie verschwunden war, nachdem jemand sie angerufen hatte und sie leise mit der Person gesprochen hatte, während sie auf und ab gegangen war. Er hatte sie vom Fenster aus beobachtet, doch er hatte das Gefühl, dass er vielleicht etwas hätte tun können, um zu verhindern, dass sie verschwand, wenn er nur das Richtige gesagt hätte. Er hatte einfach nicht gewusst, wie er alles, was er für Maddie empfand, in Worte hätte fassen sollen, wie er hätte ausdrücken sollen, wie wichtig sie in weniger als 24 Stunden für ihn geworden war, ohne wie ein naiver, süßholzraspelnder Depp dazustehen.

Jetzt war sie weg, und er hatte keine wirklichen

Anhaltspunkte. Alles, was er wusste, war, dass sie in San Francisco lebte, geschieden war und für eine Hochzeitsplanungsagentur arbeitete, die *irgendwas* & Nora hieß, dass ihr Leben überaus kompliziert und anstrengend war und ihr Duft noch immer an seinen Laken hing.

Auch wenn er natürlich schon den einen oder anderen One-Night-Stand gehabt hatte, das mit Madlyn war anders gewesen. Vielleicht war es die Traurigkeit in ihren Augen gewesen, die ihn fasziniert hatte, dass sie das Bedürfnis gehabt zu haben schien, dass jemand ihr einfach ein bisschen Ballast abnahm, auch wenn sie die Starke gespielt hatte. Egal, Con hatte eine Verbindung zu ihr gespürt, stärker als er es je bei einer anderen Frau erlebt hatte. In der kurzen Zeit, die er mit ihr verbracht hatte, hatte sie ihm ein Gefühl der Leichtigkeit gegeben, das er seit lange vor dem Tod seiner Mutter nicht mehr gespürt hatte. Er hatte nicht einmal den Ballast bemerkt, den er selbst in seinem Herzen mit sich herumtrug – nicht nur die Trauer um seine Mutter, sondern ein Gefühl der Wertlosigkeit, das von seinem Mangel an Ehrgeiz herrührte und seinem Unwillen, sein Leben zu planen wie jeder andere – bis er verschwunden und wieder zurückgekehrt war.

Es war nicht, dass Madlyns Stress und Ehrgeiz ihm gezeigt hatten, dass seine Einstellung besser war, doch es war offensichtlich, dass er ihr so viel zu bieten hatte, indem er ihr zeigte, wie wichtig es war, eine Balance zu finden. Er war so wichtig für sie wie die Sonne für das Meer. Natürlich wurden Gezeiten schwerpunktmäßig vom

Mond ausgelöst, doch nur weil die Sonne einen geringeren Einfluss auf sie hatte, bedeutete das noch lange nicht, dass sie nutzlos war. Sie war die Grundbedingung allen Lebens, und gemeinsam mit dem Mond sorgte sie für Ebbe und Flut auf der ganzen Welt.

Wie seltsam, dass Madlyns plötzliches Auftauchen in seinem Leben ihn auf eine Art und Weise geerdet hatte, wie ihn all seine Reisen und das gute Zureden seiner Mutter es nicht vermocht hatten. Und wie vielsagend, dass ihr genauso plötzliches Verschwinden ihn so sehr belastete und ihn Tag und Nacht verfolgte.

Nach dem Unterricht ging er am Strand spazieren und blieb stehen, um die Felsen anzustarren, bei denen er sie das erste Mal gesehen hatte. Würde sie jemals zurückkommen? Als die Sonne schließlich unterging, wartete Con auf den grünen Blitz am Horizont, um seinen allabendlichen Wunsch zu äußern. Normalerweise wünschte er sich, seine Eltern in seinen Träumen sehen oder hören zu können, oder dass er endlich klar sah, was sein Leben anging, doch diesmal wünschte er sich, Maddie wiederzusehen, und dass der Eindruck, den er hinterlassen hatte, gut genug war, dass sie zurückkommen wollte. Mehr konnte er nicht tun.

Doch er hatte die Endgültigkeit in ihrer Stimme gehört, als sie ihm gesagt hatte, dass er eines Tages eine andere Frau glücklich machen würde. Er hatte den bedauernden und doch entschlossenen Ausdruck in ihrem Gesicht gesehen. Doch warum? Warum so endgültig, wo sie doch geschieden war?

Er hob ein Stück Treibholz auf und warf es zurück ins Wasser.

Er hatte sich nicht eingebildet, dass sie sich ihm geöffnet hatte, je mehr Zeit sie miteinander verbracht hatten. Dass sie angefangen hatte, mehr über sich selbst zu erzählen und darüber, wie ihre Mutter sie im Stich gelassen hatte. Und als sie Liebe gemacht hatten, hatte sie nichts zurückgehalten, hatte ihn geritten und ihre eigenen Gelüste befriedigt, ihn benutzt, wie sie augenzwinkernd gesagt hatte, und es war ihm recht gewesen, da er gewusst hatte, dass sie ihn nicht unbefriedigt sitzenlassen würde.

Doch aus irgendeinem Grund hatte der Telefonanruf sie dazu gebracht, sich zurückzuziehen. Ihre emotionalen Schilde wieder hochzufahren. Er war sich sicher, dass er sie nie wiedersehen würde, wenn er nicht die Initiative ergriff.

In seinem ganzen Leben war er noch nicht ein einziges Mal einer Frau hinterher gelaufen.

Die Frage war nur, wo er anfangen sollte.

Die Straße nach Forestville führte Conor an den wunderschönen Russian River Weingütern vorbei – einige waren Häuser im Tudor-Stil, andere schlichte Gebäude mit handgemalten Schildern davor, und viele hatten bunte Gärten. Vor dem Hintergrund des dunklen Violett des herbstlichen Himmels, strahlten sie, mit ihren hell erleuchteten Fenstern, die die Besucher nach drinnen ins Warme einluden, einen morbiden Charme aus. Als er eine Stunde, nachdem er in Timber Cove losgefahren war, in Forestville ankam, stellte er seinen Wagen auf dem

Parkplatz der alten *Mulligan's Tavern* ab und bestaunte die Verwandlung, die der Pub durchgemacht hatte, in dem sich seine Mutter und sein Vater vor mehr als dreißig Jahren das erste Mal begegnet waren.

In nur einem Monat hatten seine Brüder – manchmal mit seiner Hilfe – die alte Taverne von innen und außen renoviert. Schickes, warmes Licht erhellte jetzt die Eingänge, Bistrotische und Schirme standen draußen und luden Gäste ein, herein zu kommen, und er wusste auch, wie es drinnen aussah – brandneu verputzte Wände, klassische Schwarz-Weiß-Drucke von Dublins Sehenswürdigkeiten, nagelneue Tische, Stühle und Sitznischen. Vor dem Haupteingang stand eine Schlange von etwa dreißig Leuten, die darauf warteten, eingelassen zu werden. Er erkannte Mr. Paul Brennan, den Vorbesitzer des *Mulligan's,* Penny Parker vom *Russian River House*, wo er seine erste Nacht in den USA verbracht hatte. Er sah auch ein paar andere Leute, die er durch Dara, Paul Brennans Tochter, kennengelernt hatte und das Mädchen, mit dem er ein paarmal ausgegangen war, als er in Forestville angekommen war.

Die Leute unterhielten sich gut gelaunt, eingewickelt in Schals, die Hände in ihre Jackentaschen vergraben, und warteten gespannt darauf, dass sich die Türen des neuen *The Stylish Irish* öffneten. Als er auf sie zuging, hoben einige zum Gruß die Hände. Conor winkte zurück, dann ging er an ihnen vorbei, auf die andere Seite des Gebäudes, wo eine Tür einen Spalt weit offen stand.

Er klopfte an und schob den Kopf in die Küche. „Was

geht? Ihr dürft jetzt mit der Party anfangen. Ich bin da."

Die Gesichter, die ihm entgegenstarrten, erkannte Conor als Cooke und Mellie, das ältere farbige Paar vom *Russian River House*. „Hi, Mr. O'Neill. Wie geht's, wie steht's?", sagte Cooke mit einem strahlenden Lächeln.

„Gut, und Ihnen mein Freund?" Er hatte die beiden Köche während seines Aufenthalts in Lilly Parkers Pension kennengelernt, doch nachdem Quinns Freundin die Stadt verlassen hatte, um in Miami ein Praktikum anzutreten, das sie vom FoodNetwork gewonnen hatte, hatte Quinn, der Haupteigentümer des *Stylish Irish*, das Paar angeheuert, um ihnen bei der Eröffnung zu helfen.

„Ausgezeichnet. Ihre Brüder sind im Gastraum und bereiten alles für den großen Moment vor. Sollten vielleicht reingehen und Hallo sagen." Cooke nickte Con zu.

„Das werde ich tun. Danke, Mann." Er ging den kurzen Flur entlang, der in den Gastraum führte, wo er seine Brüder sah, die zwischen Euphorie und Stress pendelten. Con lehnte sich an die Wand, um zu lauschen, ob sie vielleicht über ihn herzogen, doch Quinn und Sean sahen ihn und prosteten ihm mit ihrem Guinness zu – dem schwarzen Zeug, wie sie es zu Hause nannten.

„Yay! Der Volldepp ist da! Damit wären wir ja vollständig!", rief Sean, sein jüngster Bruder und kam mit offenen Armen auf ihn zu.

„Hallo, du Made. Hab dich schon in der Küche gerochen", sagte Con und versetzte seinem kleinen Bruder einen Knuff gegen die wohlgeformte Schulter.

Quinn, der Jeans und ein schickes, schwarzes Hemd trug, wirkte ruhiger denn je. Als Dad gestorben war, war Quinn nach Dublin zurückgekehrt, um Mom beim Führen des Familienrestaurants zu helfen. Davor war er professioneller Rugby-Spieler gewesen, und Conor hatte immer geglaubt, dass sein großer Bruder wieder zu seinem Sport zurückkehren würde, wenn er die Chance bekäme. Nachdem Mom gestorben war, waren Quinn und Conor jedoch nach Forestville gereist, um zu sehen, ob es dort irgendwelche Möglichkeiten für sie gab. Con hatte sofort gesehen, welche Wirkung dieser Ort und Lilly Parker auf seinen ältesten Bruder gehabt hatten. Quinn, der sonst immer überaus pflichtbewusst gewesen war, und dem es immer nur um die anderen gegangen war, hatte sich plötzlich entschlossen, sich und seine Träume an erste Stelle zu setzen. Als Quinn dann vorgeschlagen hatte, *Mulligan's Tavern* zu kaufen und zu renovieren, hatte er Con ziemlich überrascht, doch scheinbar hatte Quinn schon lange davon geträumt, seinen eigenen Pub zu eröffnen, anstatt das Etablissement seines Vaters mit dessen eingefahrenen Praktiken weiterzuführen.

Es war, als hätte der Geist ihrer Mutter die Hände im Spiel, der dafür sorgte, dass sich ihr ältester Sohn in die richtige Richtung bewegte, wissend, dass seine jüngeren Brüder wie immer seinem Beispiel folgen würden. Bald darauf hatte der Pazifik Con gerufen, und Brady, Sean und Riley waren in die Staaten gezogen, um Quinn zu helfen und zu sehen, welche Chancen sich ihnen dort boten. Auf ihre ganz eigene Art und Weise hatte jeder der O'Neill-

Brüder seinen Weg gefunden.

Con ging auf seinen großen Bruder zu und nahm ihn in den Arm. „Glückwunsch, Quinn. Ist ein großer Tag für dich, nicht wahr?"

„Und wie. Ich wünschte nur, Mom und Dad könnten dabei sein."

„Ja. Tut mir leid, dass Lil nicht hier sein kann. Wirst du mit ihr skypen…?" Cons Stimme verklang, als er Quinns Grinsen sah. „Ah, nein wirklich? Sie hat es doch geschafft?"

„Hat mich überrascht. Sie muss morgen wieder zurück, doch sie hat es sich nicht nehmen lassen wollen."

„Natürlich würde ich es mir nicht nehmen lassen."

Con drehte sich zu der heiseren, femininen Stimme um und musterte die blonde, kurvige Frau, die das Herz seines Bruders gestohlen hatte. „Lilly!"

Sie sah umwerfender aus denn je. Lachend umarmte sie ihn. „Con!"

„Wie läuft's in Miami?"

„Ausgezeichnet. Ich lerne so viel. Es ist wunderbar. Allerdings fehlen mir die charmanten irischen Adonisse. Zumindest die fünf, die ich am liebsten mag." Mit einem schnellen Kuss auf Cons Wange trat sie zurück und schmiegte sich an Quinn.

Quinn sah sie liebevoll an und sah glücklicher aus, als Con ihn je gesehen hatte. Sein Bruder hatte wirklich einen Volltreffer gelandet. Lilly war wie eine goldene Statue und noch dazu liebenswert und warmherzig.

„Wie läuft der Surfladen?", fragte Quinn.

„Gut", antwortete Con, der sich wünschte, dass das Geschäft besser liefe, doch er wollte neben seinen Brüdern, die gerade im Begriff waren, ihr Restaurant zu eröffnen, nicht wie ein Versager aussehen. Vor seinem Laden in Timber Cove gab es keine Schlangen. „Ich habe drei Surfkurse die Woche und den Rest der Zeit verkaufe ich Surfboards. Das ist *das* Leben, sage ich dir."

„Ausgezeichnet. Ich bin stolz auf dich." Quinn warf ihm einen beschützerischen, brüderlichen Blick zu.

„Ich auch, Con", sagte Lilly. „Deine Brüder freuen sich auch, dich zu sehen. Quinn, warum sagst du ihnen nicht, dass er hier ist, während ich nachsehe, ob Cooke und Mellie irgendwas brauchen?"

Einen Augenblick lang zögerte Quinn, sie aus den Augen zu lassen, dann senkte er den Kopf und flüsterte ihr etwas ins Ohr. Lilly wurde rot und küsste ihn zärtlich, bevor sie Con anlächelte und in die Küche verschwand.

„Du musst wirklich deine notgeilen Triebe besser kontrollieren und aufhören, das arme Mädchen zu blamieren", sagte Con.

Quinn schnaubte. „Wir können einander wochenlang nicht sehen. Meine notgeilen Triebe kommen gerade erst in Fahrt."

Con schüttelte den Kopf. „Hast du ihr schon die Bäckerei gezeigt?" Quinn hatte einen Bereich des Restaurants mit einer großen Doppeltür abgetrennt, in dem Lily ihre eigene Bäckerei betreiben konnte. Kabel und Anschlüsse waren auch schon alle gelegt.

„Ja, gleich, nachdem sie angekommen ist. Sie denkt

schon über Wandfarben, Geräte und Tischdecken nach."

„Sie ist glücklich."

Quinns Miene wurde ernst. „Das ist sie."

„Dann lohnt sich diese Fernbeziehung also?"

„Habe nicht eine Sekunde daran gezweifelt. Das Restaurant hier ist mein Traum. Doch Lil? Sie ist alles für mich, Con."

Als Con das Gesicht seines Bruders sah, wusste er, dass er das, was er gerade gesagt hatte, von ganzem Herzen so meinte, und ein Kloß bildete sich in seinem Hals. Er legte eine Hand auf Quinns Schulter, und die Geste sagte mehr als alle Worte.

„Dann lass uns gehen, Made", sagte Quinn. Er brachte Con zu Brady und Riley, die in einer Ecke diskutierten. „Sieh an, sieh an. Wen haben wir denn da?"

Bradys Augen strahlten, als er Con sah, und Con gewann den Eindruck, seinen älteren Bruder noch nie so ruhig und zufrieden gesehen zu haben, wie an diesem Abend. Vor ein paar Jahren sein Baby und dann auch noch seine Frau Elizabeth verloren zu haben, nachdem sie den Schmerz nicht hatte ertragen können, hatte wirklich seinen Tribut gezollt, doch heute, in seinen dunklen Jeans und dem dunkelroten Hemd, war Brady der Inbegriff guter Laune.

„Con."

„Brady." Conor umarmte seinen Bruder und klopfte ihm ein paarmal auf den Rücken.

Riley, erwachsen wie immer, sprang auf Cons Rücken und zerzauste ihm die Haare. „Pffff. Dachte ich mir doch, dass es hier stinkt. War ja klar, dass du das bist!"

„Runter von meinem Rücken, Dumpfbacke! Herrgott, das ist ein nagelneues Hemd!" Con strich sein ordentlich gebügeltes Hemd glatt und versetzte Riley einen Klaps auf den rot-gesträhnten Hinterkopf.

„Schön, dich mal in was anderem als einem T-Shirt zu sehen, du Laus."

„Das sagt der Richtige! Genau der, der sonst immer in Jogginghosen rumrennt. Ah, scheiß drauf. Wie geht's?"

„Gut, Mann, gut. Hab mich mit deiner Ex Dara vergnügt." Riley grinste wie ein Rotzbengel.

Con sah ihn ungläubig an, bis Riley ihn knuffte. „Nah, war nur'n Witz. Soweit ich weiß, hat sie nen Neuen."

Wirklich? Das letzte, was Con gehört hatte, war, dass sie mit jemandem ausging, doch es sollte nichts Ernstes gewesen sein. Er fragte sich, ob er sie an diesem Abend sehen würde.

„Was? Kein Glas in der Hand?", sagte Brady zu Con und klopfte ihm auf den Rücken. „Das müssen wir sofort ändern."

Um Punkt acht Uhr standen die fünf Brüder im Kreis, die Arme umeinander gelegt, und Quinn sprach ein kurzes Gebet. „Gott unser Vater, lass Mom und Dad wissen, dass wir immer noch da sind, stärker denn je. Wir öffnen *The Stylish Irish* zu ihren Ehren und danken ihnen für ihr Vermächtnis. Wir lieben dich, Mom. Wir lieben dich, Dad." Er nickte und sah seine Brüder an. „Pack mer's, Jungs."

Quinn rief Lilly zu sich, und zu sechst stießen sie an.

Während die anderen an die Decke starrten und so taten, als hörten sie nicht zu, küsste Quinn Lilly. „Ich liebe dich, meine Schöne."

„Ich dich auch", flüsterte sie zurück und sah ihn verliebt an. Dann versetzte sie ihm einen Klaps auf den Po. „Und jetzt los. Macht die Türen auf!"

Brady nahm seinen Platz neben Quinn ein, um die Gäste zu begrüßen, während Sean und Riley sich zu den neuen Barkeepern Dane und Erica hinter die Bar stellten. Erica war eine hübsche Blondine mit pinkfarbenen Strähnen, die Riley verstohlene Blicke zuwarf, während der versuchte, eine Wodkaflasche herumzuwirbeln wie ein professioneller Barkeeper.

„Riley, lass den Scheiß", schalt Quinn ihn von der Tür aus.

Riley stellte die Flasche ab, und Erica wandte den Blick ab, während Sean sich ins Fäustchen lachte. Als sich die Türen öffneten, strömten die gut gelaunten Gäste jubelnd herein, und Cons Herz machte einen Sprung.

Er war stolz, dass sie alle Schwierigkeiten überwunden und es geschafft hatten, doch am stolzesten war er darauf, dass sie sich gemeinsam entschlossen hatten, in Amerika neu anzufangen, und dass sie an ihrem Plan festgehalten hatten. Das war seine Familie.

Con mochte die neuen Angestellten, alle frisch und motiviert, ihr Bestes zu geben. Er liebte es, Quinn in seinem Element zu sehen, froh, dass er etwas gefunden hatte, das ihn zum Lächeln brachte, das nichts mit Rugby zu tun hatte: Lilly. Es war, als hätten sie wieder eine echte

Familie – nur jetzt hier, in den USA.

Selbst Dara tauchte schließlich auf, wenn auch mit einem neuen Typen an ihrer Seite, und schien guter Stimmung zu sein. Sie winkte Con von der anderen Seite des Gastraums und warf ihm schüchterne Blicke unter ihrem schwarzen Pony hervor zu. Wer war der Typ? Con hatte ihn noch nie gesehen, doch er sah nett aus. Con war nicht überrascht darüber, wie wenig es ihm ausmachte, sie mit einem anderen Mann zu sehen. Sie war seine Freundin und Gefährtin gewesen, als er sie gebraucht hatte, doch sie hatten immer gewusst, dass sie nicht zusammenbleiben würden, und hatten sich im Guten getrennt.

Das einzige, was wirklich fehlte, dachte Con, als er sich an die Bar setzte und das Gewusel im neuen, stilvollen Pub seiner Brüder beobachtete, war eine stilvolle Frau an seiner Seite. Eine mit fesselnden braunen Augen, kurviger Figur und der Fähigkeit, ihn zu erregen, ob sie ihn nun ankeifte wie eine Furie oder schnurrte wie ein Kätzchen.

Vielleicht war es das Bier oder die Tatsache, dass alle anderen sich bei einem Glas Cider amüsierten, doch Cons Herz war woanders.

Mit seinem Smartphone ging er ins Internet und suchte nach Hochzeitsplanern in San Francisco. Unter den ersten drei Ergebnissen fand er *Deene & Nora*. „Das ist es", murmelte er. Vielleicht käme es zu aufdringlich rüber, wenn er versuchte, sie zu kontaktieren, besonders an einem Donnerstagabend, wenn die Wahrscheinlichkeit, sie dort zu erreichen, gegen Null ging, doch er hätte es sich nie verzeihen können, wenn er es nicht zumindest versucht hätte – ein einziges Mal.

Er rief das Büro an und erreichte lediglich den Anrufbeantworter. Er räusperte sich. *„ Um eine Nachricht für einen unserer Mitarbeiter zu hinterlassen, drücken Sie bitte eins..."* Er drückte eins und lauschte dem automatischen Telefonverzeichnis, dann tippte er die Durchwahl, die ihn zu Madlyn Sanchez' Anrufbeantworter weiterleitete.

Nach dem Piepton wollte er schon auflegen, doch dann dachte er sich *was soll's?* „Hi, das ist eine Nachricht für Madlyn Sanchez", sagte er mit weiblich-verstellter Stimme. „Ich bin eine Braut, die nächstes Jahr im Sommer heiraten möchte, und ich möchte Sie damit beauftragen, mir ein *atemberaubendes* Kleid zu finden. Ich habe gehört, Sie sind die Beste!" Con schmunzelte und schüttelte den Kopf angesichts der Absurdität seiner Nachricht. *Verdammt.* Er hätte sie vor dem Bier anrufen sollen.

Er räusperte sich und senkte seine Stimme. „Maddie, ich bin's Con O'Neill. Das mit dem Kleid war ein Scherz, doch nicht, dass du die Beste bist. Der Teil war ernst gemeint. Ruf mich bitte an, auf dieser Nummer hier. Danke."

KAPITEL SECHS

Was ihr jahrelang vollkommen normal vorgekommen war – dass Leo in dem Haus in Ashbury Heights in San Francisco herumlief, das er mit Madlyn teilte – wurde für sie immer irritierender. Nach der Trennung schien es eine gute Idee gewesen zu sein. „Lass uns weiter im selben Haus wohnen, um Jax' Leben nicht ins Wanken zu bringen", hatte er letztes Jahr gesagt. Madlyn, die alles getan hätte, damit Jax nicht unter der Scheidung litt, hatte der Gedanke an Stabilität gefallen.

Doch in Wahrheit hatten sie Jax lediglich in einer falschen Sicherheit gewogen, eine Tatsache, der sich Madlyn jedes Mal brennend bewusst wurde, wenn er an Mommys und Daddys Hand die Straße entlang ging, als wäre die Welt vollkommen in Ordnung.

Es war keine gute Idee, einen kleinen Jungen anzulügen und so zu tun, als liebten sich Mommy und Daddy noch, wenn dem offensichtlich nicht so war. Sich zu entlieben war nie Madlyns Plan gewesen, doch sie hatte genausowenig vorgehabt, die zahllosen Emails, Nachrichten, Chats und geheimen Konten zu finden, die ihr gezeigt hatten, dass sie Leo egal gewesen war.

Was sie jedoch noch wütender machte, war, dass Leo jedes Mal, wenn Madlyn einen Schlussstrich ziehen und ihr eigenes Leben leben wollte, immer noch versuchte, sie zu kontrollieren. Mehrere Tage, nachdem sie aus Timber Cove zurückgekehrt war, befand sie sich immer noch mit Leo im SMS-Krieg. Von seinem Zimmer aus verlangte er, dass sie ihm sagte, mit wem sie ihre Zeit verbracht hatte, wo sie gewesen war, und rieb ihr unter die Nase, dass sie eine schlechte Mutter war, weil sie Jax allein gelassen hatte, um einen anderen Mann zu treffen, auch wenn ohnehin geplant gewesen war, dass Jax diese Zeit mit seinem Vater verbrachte. Wenn Leo so irrational und unberechtigt eifersüchtig war, antwortete Madlyn nur mit „Okay", „Sicher" „Aha" und ihrem neusten Lieblingskonter „Du hast vollkommen recht", um ihm den Wind aus den Segeln zu nehmen. So ging es nun schon seit Tagen, und sie war bereit, ihn vom Balkon im zweiten Stock zu stoßen, wenn sie dafür nur einen Tag Ruhe und Frieden bekäme.

Als ein Vibrieren eine neue Nachricht von Leo ankündigte, hätte Madlyn beinahe ihr *Handy* aus dem Fenster geworfen. Stattdessen steckte sie es in ihre Tasche, atmete ein paarmal tief durch und konzentrierte sich auf das eine Gute, das ihre Ehe hervorgebracht hatte – ihren wunderbaren kleinen Sohn.

„Die Laster fahren zur Arbeit..." Auf Jax' Bett

sitzend, las Madlyn ihm aus seinem Lieblings-Bilderbuch über Lastwagen auf einer Baustelle vor, die am Morgen früh zur Arbeit fuhren und am Abend nach einem langen Tag nach Hause zurückkehrten. In so ziemlich jeder Szene machte sich eine Schildkröte auf den Weg auf die Baustelle. „Schildkröte, was machst du hier?", improvisierte Madlyn.

Jax lachte und kuschelte sich an sie.

„Die Laster transportieren große Steine... und da transportieren sie kleine Steine." Madlyn blätterte um und erwartete weiteres Gekicher. „Schildkröte! Was machst du da?", sagte sie mit empörter Stimme, da die Schildkröte vollkommen ungeschützt auf die Baustelle kroch. „Da darfst du nicht hin, Schildkröte. Raus da, los jetzt!"

„Komm schon, Schildkröte, Mommy hat gesagt, dass du gehen sollst!", fügte Jax hinzu.

„Das stimmt. Hör auf Jax. Er ist schlau", sagte Madlyn und blätterte um. Jax legte seine Hand auf ihren Arm. Sie starrte ein paar Sekunden lang seine Hand an, bevor sie sich wieder dem Buch zuwandte. Er würde nicht mehr lange so klein bleiben. Bald würde er eingeschult werden. Ein großer Junge. Sie musste diese Augenblicke genießen, so lange sie konnte.

Als sie am Ende des Buchs angekommen waren, klappte sie es zu und küsste ihn auf den Kopf. „Schlafenszeit, mein Großer."

„Mommy, bleib bei mir." In seine Decke gewickelt, unter der er seinen *Jurassic Park* Pyjama trug, zupfte er an ihrem Ärmel und zog sie zu sich ins Bett. „Daddy bleibt nie bei mir. *Bittebitte.*"

„Jax, du musst allein einschlafen, Schatz. Das weißt du." Madlyn beugte sich zu ihm hinunter und küsste sanft seine Stirn. Sie strich ihm über die weichen braunen Locken und inhalierte seinen Babyduft. Mit verbundenen Augen hätte sie seinen Duft unter zehn anderen Kindern erkennen können.

Seit zwei Jahren schon versuchten sie und Leo, Jax dazu zu bringen, alleine einzuschlafen, doch seit zwei Jahren wehrte er sich dagegen. Er weinte, dann sagte er, er müsse aufs Klo, dann hatte er Durst – eine Ausrede folgte auf die andere. Sie hatten sich in Geduld geübt, und kurz bevor Leo und sie letztes Jahr angefangen hatten, zu streiten, hatte sie ihn *beinahe* soweit gehabt, dass er einschlief, ohne dass jemand bei ihm war. Doch als die Streitereien angefangen hatten, war die Spannung deutlich spürbar gewesen. Jax hatte bemerkt, dass etwas nicht stimmte, und ehe sie sich versah, hatte er wieder angefangen zu betteln, dass sie blieben.

Ab und zu gab sie nach, und sie musste zugeben, dass es manchmal nicht nur für ihn war. Sie brauchte es genauso. Sie wusste, dass diese Inkonsequenz wahrscheinlich dafür verantwortlich war, dass sie ihr Ziel noch nicht erreicht hatte, Jax dazu zu bringen, allein einzuschlafen, doch manchmal, am Ende eines langen Tages, wollte sie einfach nur den Trost spüren, ihr Baby in ihren Armen zu halten und ihm ihre Nähe geben.

An diesem Abend war sie unentschlossen, vor allem, weil Leo ihr es wieder ewig unter die Nase reiben würde, wenn sie nachgab. Sollte sie sich zusammenreißen und gehen, oder nachgeben? Ein paar Minuten mit ihm zu kuscheln konnte ja nicht wehtun.

„Nur ein paar Minuten…Bitte…"

Madlyn biss sich auf die Lippe, dann seufzte sie und tat, was sich richtig anfühlte: sie legte sich neben ihn. Sein warmer kleiner Körper schmiegte sich sofort an ihn, als sie die Augen schloss und wusste, dass sie alles für ihren Kleinen tun würde.

Sie *würde* alles tun, und dazu gehörte, dass sie ihm sagen musste, dass sie und Leo nicht mehr zusammen leben konnten. Mehr denn je wusste sie, dass es bald passieren musste. Das war nicht nur, weil sich Leo wieder einmal von seiner kleinkarierten Seite gezeigt hatte, als er verlangt hatte, dass sie von einer Minute auf die andere ihre Pläne änderte – auch wenn seine Geschäftsreise schon wieder abgesagt worden war, als sie zu Hause angekommen war. Es war, weil sie sich schon lange furchtbar fühlte, ihren Sohn derart anzulügen, und sie wusste, dass es der beste Weg für Jax war, sich mit der Scheidung seiner Eltern abzufinden, wenn sie auch getrennt lebten.

Als ihr Handy vibrierte, sah Madlyn Jax an und bemerkte, dass er seine Augen geschlossen hatte und gleichmäßig atmete. Er schlief. Vorsichtig zog sie ihr Handy aus der Tasche und warf einen Blick auf den Bildschirm. Die Nachricht war von Vanessa, die fragte, ob sie vorbeikommen konnte, und Madlyn antwortete mit ja. Nichts war schlimmer als die stillen Stunden nach

Schlafenszeit allein mit Leo im Haus, wenn sie wusste, dass er jeden Augenblick explodieren konnte. Ein weiterer Grund, aus dem sie nicht zusammen leben sollten. Das, und die Tatsache, dass Leo sich in letzter Zeit immer beleidigender verhielt. Sie fragte sich, ob er anfing, sie in ihrer Abwesenheit bei Jax schlecht zu machen, und ihm einredete, dass sie sich nicht um ihn kümmern wollte. Sie hatte nie geglaubt, dass er jemals dazu imstande wäre, doch in letzter Zeit traute sie ihm alles zu.

Leo steckte seinen Kopf in Jax' Zimmer. „Ich gehe", sagte er in derart kaltem und lautem Ton zu Madlyn, dass Jax erschrocken aufwachte. Madlyn erstarrte und fragte sich, ob er es absichtlich getan hatte, doch dann erinnerte sie sich daran, dass Leo Jax liebte und ihm immer ein wunderbarer Vater gewesen war. „Bis später!" Er winkte und deutete mit dem Finger auf Jax. „Hab dich lieb, kleiner Mann. Vergiss das nicht."

„Bye, Daddy", murmelte Jax schläfrig, dann schloss er wieder seine Augen.

Eine Minute verging, und auch wenn Madlyn nicht aufblickte, spürte sie, dass Leo immer noch in der Tür stand und sie ansah.

„Ich dachte, du wolltest nicht mehr bei ihm sitzen, bis er eingeschlafen ist", brummte Leo schließlich.

„Das ist okay", sagte sie nur.

„Du bringst ihn nur unnötig durcheinander."

Sie warf ihm einen bösen Blick zu. *Und die Tatsache, dass du immer noch hier bist, ist nicht verwirrend?*

Leo verdrehte die Augen und ging.

Ein paar Minuten später löste sich Madlyn vorsichtig von Jax, kletterte aus dem Bett und küsste ihn zärtlich auf die Stirn. Sie kehrte in ihr Zimmer zurück, legte sich auf ihr Bett und schloss die Augen. Einen Augenblick lang hagelte eine ganze Litanei von Vorwürfen auf sie ein – jede Ausrede, die Leo ihr entgegengeschleudert hatte, um sein Fremdgehen zu entschuldigen. Sie war zu kühl. Sie arbeitete zu viel. Schenkte Jax mehr Aufmerksamkeit als ihm. Wollte keinen Sex mit ihm mehr.

Natürlich hatte er all ihre verzweifelten Bemühungen nicht erwähnt, die sie unternommen hatte, als sie bemerkt hatte, dass er ihr entglitt – lange bevor sie herausgefunden hatte, dass er fremdging. Sie hatte Wochenend-Urlaube geplant. Neue Lingerie gekauft. Für ihn gekocht, lediglich in Schürze und High Heels gekleidet. Ja sogar ihre Arbeitszeit gekürzt.

Nichts war genug für ihn gewesen.

Sie war nicht genug für ihn gewesen.

Auch wenn sie sich größte Mühe gab, nicht an ihn zu denken, fragte sie sich, ob sie je genug für einen Mann sein konnte, von einem Mann wie Conor ganz zu schweigen.

Jünger. Attraktiv, sexy und charmant mit einem irischen Akzent und einem entspannten Selbstbewusstsein, das Frauen wie die Fliegen anziehen musste.

Und warum dachte sie überhaupt an so etwas? Warum zum Henker gab sie sich die Schuld am Scheitern ihrer Ehe? Sie war nicht schuld daran. Und warum konnte sie nicht aufhören, an Conor O'Neill zu denken? Zwischen ihnen lief nichts mehr.

Erledigt. Puff! Vorbei.

Sie hatte ein großartiges Leben und sie brauchte weder Leo, Con, noch einen anderen Mann zur Bestätigung.

Um sich selbst davon zu überzeugen, dachte sie an schöne Momente – Erinnerungen an eine Radtour an den Pier von Redondo Beach mit ihrem Dad und ihrem Bruder vor vielen Jahren. Mädelabende in der Stadt mit Vanessa und ihren anderen Cousinen. Den Tag vor viereinhalb Jahren, als Jax zur Welt gekommen war und sie zum ersten Mal die Haut und die Haare ihres Babys gerochen hatte…

Den Tag mit Conor in Timber Cove.

Sie seufzte. So sehr sie sich auch bemühte, sie konnte nicht aufhören, an ihn zu denken. Wie er freche Bemerkungen gemacht und sich anschließend auf die Lippe gebissen hatte, weil er damit gerechnet hatte, dass sie angepisst reagieren würde. Dabei war jedes Mal sein Grübchen zum Vorschein gekommen. Es hatte ihm solchen Spaß gemacht, sie aufzuziehen. Sie dachte daran, wie er in der Küche herumgehuscht war, um alle Zutaten zum Kochen zusammenzusuchen. Leos Vorstellung von Kochen war es gewesen, eine Pappschachtel zu öffnen und die Plastikfolie abzuziehen. Con jedoch hatte beinahe keinen Braten machen wollen, weil der Thymian und der Salbei in seinem Kühlschrank nicht frisch genug gewesen waren und er befürchtet hatte, er könnte sie enttäuschen. Hallo? Sie *enttäuschen?* Er hatte sich Zeit genommen zu kochen – für *sie!* Sollte man nicht meinen, dass ein Mann, der sich beim Kochen derart bemühte, dieselben Anstrengungen in eine Beziehung investieren würde?

Insgeheim wünschte sie sich, dass er ihr gefolgt wäre, als sie gesagt hatte, dass sie gehen musste. Sie zum Auto gebracht hätte oder ihr vielleicht sogar nachgerannt wäre, um ihr seine Liebe zu gestehen. Doch das war natürlich lächerlich. Sie hatten kaum einen ganzen Tag miteinander verbracht. So etwas wie Liebe auf den ersten Blick gab es nicht. Leo hatte ihr das vor einem Jahr bewiesen.

Ein Klopfen an der Haustür riss sie aus ihren Gedanken, und sie sprang auf, in der Hoffnung, dass es Jax nicht aufgeweckt hatte, doch im selben Moment erschien Jax in ihrer Tür.

„Mommy, kannst du dich bitte zu mir legen?"

„Tía Vanessa ist hier, Baby. Ich muss sie reinlassen." Sie brachte Jax zurück in sein Bett, deckte ihn zu und legte ihm Norman, seinen Plüsch-T-Rex in den Arm. Als Jax ihn von allen Seiten betrachtete, seufzte Madlyn. „Oh je. Das wird eine lange Nacht."

„Bitte komm gleich wieder zurück, Mommy, ja?", rief Jax ihr hinterher, als sie sein Kinderzimmer verließ.

„Ja, Eure Hoheit."

Jax kicherte.

Madlyn schloss die Tür auf und trat beiseite, um Vanessa einzulassen. Groß und natürlich schlank, auch wenn sie aß wie ein Scheunendrescher, hatte ihre Familie ihr als Kind den Spitznamen *La Flaca* gegeben: die Dünne. „Hey du" Sie tauschten die üblichen Wangenküsse aus, dann trat sie ein. „Wo ist mein *Gordito*? Schläft er schon?"

„Dein *Gordito* möchte, dass ich mich wieder zu ihm lege. Es wundert mich, dass er noch nicht nach mir ruft." Madlyn führte Vanessa in die Küche und bot ihr ein Bier an.

„Mommy!", rief Jax laut aus seinem Zimmer.

Vanessa sah Madlyn an, winkte ab und ging schnurstracks in Jax' Zimmer.

„Wo gehst du hin?", flüsterte Madlyn gereizt. „Vanessa, ich schwöre bei Gott, wenn du ihn noch wacher machst, bist du diejenige, die die ganze Nacht bei ihm liegen darf. Hörst du mich?"

„Entspann dich", sagte Vanessa, bevor sie in Jax' Zimmer verschwand.

„Uff." Madlyn drehte sich um und holte zwei Flaschen Bier aus dem Kühlschrank. Sie öffnete eine und trank einen langen Schluck, dann wartete sie. Kurz darauf kam Vanessa zurück, und alles war ruhig. Kein Weinen, kein Jammern, kein Tobsuchtsanfall. „Was hast du mit ihm angestellt? Schlafmittel?"

Vanessa band ihre langen blonden Haare zu einem Knoten und nahm die Flasche vom Tresen. „Ich habe da so meine Methoden. Ich glaube, dass ich mal eine gute Mutter sein werde."

„Vanessa?" Sie starrte ihre Cousine argwöhnisch an. „Was hast du mit ihm angestellt?"

Vanessa zuckte mit den Schultern und setzte sich. „Ich habe ihm nur gesagt, dass ich ihm morgen kein Eis mit M&Ms und Sahne kaufen werde, wenn er nicht schlafen geht und Tía mit Mommy reden lässt."

„Bestechung!" Madlyn schüttelte den Kopf. „Seit Anbeginn der Zeit werden auf diese Art und Weise Kinder verdorben."

„Hey, er ist ruhig, oder nicht?" Vanessa gestikulierte in Richtung Flur.

„Ja, und jetzt hast du einen neuen Standard gesetzt. Jetzt darf ich ihm jede Nacht Eiscreme mit M&Ms und Sahne versprechen, wenn ich will, dass er einschläft. Gut gemacht, Einstein."

„Hey... ich finde, die richtige Antwort in diesem Fall ist *Danke*."

Madlyn streckte die Hand über den Tresen aus und legte sie auf Vanessas Arm. „Danke. Ich weiß nicht, was ich ohne dich tun würde."

„Endlich der Respekt, der mir gebührt." Vanessa zwinkerte und griff nach ihrem Bier. „Steht der Plan noch, dass Jax nächsten Freitag nach der Schule zu mir kommt?"

„Ja." Jedes Jahr verbrachte Jax die Tage vor Thanksgiving bei seinen älteren Großcousins. Madlyns Vater und ihr Bruder kamen aus L.A. und übernachteten auch dort, und anschließend hatten sie alle ein großes Thanksgiving Dinner in Tante Chiquis Haus. Jax freute sich jedes Jahr darauf.

„Schön. Carlito und Ethan freuen sich schon darauf, ihn zu sehen. Und..." Vanessa warf Madlyn *den* Blick zu.

„Was meinst du? Warum schaust du mich so an?"

„Du weißt genau warum." Sie schnalzte mit der Zunge. „Erzähl mir, wo du neulich den Tag verbracht hast.

Und mit wem? Los jetzt. Ich berechne mein Honorar nach Stundensatz, und das kannst du dir nicht leisten."

Es war sinnlos, so zu tun, als wüsste sie nicht, wovon Vanessa sprach. Vanessa hatte schon immer ein geradezu unheimliches Talent besessen, ihre Gedanken zu lesen, selbst wenn sie etwas nicht wissen *konnte*. Madlyn seufzte. „Ich bin ihm begegnet, als ich mit Maria und Shane gearbeitet habe."

„Ich hab's gewusst!" Ihre rehbraunen Augen leuchteten. „War das, als du an diesen Strand gefahren bist?"

„Ja. Er ist Ire. Umwerfend. Großartiger Koch. Surflehrer."

„Bei diesen Temperaturen?"

„Ich weiß, nicht wahr? Er und die Kids, die er unterrichtet, tragen dicke Neoprenanzüge", erklärte Madlyn. „Ich weiß trotzdem nicht, wie sie das aushalten. Ich bin nur für ein paar Minuten in der Brandung spazieren gegangen und hab mir den Arsch abgefroren."

„Nichts kann diesem Arsch etwas anhaben", grinste Vanessa und stieß mit ihr an. „Dann mag er also Kinder! Ausgezeichnet. Wie hat er es aufgenommen, als du ihm erzählt hast, dass du eins hast?"

„Ich ähm… hab ihm das noch nicht wirklich erzählt."

„Du hast ihm nicht gesagt, dass du einen Sohn hast?", Vanessa sah sie entgeistert an.

„Nein. So weit sind wir nicht wirklich gekommen."

„Weil ihr die ganze Zeit miteinander gefickt habt? Herrgott. Woher willst du wissen, ob er zu dir passt, wenn du ihm nicht von Anfang an reinen Wein einschenkst, Süße?"

„Weil ich nicht vorhatte, es ihm zu sagen, Vanessa. Ich bin nicht auf der Suche nach einer Beziehung, auch wenn er wirklich süß war. Manchmal ging er mir ein bisschen auf die Nerven, doch das war nur, weil es ihm Spaß gemacht hat, mich zur Weißglut zu treiben."

„Das macht jedem Spaß", kicherte Vanessa. „Es gib kaum etwas Besseres als zuzusehen, wenn du rot wirst wie eine Tomate. Trotzdem solltest du ihn wiedersehen. Du bist mit einem so entspannten Leuchten im Gesicht nach Hause gekommen, der Junge muss also irgendwas richtig gemacht haben."

„Lass den Blödsinn. Ich leuchte nicht. Ich habe mich die ganze Zeit mit Leo rumschlagen müssen und jetzt auch noch Jax, als er nicht schlafen wollte."

"Qué no? Und ob, ich schwöre es. Ich hoffe doch, dass du ihm deine Nummer gegeben hast, oder?"

„Nein." Madlyn dachte daran, wie sie das Haus verlassen hatte, ohne Conor eine wirkliche Chance zu geben, sie umzustimmen, und als er es versucht hatte, hatte sie ihn abgewimmelt. Danach hatte er offensichtlich kapituliert. Und so sehr es ihr auch gefiel, wie entspannt Con war, wie unbeschwert sie in seiner Gegenwart war, sie wusste, dass, wenn sie jemals wieder etwas Ernstes mit einem Mann anfangen würde, dann musste es ein Mann sein, der nicht so schnell aufgab, wenn es um etwas Wichtiges ging, sondern die Initiative ergriff und für das, was er wollte, kämpfte.

Plötzlich dachte sie, wenn sie Leos Persönlichkeit (den nicht-fremdgehenden, nicht-Arschloch-Teil von ihm) mit Conor verschmelzen könnte, dann wäre er der perfekte Mann, doch das war äußerst unwahrscheinlich.

„Ich fass' es nicht. Bist du gekommen?", fragte Vanessa.

Madlyn wurde warm. Sie rutschte unruhig auf ihrem Stuhl herum. „Was für eine Frage ist das denn?"

„Eine ganz normale Frage. Jetzt sag schon."

„Ja. Ein paarmal", antwortete Madlyn, und die Erinnerungen an den Abend und den darauffolgenden Tag wehten in ihre Gedanken wie der Geruch einer Duftkerze aus einem anderen Raum. „Er war atemberaubend. Toller Körper, großartiger Sex, super süß…"

Vanessa warf die Hände in die Höhe. „Ich sehe nicht, wo das Problem ist, *loca*."

„Das Problem ist, dass ich noch nicht so weit bin. Und wenn ich so weit bin, dann brauche ich einen Mann, der einen guten Stiefvater abgibt, der stabil ist und mich nicht verlässt, wenn es mal schwierig wird. Nicht Conor. Er ist zu impulsiv, zu verträumt mit seinem Wein, seiner Kocherei und seiner Musik. Er hat wahrscheinlich noch nie 24 Stunden am Stück mit einem Kind verbracht. Seinen Surfladen hatte er aus einer Laune heraus eröffnet. Ich glaube nicht, dass er mit meinem strengen Terminkalender zurechtkäme, ganz zu schweigen davon, was wäre, wenn ich Jax mitbringen würde."

Vanessa hörte zu, ohne sie zu unterbrechen. Doch ihrem Gesicht war klar und deutlich abzulesen, dass sie

Madlyn für unglaublich dämlich hielt.

„Davon abgesehen lebt er zwei Stunden von hier entfernt, und ich kann nicht dauernd hin und her fahren, um ihn zu sehen", fügte Madlyn hinzu. Während sie noch versuchte, Vanessa zu überzeugen, kam sie zu dem Schluss, dass ihre Gründe ziemlich fadenscheinig waren. „Okay?"

„Woher willst du wissen, dass er nicht damit zurecht käme?", widersprach Vanessa. „Gib dem Mann eine Chance bevor du ihn verurteilst. Vielleicht überrascht er dich ja. Warst du glücklich, als du bei ihm warst?"

„Also…Ja. Aber das war nur ein Tag, Vanessa. Hätte genauso gut eine Fantasie sein können. Ein Traum."

„*Tonta*, du hast Leo für den Familienmenschen gehalten, nach dem du dein ganzes Leben lang gesucht hast, und schau, als was er sich entpuppt hat." Vanessa trank ihr Bier aus und stellte die Flasche mit einem entschlossenen *Plonk!* ab. „Hab ich recht oder hab ich recht?"

Sie hatte recht. Woher wollte sie Conor wirklich beurteilen? Offensichtlich hatte ihre Menschenkenntnis sie schon in der Vergangenheit im Stich gelassen. So gesehen hatte sie nichts zu verlieren. Conor war ein Mann, der Familie sehr ernst nahm. Dank seiner Brüder und seines Geschäfts hatte er in Green Valley Wurzeln geschlagen. Ein Mann, der sich nicht binden konnte oder auf den man sich nicht verlassen konnte, tat so etwas nicht. Doch war sie bereit, sich auf jemand Neues einzulassen? Sie war gerade erst zu dem Schluss gekommen, dass Leo bald ausziehen musste. Ein neuer Mann würde Jax' Leben auf den Kopf stellen, ganz zu schweigen von den Bösartigkeiten, die Leo auf Con abfeuern würde. Sie war sich nicht sicher, ob sie schon derartige Wellen schlagen wollte, besonders für einen Typen, der sie einfach hatte gehen lassen. Nicht nur einmal, sondern zweimal. Sicher, beim ersten Mal hatte sie ihn ziemlich angekeift, und die Tatsache, dass er sie in Ruhe gelassen hatte, hatte ihr die Möglichkeit gegeben, unter ihren eigenen Bedingungen zu ihm zu kommen, doch nachdem sie miteinander geschlafen hatten…

Gott, sie war wirklich nicht ganz richtig im Kopf, wenn sie es Conor ankreidete, dass er sie hatte gehen lassen, wo das genau das gewesen war, was sie verlangt hatte. *Nicht gut. Nicht gut*, dachte sie. Nein. Sie hatte das Richtige getan, als sie gegangen war.

„Weiß er, wo du arbeitest?", fragte Vanessa, während sie an ihrer Nagelhaut zupfte.

„Ich glaube nicht. Oder doch? Ich weiß nicht mehr. Vielleicht habe ich es ihm erzählt."

„Hm. Vielleicht taucht er demnächst dort auf. Man kann ja nie wissen."

„Das würde er nicht tun." Madlyn konnte sich nicht vorstellen, dass Conor so etwas tun würde, derart in ihre Privatsphäre einzudringen und den ganzen Weg von Timber Cove hierher zu fahren, nur, um sie bei der Arbeit zu besuchen, nachdem sie ihn so abserviert hatte?

„Hast du heute schon mal deinen Anrufbeantworter abgehört? Vielleicht hat er dich ja im Büro angerufen?"

Madlyn schüttelte den Kopf. „Nicht seit gestern Abend." Sie war den ganzen Tag über beschäftigt gewesen, darum hatte sie ihren Büro-Anrufbeantworter nicht abgehört, doch das war keine große Sache. Alle ihre Klienten hatten ihre Handynummer.

„Vielleicht hat er ja heute angerufen."

„Klar. Weil er sich nach vier Tagen spontan dazu entschieden hat, sich bei mir zu melden?" Sie konnte der Versuchung kaum widerstehen, auch wenn die Chance verschwindend gering war, dass er tatsächlich angerufen und eine Nachricht hinterlassen hatte.

Madlyn holte ihr Handy hervor und rief in ihrem Büro an. Sie wartete darauf, dass die Stimme ihrer Chefin das Menü ansagte, dann wählte sie ihre Durchwahl und den Code für ihren Anrufbeantworter.

„Sie haben eine Nachricht", verkündete eine weibliche Automatenstimme. *„Empfangen am Donnerstag um 21:28 Uhr."*

Madlyn hielt den Atem an. In dem Augenblick, als sie den irischen Akzent der seltsamen Frauenstimme hörte, musste sie lächeln. Sie schaltete den Lautsprecher ein und ließ die Nachricht noch einmal abspielen. „Hi, das ist eine Nachricht für Madlyn Sanchez", sagte die Stimme. Im Hintergrund waren Gespräche zu hören, die sich anhörten, wie Unterhaltungen in einer Bar. „Ich bin eine Braut, die nächstes Jahr im Sommer heiraten möchte, und ich möchte Sie damit beauftragen, mir ein *atemberaubendes* Kleid zu finden. Ich habe gehört, Sie sind die Beste!"

Madlyn und Vanessa sahen einander an und kicherten.

Dann wurde die Stimme tiefer und schickte wohlige Wellen durch Madlyns Körper. „Maddie, ich bin's Con O'Neill. Das mit dem Kleid war ein Scherz, doch nicht, dass du die Beste bist. Der Teil war ernst gemeint. Ruf mich bitte an, auf dieser Nummer hier. Danke."

Vanessa legte mit selbstzufriedener Miene ihre Hände auf Madlyns Schultern und sah ihr entschlossen in die Augen. Sie wusste bereits, was ihre Cousine sagen würde, bevor sie es aussprach, und Vanessa, die drei Jahre älter war als sie, hatte wie immer recht. „Humorvoll, niedlich und total in dich verknallt. Sei nicht dumm. Du *musst* diesen Jungen zurückrufen, sonst…"

„Was sonst?"

„Sonst muss ich dir leider in den Hintern treten."

KAPITEL SIEBEN

Man sagt, die Definition von verrückt ist, wenn man dasselbe wieder und wieder tut, und jedes Mal ein anderes Ergebnis erwartet. Doch für Conor bedeutete verrückt sein, in seinen blaugrünen Toyota Prius einzusteigen und zweieinhalb Stunden nach San Francisco zu fahren, um vielleicht/vielleicht auch nicht jene Frau zu finden, mit der er einen einzigen Tag verbracht hatte, auch wenn eine Woche vergangen war, seitdem er ihr eine Nachricht hinterlassen hatte, und sie darauf nicht reagiert hatte. Wenn er nicht vorsichtig war, würde sie ihn womöglich für einen Stalker halten, doch wenn er es richtig anstellte, wusste sie vielleicht seine Bemühungen zu schätzen.

Während er den Pacific Coast Highway hinunterfuhr und Sara Bareilles auf seinem Satellitenradio lauschte, versuchte er sich an das letzte Mal zu erinnern, dass er sich so Hals über Kopf in eine Frau verliebt hatte. In der Vergangenheit war er mit genug Frauen zusammen gewesen, doch es war nie sonderlich ernst gewesen, da er dafür nie lange genug an einem Ort gelebt hatte. Seine Mutter, Maggie, hatte sich immer aufgeregt, wenn er in die Stadt kam, um sie zu überraschen, und am nächsten Tag wieder verschwand - genauso spontan, wie er gekommen war.

Wenn er gewusst hätte, dass Mom heute nicht mehr da sein würde, wäre er vielleicht länger geblieben und hätte sie und Dad öfter zum Essen eingeladen. Er hätte mehr Zeit damit verbracht, ihr in der Küche und im Büro zu helfen, und ihrem Tratsch über die Nachbarn zugehört, so wie die Leute in Green Valley es taten, denn in ihrem Herzen war sie genau das geblieben: ein Mädchen aus einem kleinen Ort in Amerikas bestem Weinanbaugebiet, auch wenn sie darüber nie viel gesprochen hatte. Doch wie die meisten Mittzwanziger hatte er törichterweise geglaubt, dass sie ewig leben würde.

Vor einem Monat jedoch hatten er und seine Brüder ihre Asche am Langley Creek verstreut, und er hatte immer noch nicht ganz begriffen, wie es dazu gekommen war.

Das Leben war wirklich nicht fair.

Darum hatte er die Nase voll von verpassten Gelegenheiten. Madlyn würde ihn vielleicht für verrückt halten, weil er sie suchte, doch es wäre ihm lieber, wenn sie ihn für verrückt hielte, als wenn sie ihn für einen Lahmarsch halten würde, weil er es nicht versuchte. Irgendwo zwischen Santa Venetia und San Rafael rief er ihr Büro an und wartete auf das Blabla der freundlichen

Frauenstimme. Er tippte ihre Durchwahl, räusperte sich und bereitete sich mental auf eine vielleicht schwierige Konversation vor, als er wieder zum Anrufbeantworter weitergeleitet wurde.

„Hallo meine liebste Furie, süßes Ding... Kätzchen." Er lächelte. „Tut mir leid. Ich meine natürlich Madlyn. Ich weiß, ich sollte dich wahrscheinlich nicht wieder anrufen, nachdem du nicht zurückgerufen hast, was mit an Sicherheit grenzender Wahrscheinlichkeit bedeutet, dass ich mich verpissen soll... doch ich dachte mir, ich versuch's noch einmal, für den unwahrscheinlichen Fall, dass du meine erste Nachricht nicht bekommen hast. Danach lasse ich dich in Ruhe." Er holte tief Luft und atmete ganz bewusst aus. „Ich bin in San Francisco, um mich mit einem Bademoden-Lieferanten zu treffen – du weißt schon, Weihnachtsmann-Neoprenanzüge verkaufen sich zu dieser Jahreszeit wie warme Semmeln und so – und naja, ich dachte, dass wir uns vielleicht zum Mittagessen treffen könnten."

Er hielt inne, als wartete er darauf, dass der Anrufbeantworter etwas sagen würde.

„Die Sache ist die, Maddie. Ich hatte eine wunderbare Zeit mit dir, und naja... würde dich gerne wiedersehen. Ruf mich bitte an. Vielleicht können wir uns ja kurz sehen, bevor ich heute Abend zurück muss. Das wäre doch gar nicht so schlimm, oder?"

Wieder blieb der Anrufbeantworter stumm, darum verabschiedete er sich und legte auf, um sich wieder auf die Straße zu konzentrieren. Er fuhr schweigend weiter und lauschte nur dem Pochen seines Herzens. Was, wenn sie nicht zurückrief? Würde er dann wirklich nicht mehr versuchen, sie anzurufen? Andere Frauen hatten ihm in der Vergangenheit einen Korb gegeben oder eine Beziehung zu schnell beendet, doch so hatte er noch nie reagiert. Er hatte es immer als Gottes Willen akzeptiert, als Teil des großen Plans des Universums, doch diesmal konnte er sich einfach nicht damit abfinden.

Als er schon eine Weile an Sausalito vorbei war, kam er in dichteren Verkehr und sah den Grund dafür. Aus dem dicken Nebel der Bucht tauchten wie ein Gespenst die eleganten roten Pfeiler der Brücke auf. Die Golden Gate Bridge. Er hatte sie letzten Monat schon einmal gesehen, als er mit seinen Brüdern bei Lilly untergekommen war, doch es war immer noch ein grandioser Anblick.

Conor brauchte eine Weile, um die Bucht zu überqueren, was ihn auch nicht weiter störte, da Madlyn so mehr Zeit hatte, ihn zurückzurufen. Er hielt in Presidio an, einer ehemaligen Militäranlage, die jetzt ein Nationalpark war mit zahllosen Bäumen, Wanderwegen und Stränden. Es war eine schöne Gegend, darum machte er ein paar Fotos und inhalierte die Meeresluft. Als er ziellos durch die Stadt fuhr, fühlte sich die Atmosphäre lebendig an. Touristen und Einheimische zugleich genossen die Sonne zur Mittagszeit.

Er fuhr am Walt Disney Museum vorbei, durch den Mission District, wo er die bunten, kunstvoll gestalteten Häuser betrachtete und den Puls der Stadt fühlte, während er sich treiben ließ. Ein faszinierender Ort. Mit Hilfe seiner

Navigations-App folgte er der Lombard Street und fand sich in einem Touristengebiet mit Märkten, Fischern und Robben wieder.

Wie er es schon zuvor in zahllosen Städten getan hatte, suchte er nach Schätzen, die darauf warteten, erkundet zu werden, Blumenstände, Cafés und Bäckereien, und dachte dabei an die Ecken der Welt, die er besucht hatte und all die Orte, die er noch sehen wollte. Japan wollte er unbedingt besuchen, Australien und Griechenland.

Doch zu seiner Überraschung war diesmal das Gefühl rastloser Wanderlust nicht so überwältigend wie sonst, wenn er zu lange an einem Ort blieb. Genau genommen hatte er es nicht einmal empfunden, seit er in Green Valley angekommen war. Natürlich war er erst zwei Monate hier, doch in der Vergangenheit war er schon nach einem Monat an einem Ort kribbelig geworden.

Konnte es sein, dass er langsam erwachsen wurde? Gewöhnte er sich etwa ein? Aus irgendeinem Grund empfand er den Gedanken, auf unbestimmte Zeit in Green Valley zu bleiben, als akzeptabel. Und er fand den Gedanken, dort zu bleiben und Madlyn besser kennenzulernen, Tage, Wochen und Monate – Gott, sogar Jahre – damit zu verbringen zu lernen, wie er sie zum Stöhnen, Lachen, Weinen und vor Lust Schreien bringen konnte, schlichtweg berauschend.

Er war sicher noch nicht bereit, ihr seine Liebe zu gestehen oder um ihre Hand anzuhalten, doch der Gedanke, sich fest genug zu binden, um mit ihr monogam zu sein und zu sehen, was sich daraus entwickeln würde, machte ihm überhaupt keine Angst, und er wusste nicht, was er davon halten sollte.

War es möglich, dass diese kleine Furie *die Eine* für ihn war?

Doch was brachte ihm der Gedanke, wenn sie ihn nicht zurück rief?

Er dachte eine Weile darüber nach, während er weiter die Stadt erkundete. Schließlich war er so hungrig, dass er den Wagen abstellte und zum Luch in einen gehobenen Burger-Laden ging. Dort bestellte er ein Bier und beobachtete die Einheimischen, die vorbeigingen. Unter den Passanten waren natürlich eine Menge Touristen, doch auch viele Anzugträger, die in die eine oder andere Richtung marschierten, den Blick meist auf die Bildschirme ihrer Handys gerichtet.

Er nahm seinen Blauschimmelkäse-Burger und sein Bier und setzte sich an einen der Tische draußen, in der Hoffnung, einen mit Blick auf die Bucht zu finden. Doch stattdessen bot sich ihm der Ausblick auf eine umwerfende Frau Anfang dreißig, die auf ihrem iPad herumtippte. *Definitiv keine Touristin.* Sie sah aus, wie jemand, der vielleicht in einer Werbeagentur oder einer Anwaltskanzlei angestellt war, obwohl sie genauso gut für Victoria's Secret gegenüber hätte arbeiten können – als Model.

Sie blickte zu ihm auf und bemerkte, dass er sie angestarrt hatte.

Con nickte ihr zu und hob sein Bier. „Wie geht's, wie steht's?", sagte er und wusste, dass das erste, was sie bemerken würde, sein Akzent war. Amerikanischen Frauen fiel der immer sofort auf.

„Großartig. Und selbst?" Sie lachte.

„Ah", nickte er, überrascht und beeindruckt von ihrer offenen Art. „Du kennst scheinbar den einen oder anderen Iren, nicht wahr?"

„Lass uns einfach sagen, dass ich ein paar kenne", sie lachte und senkte den Blick wieder auf ihr iPad.

„Gut, Sehr gut." Was sollte er tun? Vor ein paar Minuten noch hatte er sich etwas Ernstes mit Madlyn vorgestellt, doch tatsächlich rief sie ihn nicht einmal zurück, und ein Leben mit ihr war bestenfalls eine nette Fantasie. Vielleicht waren all seine sentimentalen Gedanken und die Fahrt hierher tatsächlich vergeblich gewesen. Er warf einen Blick auf sein Handy, und wie erwartet hatte er keine verpassten Anrufe. Er könnte versuchen, sie noch einmal anzurufen und riskieren, wie ein Idiot dazustehen, oder er konnte es bleiben lassen und sich mit diesem göttlichen Exemplar von einer Frau mit langen Beinen, langem blonden Haar, rotem Mantel und rotem Lippenstift unterhalten.

Sie war umwerfend, ja.

Doch sie war nicht Maddie.

Jesus, Maria und Josef!

„Sag mal, ähm…" Er beugte sich über die Armlehne. „Du kannst mir nicht zufällig die romantischsten Sachen verraten, die man in dieser Stadt unternehmen kann, oder?"

„Und warum möchtest du das wissen?" Die

hellbraunen Augenbrauen hoben sich über ihren perfekt geschminkten blauen Augen. Ihrer Miene nach zu urteilen hielt sie ihn für einen Dummschwätzer.

„Also, ich warte darauf, dass eine Freundin mich zurückruft. Ich hoffe, dass sie es tut. Und wenn, wüsste ich gerne ein oder zwei schöne Orte, an die ich sie bringen könnte. Kannst du mir helfen, ähm… wie war nochmal dein Name?"

Die Frau schürzte amüsiert die Lippen. Sie war es offensichtlich gewohnt, angesprochen zu werden, und wusste, wenn ein Mann sie anmachte – nicht, dass es ihr etwas ausgemacht hätte. „Christine."

„Christine." Er streckte ihr die Hand entgegen. „Ich bin Conor O'Neill aus Dublin und bin gerade erst in diesen wunderbaren Bundesstaat gezogen."

„Willkommen in Kalifornien", sagte Christine, drückte seine Hand und sah ihn mit ihren glühenden Katzenaugen an. „Je nachdem, wie viel du ausgeben möchtest, könntest du sie zum Dinner ins Mandarin Hotel einladen. Das hat einen wunderbaren Blick auf die Brücke und die Stadt. Oder du könntest sie mit einer Massage im Nob Hill Spa mit einem Gläschen Champagner verwöhnen…"

„Das klingt tatsächlich nett."

„Das tut es. Oder…" Sie beugte sich vor, offensichtlich fasziniert von der Herausforderung seiner Frage. „Du könntest ein Tandem mieten und mit ihr durch einen der Parks radeln, auch wenn ich persönlich finde, dass es dafür schon ein bisschen zu kalt ist."

„Brrr", sagte Conor und fröstelte. „Vielleicht im Frühling."

„Definitiv", stimmte Christine zu. „Aber weißt du was? Du musst nicht viel Geld ausgeben. Wenn du sie zum Sonnenuntergang triffst, geh mit ihr nach Land's End. Da gibt es ein wirklich schönes Felsenlabyrinth. Ihr könntet euch einfach den Sonnenuntergang ansehen. Ist wirklich schön."

Madlyn beim Sonnenuntergang vernaschen. Schön. Ja, das konnte er sich vorstellen.

Mein Gott, reiß dich zusammen, du Depp!

„Ich weiß deine Ideen wirklich zu schätzen. Danke!" Er hätte noch ein bisschen weiter spielen können, sich neben sie setzen und sie um den Finger wickeln, bis sie ihn anflehte, sie nach Hause zu bringen, besonders angesichts der glutvollen „fick mich"-Blicke, die sie ihm zuwarf, doch deswegen war er nicht hier. Er hoffte immer noch, dass Madlyn anrufen würde. Vielleicht würde sie ja erst später ins Büro kommen. Vielleicht war sie in einem Meeting und wartete darauf, dass es endete, damit sie ihn anrufen konnte.

Vielleicht machte er sich aber auch nur etwas vor, und diese Blondine hier war die beste Chance, die er heute oder wahrscheinlich sogar die ganze Woche bekommen würde. Verdammt, sie war eine klasse Frau. Doch verdammt… Maddie war einfach besser.

„Also, ich muss zurück zur Arbeit", sagte Christine und packte langsam ihr iPad ein. Con wusste, dass sie auf Zeit spielte, damit er den ersten Schritt machen konnte.

Doch das tat er nicht. Er konnte nicht. Sie zog eine kleine weiße Karte aus ihrer Tasche und reichte sie ihm. „Das ist meine Karte, für den Fall, dass du wieder mal in der Stadt bist... oder dass sich deine *Freundin* nicht meldet."

„Danke dir..." Er betrachtete die Karte. „Christine Whiteman, Marketingdirektorin bei BBDO." Er blinzelte ein paarmal und starrte die elegante Visitenkarte an. „Heilige Scheiße."

Sie zwinkerte ihm zu, schwang ihre Tasche über ihre Schulter und ging.

Er seufzte und wählte ein letztes Mal die Nummer von Deene & Nora. Wenn sie nicht ranging oder ihn zurückrief, würde er den Sonnenuntergang allein ansehen und danach mit der Befriedigung nach Timber Cove zurückzufahren, dass er es zumindest versucht hatte. Er hatte nicht vor, Christine anzurufen, denn er wäre viel zu deprimiert, um im Bett etwas zustande zu bringen.

Diesmal wählte er nicht ihre Durchwahl. Er drückte „0", um zur Rezeptionistin zu gelangen. „Deene & Nora. Wie kann ich Ihnen helfen?"

„Hallo. Ich möchte gerne mit einer Ihrer Angestellten sprechen. Einer Madlyn Sanchez. Soweit ich weiß, ist sie Hochzeitsberaterin bei Ihnen." Con tippte mit seinem unbenutzten Messer nervös an sein Bierglas.

„Sie ist heute nicht im Büro. Möchten Sie ihr eine Nachricht hinterlassen?"

„Ah, sicher. Das wäre gut. Lassen Sie sie bitte wissen, dass Conor O'Neill angerufen hat. Conor mit einem „n". Und sagen Sie ihr bitte, dass ich in der Stadt bin und bei Sonnenuntergang am Land's End auf sie warten werde, falls sie mich sehen möchte. Sagen Sie ihr, falls sie nicht möchte, dann, ja… dann war es mir ein Vergnügen, sie kennengelernt zu haben und dass ich ihr alles Gute wünsche." Er hinterließ noch seine Handynummer und dankte der Rezeptionistin, bevor er zurück zu seinem Wagen ging.

Nach ein paar Stunden Sightseeing von seinem Auto aus, hatten sich seine Hoffnungen fast in Luft aufgelöst. Gegen vier Uhr fuhr er auf den Parkplatz von Land's End, stellte den Wagen ab und starrte aufs Meer hinaus, das er so liebte. Mutter Ozean, immer da, wenn man sie brauchte. Stark und launisch. Wie Madlyn. Verlässlich. Nicht wie Madlyn.

Er stieg aus und nahm seine Jacke, nachdem die Luft sich deutlich abgekühlt hatte, um sich auf den Weg zur Ufermauer zu machen, auch wenn bis zum Sonnenuntergang noch eine gute Stunde Zeit war. Christine hatte Recht gehabt – es war ein ruhiges, romantisches Fleckchen. Zu gerne hätte er Madlyn hierher gebracht, doch es sollte wohl nicht sein. Offensichtlich hatte sie zu viel um die Ohren, um sich Zeit für ihn zu nehmen, und sie *hatte* ihm das auch gesagt. Konnte er ihr deshalb Vorwürfe machen? Schließlich hatte er ihr auch nicht viel zu bieten. Alles, was er hatte, war das kleine Haus am Meer, ein Stückchen Strand und zwei Hände zum Arbeiten. Er war kein Millionär, besaß keinen Helikopter und konnte ihr auch nicht versprechen, dass sie niemals wieder arbeiten müsste. Vielleicht war es besser so. Madlyn konnte leicht jemanden finden, der ihr diese Sicherheit bot.

Er schloss die Augen und lauschte dem Kreischen der Vögel, dem Rauschen der Wellen und dem Lachen der Paare, die ganz in der Nähe saßen. Er bekam Madlyn nicht aus seinem Kopf. Sie war da, präsenter denn je. So sehr, dass er beinahe ihren Duft riechen konnte, diese süßlich-würzige Kombination mit einem bisschen Zitrone.

„Leider kann ich nicht bis zum Sonnenuntergang warten, weil ich zu einer Hochzeit muss."

Jetzt hörte er sogar noch ihre Stimme.

Con drehte sich um. Die Stimme war nicht in seinem Kopf gewesen. Sie *war* da. Sie stand vor ihm, ihre Autoschlüssel in der einen Hand, das Handy in der anderen. Seine Worte blieben ihm im Halse stecken. „Ich... du..."

Sie lächelte, ging zu ihm und legte ihre Arme um seinen Nacken. Das Wort Ekstase reichte nicht aus, um das Gefühl zu beschreiben. Er war so glücklich, dass er gewartet hatte. Christine Whiteman wäre mit Sicherheit ein angenehmer Trostpreis gewesen, doch sein Herz wollte Madlyn. Besser. Viel besser. Gekleidet in einer schwarzen Hose und einem schwarzen Top, das ihr Dekolleté betonte, stand die kleine sexy Furie vor ihm. Sie war gekommen, um ihn zu treffen.

„Ich habe dir ja schon gesagt, dass mein Leben kompliziert ist", sagte sie. „Doch du bekommst eine Chance. Die hast du verdient."

„Und ich habe nicht vor, dich zu enttäuschen", sagte er, bevor er sie zärtlich und liebevoll küsste, als hätte er sie seit Jahren nicht gesehen.

KAPITEL ACHT

Die Zeremonie würde in zwei Stunden stattfinden, genug Zeit, die Dekoration zu kontrollieren und Bianca, die Braut, in ihrem 1962er Rolls Royce ankommen zu sehen. Das war ihr Lieblingsteil jeder Hochzeit, die Bräute zu sehen – nicht alle, die meisten, denn einig waren echte Brautzillas, und es machte keinen Spaß sie anzusehen, egal wie viel Geld sie für die Hochzeit aus dem Fenster geworfen hatten – wie sie am Arm ihres Vaters den Gang hinunterschwebten. Madlyn erinnerte sich an ihre eigene Hochzeit vor ein paar Jahren und daran, wie stolz ihr *Papi* auf sie gewesen war und gar nicht hatte aufhören können zu strahlen.

Hoffentlich war Bianca und Ye-Jun mehr Glück vergönnt als ihr.

Während Conor ihr in seinem eigenen Wagen zum Forest Hill Clubhaus hinterher fuhr, dachte sie, wie verrückt sie war: einen Umweg zu machen, um ihn zu treffen, und ihn dann noch einzuladen, sie zu begleiten.

Aber war das nicht etwas Gutes? Sie hörte Vanessas Stimme in ihrem Kopf. *Das findest du verrückt?* Erst hatte sie ihn angekeift, dann war sie zurückgefahren und hatte mit geschlafen, einen ganzen Tag mit ihm verbracht. Dann hatte sie versucht, ihn zu vergessen und das Ganze als Stressabbau abzutun. Selbst nachdem Vanessa angedroht hatte, ihr in den Hintern zu treten, wenn sie Con nicht zurückrief, hatte sie noch eine ganze Woche ausgeharrt. Und doch war sie hier, nachdem sie seine Nachrichten auf ihrem Anrufbeantworter und von der Rezeptionistin erhalten hatte, und hatte ihn eingeladen, mit ihr zur Arbeit zu kommen. Sie wusste, was ihre Meinung geändert hatte.

Ihre Assistentin hatte Cons Nachricht Wort für Wort festgehalten, und sie hatte betont, was er in seiner zweiten Nachricht auf ihrem Anrufbeantworter gesagt hatte. Er hatte noch einmal versucht, sie zu kontaktieren, auch wenn sie ihn ignoriert hatte, doch wenn sie diesmal nicht reagiert hätte, hätte er es nicht noch einmal versucht.

Das hatte sie nicht ertragen können – den Gedanken, Conor O'Neill nie wieder zu sehen.

So einfach war es.

Selbst wenn er nicht *der Eine* war, selbst wenn es ihnen nicht bestimmt war, für immer zusammen zu sein, er war es wert, das Risiko einzugehen. Darum hatte sie sich entschlossen, ihn zu treffen und sein Interesse an ihr auf die Probe zu stellen.

Er hatte ihr bewiesen, dass er nicht nur cool war. Er kämpfte für das, was er wollte. Die Frage war allerdings – wollte er sie wirklich? Und nicht nur die Frau, die ab und an am Strand mit ihm entspannte. Das war ein Teil von ihr, ja, doch einen Großteil ihrer Zeit war sie nicht dieser Mensch.

Sie war, um es schlicht auszudrücken, anspruchsvoll. Selbst sie konnte das zugeben. Sie liebte ihren Job und wollte ihren Klienten ihr Bestes geben. Sie liebte Jax und wollte für ihn tun, was in ihrer Macht stand. Dasselbe galt für ihren Vater, ihren Bruder, ihre Tanten und Cousinen. Sie verwöhnte sich gern, und es machte ihr Spaß, sich schick zu kleiden.

Ja, all die wichtigen Aspekte ihres Lebens zu jonglieren und dabei außerordentliche Leistungen zu erbringen, stresste sie manchmal. Und wenn sie gestresst war, neigte sie dazu, herrisch zu sein. Manche hätten es vielleicht sogar als Zickigkeit bezeichnet. Es geschah nicht mit Absicht, doch sie konnte ziemlich fordernd sein, viel fordernder als manche Leute es gewohnt waren, doch sie hatte nicht vor, sich dafür zu entschuldigen.

Rückblickend wurde sie sich der Tatsache bewusst, dass sie sich für Leo zu Anfang zurückgenommen hatte, und als sie langsam aufgehört hatte, sich zu verstellen, hatte ihm offensichtlich nicht gefallen, was er sah.

Sie wollte nicht, dass dasselbe mit Conor passierte. Sie wollte, dass er sie in ihrem Element sah, jeden Aspekt ihrer Persönlichkeit wahrnahm und sich erst dann entschied, ob er es mit einer ambitionierten Karrierefrau wie ihr versuchen wollte. Das war die einzige Chance, wie sie etwas gemeinsam aufbauen konnten.

Er wusste es noch nicht, doch er war im Begriff, für

diesen Abend ihr Assistent zu werden. Und wenn er den Druck von Bianca und Ye-Jun's stressiger Hochzeit überstand… dann würde sie ihn auf eine Weise für seine Mühen entschädigen, die er nie vergessen würde. Es war nicht so, dass sie ihn manipulieren oder mit kaltem Herzen an die Sache herangehen wollte, es war einfach jetzt oder nie. Jax war für eine Woche bei ihrer Cousine. Con wollte eine Chance, und sie wollte sie ihm geben, doch sie musste auch die Zeit, die sie hatten, vernünftig nutzen.

Als sie am Veranstaltungsort ankamen, stellte sie den Wagen ab und begann, ein paar Kartons aus dem Kofferraum auszuladen. Con stand nicht weit entfernt. Er sah umwerfend, erstaunt und ein wenig hilflos zugleich aus. „Kann ich dir irgendwie helfen?"

„Nimm einfach die Kartons und die Tüten hier. Du wirst mir heute bei der Arbeit helfen, damit du sehen kannst, wie arbeitsreich mein Leben im Vergleich zu deinem ist."

Anstatt sich gegen ihre herrische Ansage zu sträuben, grinste er. „Ah, darum hast du dich mit mir getroffen. Du hast einen billigen Arbeitssklaven gebraucht."

„Nicht wirklich. Es ist viel, viel mehr als das." Sie lachte, amüsiert darüber, dass er nicht bemerkte, dass sie ihn auf die Probe stellte – was seine Geduld, Ausdauer und so weiter anging. Es war nicht nur, dass sie wollte, dass er ihre wahre Natur sah und akzeptierte. Sie wollte ihm zeigen, womit er es zu tun bekam, wenn er etwas mit ihr anfing. Damit sie ihn je in Erwägung ziehen konnte, musste er in der Lage sein, einem gewissen Druck standzuhalten.

Er holte diverse Einkaufstüten aus dem Kofferraum, während sie eine Rolle Tüll und den Karton mit den Ansteckblumen nahm. Sie begegneten Biancas Mutter, einer anmutigen älteren Dame, die ganz in Gold gekleidet war und ihre kastanienbraunen Haare hochgesteckt hatte. „Da sind Sie ja. Mein Gott, ich habe mir schon Sorgen gemacht, dass Sie nicht rechtzeitig kommen würden."

Madlyn lächelte. „Natürlich bin ich da."

„Sie haben sich ganz schön Zeit gelassen", murmelte Biancas Mutter und nahm ihr den Karton mit den Ansteckblumen ab, bevor sie zurück ins Gebäude ging, wo ein paar der Brautjungfern an der Tür standen. Sie reichte ihnen die Blumen und begann, eine an Ye-Juns Revers zu heften, der Madlyn mit vollkommen entspannter Miene zuwinkte. Es erstaunte Madlyn immer wieder, wie entspannt die Männer an die ganze Angelegenheit herangingen.

„Alles unter Kontrolle", redete Madlyn sich leise zu, atmete aus und hob ihr Kinn. Auch wenn sie einen Umweg gemacht hatte, um Conor zu sehen, war sie überpünktlich. Ihre Assistenten und die Lieferanten waren schon seit Stunden hier, und Madlyns einzige Aufgabe war es, der ganzen Angelegenheit noch den letzten Schliff zu verpassen.

„Nervös?", fragte sie den gut gelaunten Bräutigam im Vorbeigehen.

„Überhaupt nicht", antwortete Ye-Jun,

„Das sollten Sie aber." Madlyn lachte, legte den Tüll

ab und holte ihre Schere heraus. Conor wollte sich ebenfalls vorbeistehlen, doch dann blieb er stehen, um Hallo zu sagen, ihm die Hand zu schütteln und ihm zu sagen, dass er gut aussah. Er machte Smalltalk, fragte ihn nach seinen Geschwistern und seiner Familie und nach dem Ziel der Hochzeitsreise, bis Madlyn ihn am Ellbogen mit sich zog. „Okay. Du nimmst bitte das andere Ende und gehst damit rückwärts, bis ich Stopp sage. Dort wo du stehenbleibst, bindest du dieses Band hier um den Tüll."

„Ich habe keine Ahnung, was du gerade gesagt hast." Conor sah sie verständnislos an. „Ich spreche leider nur Englisch."

„Schau her…" Sie zeigte ihm am ersten Pfosten, wie man den Tüll festband, dann reichte sie ihm die Rolle und bauschte den Stoff auf, während er rückwärts lief.

Die nächsten zwei Stunden kommandierte sie ihn herum und amüsierte sich darüber, wie sehr es ihn verunsicherte. *Bring das bitte zum Chefkoch. Gib das bitte dem Vater der Braut. Sag dem Kameramann bitte, dass er die Cellistin auf gar keinen Fall von links filmen soll, denn sie bekommt einen hysterischen Anfall, wenn er sie nicht von ihrer Schokoladenseite filmt.*

Nach jeder Anweisung beeilte sich Conor, sie zu erfüllen, und blieb oft auf dem Rückweg stehen, um sich mit den männlichen Trauzeugen zu unterhalten. Sie wusste, dass er sich unter die Gäste mischen, mit ihnen trinken und bis zum Abwinken mit den Müttern und Großmüttern tanzen würde, wenn sie ihn ließe.

Alles war perfekt, als Bianca ankam und die

Zeremonie auf der Veranda begann.

Als sie und Conor den Empfangssaal betraten, wo der Bäcker gerade die Hochzeitstorte aufbaute, drehte sie sich um, um Con für seine Hilfe zu danken. Dann fiel ihr Blick auf die vierstöckige Schönheit aus Fondant, verziert mit Zuckerblüten und Sahnehäubchen, und sie bemerkte, dass die Schleife am Sockel jeder Stufe die falsche Farbe hatte. Anstatt eines hellen Korallentons leuchteten die Bänder in einem grellen Pink. „Oh Scheiße", murmelte sie, und Conor sah sie irritiert an.

„Was ist? Und kannst du das bitte nochmal sagen?"

„Ich kann nicht fassen, dass sie die falsche Farbe für die Torte benutzt haben. Ich hoffe für ihn, dass er die richtige Farbe in seinem Wagen hat, denn ich lasse ihn hier nicht weg, bis er es korrigiert hat. Kannst du bitte mit ihm reden?", fragte sie. Auch wenn das eines der größeren Probleme war, das eigentlich *ihre* Aufmerksamkeit verlangte, zwang sie sich, Conor eine Gelegenheit zu geben, sich darum zu kümmern.

„Ähm, sicher, aber… was soll ich ihm sagen?"

„Genau, was ich gerade gesagt habe. Sag ihm, dass er kein Pink auf diesem Kuchen verwenden kann. Es ist eine Herbst-Torte, in Gottes Namen!"

„Alles klar." Conor machte sich auf den Weg zu Luigi Belafonte, dem Bäcker, einem älteren Mann mit grauen Schläfen, der sich nichts gefallen ließ.

Madlyn biss sich auf den Daumen und wartete darauf, dass das Gemetzel begann. Sie beobachtete, wie Conor sanft seine Hand auf die Schulter des Bäckers legte und ihm das offensichtliche Farbproblem erklärte. Luigi antwortete relativ ruhig. Zumindest ruhiger, als Madlyn es je zuvor gesehen hatte. Er nickte und diskutierte ein wenig, verlor jedoch nie die Beherrschung. *Unglaublich.* Conor hatte eine vollkommen andere Wirkung auf die Leute als sie.

Plötzlich klopfte Luigi Conor auf den Rücken, hob einen Finger, als wollte er sagen, dass er gleich zurückkommen wollte und verschwand durch die Seitentür. Conor kam zu ihr zurück und sah sie stolz an. „Problem gelöst. Sonst noch was, womit ich dir helfen kann?"

„Er wird die Bänder austauschen?"

„Ja. Er hat zwanzig verschiedene Farben in seinem Wagen, nur für den Fall, dass mal etwas nicht passt."

Genau wie Madlyn erwartet hatte, doch was sie nicht erwartet hatte, war, dass Luigi keinen Aufstand probte, bevor er nachgab. Sonst explodierte er immer ein paarmal, bevor er schließlich nachgab. Vielleicht hatte er heute einfach einen guten Tag.

Madlyn zuckte mit den Schultern, warf einen Blick auf ihr Klemmbrett. Die Party würde in T-45 Minuten anfangen, und DJ EddieX hatte ihr immer noch nicht die Playlist gegeben, um die sie ihn schon mindestens zehnmal gebeten hatte. „Uff... dieser Typ", murmelte sie.

„Wer, Luigi? Luigi ist fantastisch! Wir sind ganz schnell Freunde geworden."

„Nein, nicht Luigi." Madlyn bemühte sich, cool zu bleiben. Es war nicht Conors Schuld, dass DJ EddieX sie vertröstete, in der Hoffnung, dass sie etwas so Wesentliches wie die verdammte Playlist des Hochzeitspaares vergaß. „Der DJ."

„Soll ich mit ihm reden? Was brauchst du?" Conor hüpfte wie ein Kind auf und ab und klatschte in die Hände. „Ich liebe diesen Hochzeitsplanungs-Kram."

Madlyn starrte ihn an. Nie im Traum wäre sie auf die Idee gekommen, dass ihm ihr stressiger Job Spaß machen könnte, doch vielleicht war es genau das – vielleicht ließ er sich einfach nicht stressen. Sie hatte von solchen Leuten gehört, die nicht zuließen, dass etwas sie stresste, die immer alles spielend leicht erledigten und dem Druck mit einem Lächeln im Gesicht begegneten. Doch andererseits hatte er das Ganze erst ein paar Stunden erlebt. „Du spinnst, weißt du das? Ja, geh, und rede mit ihm."

Mach meinen Job mal für ein paar Wochen oder ein paar Monate am Stück, dachte sie. *Dann reden wir weiter.*

„Das betrachte ich als Kompliment." Conor küsste sie auf die Nase, dann ging er los, um mit dem streitlustigen DJ zu reden. Bianca hatte es geschafft, genau die Leute für ihre Hochzeit anzuheuern, mit denen man wirklich nur schwer arbeiten konnte.

Und wieder legte Conor die Hand auf die Schulter des Mannes. Vielleicht war das der Trick? Das musste sie versuchen. EddieX nickte, während er Con zuhörte, ohne die Kopfhörer abzunehmen. Er schaltete Mikrofone ein und aus und sah Con nicht ein einziges Mal an. „Ha, bei dem kannst du lange versuchen, deinen Charme spielen zu lassen", murmelte Madlyn und erwartete, dass EddieX jeden Moment den Kopf schütteln würde.

Schließlich sah EddieX Conor an und begann, ihm etwas zu erklären, das Madlyn nicht hören konnte, doch sie ging davon aus, dass es etwas wie *Sie hat mir nie gesagt, dass ich ihr eine Playlist geben soll. Das war nicht auf der Checkliste der Braut. Die Braut hat gesagt, dass sie meinem Urteil vertraut, blah blah blah...* sein musste. Doch ganz egal was die Braut gesagt hatte, Madlyn wollte die Playlist um ihres Seelenfriedens willen haben.

Doch stattdessen schüttelte Conor DJ EddieX' Hand, drehte sich um und kam zurück zu ihr. Er strahlte über das ganze Gesicht.

„Und?" Madlyn sah ihn erwartungsvoll an. Er war ruhig und cool, als könnte nichts auf der Welt ihn aus der Ruhe bringen.

„Ah, alles in Ordnung. Er meinte, dass du ihm nie gesagt hast, dass du eine Playlist brauchst, doch er kopiert sie gerade und schickt dir gleich eine E-Mail. Reicht das, oder brauchst du einen Ausdruck?"

Sie konnte es nicht fassen. Im Ernst? Alle schienen auf Conor zu hören und gaben ihm genau das, was er wollte? Manchmal verbrachte sie Stunden oder Tage am Telefon und diskutierte vergeblich mit irgendwelchen Dienstleistern, und er klopfte den Leuten einfach freundschaftlich auf den Rücken, wickelte sie mit seinem irischen Akzent ein und das war's? „Eine E-Mail reicht. Und du bist sicher, dass er verstanden hat, das ich die Playlist für die ganze Nacht und nicht nur für den Vater-Tochter, Mutter-Sohn- und den ersten Tanz will?"

„Mit allem Drum und Dran. Kommt in drei, zwei, eins... schau mal in dein Postfach."

Sie tippte auf ihrem Handy herum, während Conor ihr über die Schulter blickte. Als die E-Mail von DJ EddieX mit einem lauten *Ping* ankam und eine Liste mit mehr als 40 Songs enthielt, rief Conor: „BAMM! Bin ich gut oder was?"

„Bild dir darauf bloß nichts ein. War reines Anfängerglück."

„Das nennt man Charme..." Er beugte sich vor, und sein Atem ließ ihr die Härchen an den Armen zu Berge stehen. „Anziehungskraft... Flair."

„Eher Glück... irgendwas *wird* schiefgehen. War nicht mehr als ein Zufallstreffer," zischte sie, während sie ihre Worte mit ausladenden Gesten unterstrich und leise kicherte.

„Aww. Du bist nur neidisch, weil Jungs alles tun können, was Mädels tun, und manchmal sogar besser."

Sie warf ihm einen gespielt-empörten Blick zu und stemmte ihr Klemmbrett in ihre Hüfte. „Machst du Witze?", sagte sie und versuchte, ein Lächeln zu unterdrücken. Es machte ihm wirklich Spaß, sie zu provozieren, und Junge, er wusste genau wie. Die Erinnerung an die eine Nacht mit ihm in Timber Cove, auf seinem Sofa, ihr Rock hochgeschoben und die Beine weit gespreizt, tauchte vor ihrem inneren Auge auf, und sie fächelte sich mit dem Klemmbrett frische Luft zu.

„Alles okay? Siehst aus, als wäre dir warm." Er küsste sie auf die Wange, dann streiften seine Lippen ihr

Ohrläppchen. „Oder liegt es an mir? Weil ich brennend heiß bin und du es nicht ertragen kannst?"

„Oh, es ist definitiv warm hier drin. Wir sollten ein paar Fenster aufmachen."

„Kannst du es ertragen, Madlyn? Hm?", neckte er sie und streichelte ihr über den Steiß, während er ihr ins Ohr lachte. „Kannst du ertragen, dass ich gut darin bin? Das macht dich fertig, nicht wahr? Vielleicht sollte ich Hochzeitsplaner werden." Er küsste sie auf das Ohr und trat einen Schritt zurück.

Sie spürte, dass ihr Blut zu kochen begann, auch wenn sie wusste, dass er sie nur neckte. „Du würdest nicht einen einzigen Tag überstehen."

„Den Abend habe ich doch ganz gut gemeistert, oder etwa nicht?" Conor warf ihr ein breites, sexy Lächeln zu.

„Wie du meinst. Du glaubst, dass du meinen Job besser erledigen kannst, als ich?", fragte sie und bemerkte Luigi, der mit einer ganzen Schachtel mit Bändern zurück in den Saal kam. „Dann geh da rüber und kontrolliere den Bäcker dabei, wie er seinen Fehler korrigiert. Er mag es, wenn jemand ihm bei der Arbeit zuschaut. Geh nur, ich schaue von hier aus zu."

„Was? Das ist alles, was du auf Lager hast?" Conor schmunzelte und hielt sich den Bauch, als wäre alles geradezu schmerzhaft einfach. „Dann sehen Sie zu und lernen Sie, Miss Sanchez!" Demonstrativ marschierte er zu Luigi, und Madlyn konnte nicht anders, als hinter ihrem Klemmbrett zu lachen.

DJ EddieX begann, entspannte Lounge Musik zu

spielen, um die Gäste nach dem Ende der Zeremonie anzulocken, während Conor neben Luigi stand, sich mit ihm unterhielt und nickte.

Gott allein wusste, was der Junge sagte. Er erzählte dem alten Italiener wahrscheinlich gerade, dass er der beste Bäcker der Stadt war, und schmierte ihm Honig um den Bart, genauso wie er es tat, wenn er ihr erzählte, wie umwerfend sie aussah. Doch war das wirklich so schlimm? Jemandem Komplimente zu machen, anstatt ihm ständig seine Fehler unter die Nase zu reiben, wie Leo es dauernd tat?

Definitiv nicht. Damit konnte sie leben.

Madlyn machte ihre Runde durch den Saal, versicherte sich, dass die Dekoration auf den Cocktailtischen vollständig war, einschließlich Weizenhalmen, Minikürbissen, Preiselbeeren und einer großen Kerze. Eine brannte nicht, und sie hatte kein Feuerzeug einstecken. Sie bat einen der Barkeeper um Streichhölzer, die er ihr über die polierte Eichenholz-Bar zuschob, und Madlyn kehrte zu ihrer Kerze zurück.

Allerdings war Conor schon da und zündete eben die Kerze an. „Die hier war noch nicht an, dachte, ich mach das für dich. Luigi leistet hammermäßige Arbeit. Geh rüber und schau es dir selbst an. Der Mann ist genial!"

Madlyn starrte Conor an und musste sich große Mühe geben, damit ihr nicht der Mund offen stehen blieb. Er hatte einfach Glück mit den Leuten heute. Was den Stress anging, war diese Hochzeit bisher so glatt gelaufen, wie es nur möglich war, und das hatten sie nur Madlyns herausragendem Planungstalent zu verdanken. Und Conor dachte, er hätte ihren Tag gerettet, indem er eine dämliche Kerze anzündete. *Pff!*

„Danke", sagte sie und machte auf dem Absatz kehrt. Sie war sich nicht sicher, was sie so störte, darum überspielte sie ihre Gereiztheit mit einem Lächeln.

Conor holte sie ein. „Und, wie mache ich mich bisher?"

„Ziemlich gut", murmelte sie.

„Du bist nicht wütend, weil ich besser bin als du, oder?"

Madlyn blieb wie angewurzelt stehen. *Dieser Mann!* Sie wollte gerade den Mund aufmachen, um ihn zurechtzuweisen, als Luigi herüber kam, ihr seine massige Hand entgegenstreckte und stolz verkündete: „Madlyn! Jetzt sind die richtigen Bänder dran. Herbstliche Koralle. Sieht gut aus. Gefällt es Ihnen?"

„Wunderschön", murmelte sie und warf einen Blick auf den Kuchen, auf dem winzige Ahornblätter aus Zucker verteilt waren, und den jetzt Schleifen in herbstlichem Korallenrosa zierten. „Sieht wirklich großartig aus. Danke, Luigi."

Dafür, dass ich vor Conor jetzt wie ein Idiot dastehe.

„Gern geschehen." Er drehte sich um und klopfte Con auf die Schulter, beinahe wie ein Vater mit seinem Sohn umgehen würde. „Und dieser Junge hier... Ich mag Ihren neuen Mitarbeiter. Gute Ergänzung für Ihr Team. Mit ihm lässt sich's gut arbeiten." Luigi prustete vor Lachen, hustete, dann tätschelte er auch Madlyns Arm. „Wirklich ausgezeichnet. Schönen Abend noch!"

Während sie dem sonst dauer-schlechtgelaunten Konditor hinterherblickte, fragte sich Madlyn, was zum Henker gerade passiert war. Hatte er ihr etwa gerade durch die Blume gesagt, dass man mit ihr, anders als „dem neuen Mitarbeiter", nicht gut arbeiten konnte? *Was zum...?* Sie wusste, dass sie im Ruf stand kratzbürstig zu sein, doch das lag nur daran, dass man, wenn man etwas erledigt wissen wollte, auch dran bleiben musste. Leute zurechtweisen musste. Das war nötig, weil die Leute sonst machen würden, was sie wollten. Besonders als Frau, sonst würde niemand sie ernstnehmen.

Wie hatte Conor es nur geschafft mit seiner lockeren Art, seinem strahlenden Lächeln hier hereinzumarschieren und dasselbe innerhalb von Minuten zu erreichen? Sie bemerkte das siegreiche, besserwisserische Grinsen in seinem Gesicht. „Glück. Pures Anfängerglück."

„Reines Können", widersprach Con, mit einem selbstzufriedenen Lächeln, das seine Grübchen umspielte. „Vergiss das nie, Baby."

KAPITEL NEUN

Die Hochzeit war ein Riesenspaß, mit einer Menge gut gekleideter Leute aus San Francisco, die sich alle so benahmen, als wetteiferten sie darum, auf ein Shabby-Chic Pinterest Board aufgenommen zu werden. Der einzige Grund, weswegen Con überhaupt wusste, was das war, war Ella, ein Mädchen, mit dem er eine Weile ausgegangen war. Das Mädchen war besessen – *besessen* – von Kreidetafeln, alter Spitze und „101 Verwendungen für Einweckgläser".

In den zwei Monaten, die sie zusammen gewesen waren, hatte sie ihm Einweckglas-Kerzen, Einweckglas-Keksbackmischungen, ja sogar Einweckglas-Salz- und Pfefferstreuer geschenkt, die nichts anderes gewesen waren als Einweckgläser, in deren Deckel sie mit einem Nagel drei Löcher gestanzt hatte. Nachdem sie Schluss gemacht hatten, hatte er die ganze Einweckglas-Kollektion seiner Mutter gegeben, da die Ellas Talente ohnehin mehr zu schätzen gewusst hatte.

„*Das* war mal ein nettes Mädchen, Con", hatte sie mit ihrem auffälligen amerikanischen Akzent gesagt. „Ich weiß nicht, warum du sie nicht hast halten können." Das waren die genauen Worte gewesen, die sie eines Abends zu ihm gesagt hatte, und die ihn absolut sprachlos gemacht hatten.

Wahnsinnig witzig, Mom. Er hatte sie nicht halten *wollen.* Ella war viel mehr damit beschäftigt gewesen, wie die Dinge zu sein *schienen,* und nicht damit, wie sie tatsächlich gewesen *waren.* Sie wäre vollkommen zufrieden damit gewesen, ihre Freunde glauben zu machen, dass sie ein Hochglanzmagazin-Leben führte, als tatsächlich an ihrer Beziehung zu arbeiten.

Madlyn dagegen blieb sich treu. Auch wenn es Spaß machte, sie den ganzen Abend aufzuziehen, indem er sich verhielt, als könnte jeder ihren Job machen, die Wahrheit war, dass sie unglaublich talentiert war. Sie hatte ein fantastisches Event auf die Beine gestellt, und das konnte man den ganzen Abend über an den strahlenden Gesichtern der Braut und des Bräutigams sehen. Er fand es amüsant zu sehen, wie sie sich aufregte, wenn so etwas Belangloses wie eine Platte mit Hühnchen und Gemüse zu spät herausgebracht wurde, wenn das Küchenpersonal die Kuchenstücke ihrer Meinung nach viel zu breit schnitt, oder der Parkservice zu lange brauchte, um die Autos der Gäste zu bringen, doch sie tat nur ihren Job, und das machte sie gut. Wenn sie sich nicht um die Kleinigkeiten kümmerte, wer dann?

Kein Wunder, dass die Leute sie anheuerten.

Sie kümmerte sich um alles, und Con konnte nachvollziehen, dass ihre Leidenschaft manchmal von anderen als Zickigkeit missverstanden wurde. Doch er verstand sie. Das hatte er vom ersten Augenblick getan, als er ihr am Strand begegnet war.

Er blickte gerne hinter die Fassade der Menschen, dort, wo sie ihr wahres Gesicht zeigten und sich als viel komplexer herausstellten, als der erste Eindruck hätte vermuten lassen. Madlyn war ihm ein Rätsel – harte Schale, weicher Kern – und Con freute sich darauf zu sehen, welche Seite von ihr er als nächstes kennenlernen würde.

Der beste Teil des Abends war jedoch für ihn gewesen, Madlyn zu sehen, wie sie Braut und Bräutigam bei ihrem ersten Tanz als Mann und Frau beobachtet hatte. Sie hatte mit einer solchen Sehnsucht für diese Art von Liebe zugesehen, oder vielleicht war es auch die Trauer um die Liebe, die sie verloren hatte. Als sie der Braut und ihrem Vater beim Tanzen zusah, war sie in Tränen aufgelöst. Sie schien aufrichtiges Interesse für die Leute zu haben, für die sie arbeitete. Ihre dunklen Augen waren glasig, bis Con sie ansah und sie sich schnell mit einer Cocktailserviette abtupfte und den Blick abwandte.

„Bist du okay?" Er griff nach ihrer Hand.

Sie drückte seine Finger. „Manchmal ist es hart."

Sie hatte erwähnt, dass sie sich von ihrem Mann getrennt hatte, weil er gleichzeitig sie und eine Affäre nebenbei haben wollte. Es war offensichtlich, dass diese Wunde noch frisch war. Ob das bedeutete, dass sie ihren

Ex noch liebte, musste er noch herausfinden. Ihr Ex war jedoch nicht der einzige, der sie verraten hatte. Ihre Mutter, die nach Louisiana gezogen war und sie, wenn überhaupt, an den Feiertagen anrief? Con konnte sich nur vorstellen, wie viel Leid das für ein junges Mädchen, wie sie es gewesen war, verursachen musste. In gewisser Weise machte es Sinn, dass Madlyn Hochzeitsplanerin geworden war und alles dafür gab, einem perfekten Paar einen perfekten Tag zu ermöglichen. Das war etwas, das sie weitgehend kontrollieren konnte. Doch was dachte sie wirklich über die Chancen ihrer Klienten, ihre Ehen am Leben zu erhalten?

Glaubte Madlyn überhaupt noch an *und sie lebten glücklich und zufrieden bis an ihr Lebensende*?

Als die Hochzeit vorbei war, alle Formulare unterzeichnet und den Dienstleistern die jeweiligen Schecks überreicht worden waren, war es zwei Uhr am Morgen, und Madlyn stand in der kühlen Nachtluft vor ihrem BMW und atmete tief durch. „Danke, dass du mir geholfen hast", sagte sie, griff in ihre Haare und löste die Spange. Es fiel in dicken, schwarzen Wellen über ihre Schultern, sodass er am liebsten mit seiner Hand darübergestreichelt hätte.

War's das? Würde sie jetzt ihres Weges gehen und er seines und seine magische Kutsche sich in einen Kürbis verwandeln? Er hatte gehofft, dass sie ihn zumindest auf einen Drink zu sich nach Hause einladen würde, um sich mit ihm darüber zu unterhalten, wie es jetzt weiterging, doch er hatte genug Initiative gezeigt. Er hatte nicht vor, um ein bisschen Aufmerksamkeit zu betteln. „Gern geschehen. Jederzeit."

„Con... mein Haus ist im Augenblick ein Riesensaustall..." sagte sie, als ob sie spürte, was er dachte.

Saustall stört mich nicht, hätte er beinahe gesagt, hielt sich jedoch zurück. Er hatte nicht gewusst, dass sie derart hin- und hergerissen war. Warum sie ihm nicht die Chance geben konnte, die sie ihm bei Sonnenuntergang versprochen hatte – das konnte er nicht verstehen.

„Du wirst nicht vom FBI gesucht oder so was?" Er zog eine Augenbraue hoch.

„Was?" Ihr fassungsloser Blick sagte mehr als tausend Worte, dass er besser den Mund halten sollte. Dann schüttelte sie den Kopf und wurde rot. „Wie schon gesagt, ist mein Leben im Augenblick reichlich kompliziert, doch nein, nicht weil ich in allen fünfzig Bundesstaaten gesucht werde."

„Ah, dann gibst du es also zu. Hab ich's doch gewusst!"

„Nein, ich meine, dass ich *nicht* in fünfzig Bundesstaaten gesucht werde. Würdest du bitte damit aufhören?"

„Zu dumm. Das wäre ein wirklich guter Gesprächsanfang gewesen. Hey Leute, wisst ihr was? Ich bin mit einer Vorbestraften zusammen. Kannst du mir eben mal das Salz geben?" Sie lachte, doch er spürte, dass ihr etwas auf der Seele lag. Er schüttelte den Kopf. „Hör zu, Maddie... Ich hab das Gefühl, dass du vielleicht denkst, dass wir zu schnell an die Sache rangegangen sind, und das respektiere ich. Vielleicht war das meine Schuld, ich weiß nicht. Auch wenn du an meine Tür geklopft hast, mit mir geschlafen hast und dann gegangen bist." Er lachte, dann räusperte er sich. „Bin mir nicht sicher, was das sollte. Wie auch immer... ich möchte, dass du weißt, dass ich nur Gutes im Schilde führe. Du bist intelligent, talentiert und unglaublich heiß. Du versetzt mich ins Staunen, und ganz ehrlich, ich möchte dich einfach besser kennenlernen. Das ist alles. Mehr fällt mir dazu nicht ein." Er ließ seine Arme sinken.

Sie starrte ihn an, und ihr Blick wurde sanfter, bis ihre Wimpern schließlich über ruhigeren Augen blinzelten. „Ich dich auch, Con. Du bist witzig, süß, und Herrgott, lass dir das jetzt bitte nicht zu Kopfe steigen, du bist auch verdammt heiß! Ich weiß, dass ich gemischte Signale sende. Es ist nur... ein Teil von mir will sich selbst zurück zu dir nach Timber Cove einladen, doch das wäre unhöflich und anmaßend, und der Grund, weswegen ich gezögert habe. Doch du warst so wundervoll und hast mir geholfen, und ich will dir dafür danken, und damit meine ich, dass ich wirklich sündhafte Dinge mit dir im Bett tun möchte."

Sein Herz stolperte, als sie von sündhaften Dingen sprach, doch er zwang sich, auf ihre ganze Bemerkung und nicht diesen einen Satz zu konzentrieren.

„Und der andere Teil von dir?"

Sie seufzte und rieb an einem Schmutzfleck an ihrem Wagen. „Der andere Teil von mir will dir nichts vormachen. Ich will dir nicht mehr versprechen, als ich dir geben kann. Es gibt Dinge in meinem Leben, komplizierte Dinge, mit denen ich klarkommen muss, und auch wenn ich wirklich gerne Zeit mit dir verbringen möchte, mache ich mir Sorgen. Sorgen, dass du mehr willst, als ich zu geben bereit bin." Sie blickte zu ihm auf.

Es gab eine Sache, die er über Frauen gelernt hatte, als er alt genug gewesen war, sie zu verstehen: Augen logen nicht. Und in diesem Augenblick flehten Maddies Augen ihn an, ihr zu glauben. Da war mehr, viel mehr an ihrer Geschichte, doch nichts davon hatte mit ihren Gefühlen für ihn zu tun. Er musste einfach geduldig sein, auch wenn das etwas war, in dem er noch nie sonderlich gut gewesen war. Doch für Maddie konnte er geduldig sein, denn alles an ihr schrie, dass sie genau das brauchte. Sie brauchte jemanden, der geduldig mit ihr war. Der sich um sie kümmerte.

Er konnte die Sorge in ihrem Gesicht sehen. Er konnte den Stress spüren, der von ihr ausging. Er ergriff sie sanft bei den Armen. „Erstens, wenn es unhöflich und anmaßend ist, dass du Zeit mit mir verbringen und unanständige Dinge mit mir im Bett anstellen möchtest, dann bitte, sei so unhöflich und anmaßend, wie du möchtest. Zweitens möchte ich, dass du nur unanständige Dinge mit mir tust, weil du es so sehr willst und an nichts anderes denken kannst, nicht weil du dich bei mir bedanken willst, weil ich dir ein bisschen geholfen habe, Madlyn. Ich helfe dir gerne und erwarte nichts dafür. Drittens... ich weiß, dass du dir Sorgen machst. Das tust du scheinbar oft. Doch das bedeutet, dass du etwas empfindest. Und in diesem Fall weiß ich, dass du etwas für mich empfindest. Das hast du gerade eben bewiesen. Ich weiß deine Aufrichtigkeit zu schätzen und verstehe, was du sagst. Ich verstehe, dass du nicht sicher bist, wie es zwischen uns laufen wird. Doch ich bin ein großer Junge, meine liebe kleine Furie, und du hast alles richtig gemacht. Darum mach dir bitte keine Sorgen um mich. Auch nicht, dass ich dich drängen könnte, mir mehr zu geben, als du kannst. Jetzt, wo wir das alles hinter uns gebracht haben, wie wäre es, wenn du mit zu mir kommst und mir erlaubst, mich zur Abwechslung mal um dich zu kümmern. Ich möchte dir ein gutes Gefühl geben. Geben, was auch immer du brauchst. Wie klingt das?"

„Zu gut, um wahr zu sein", sage sie mit einem schiefen Lächeln.

Er grinste. „Ich freue mich, dir das Gegenteil zu beweisen."

Diesmal war ihr Lächeln strahlend und begleitet von einem ein wenig mädchenhaften Staunen. „Ich mich auch. Ich muss nur nach Hause und ein paar Sachen packen. Da ist ein Park gegenüber, du kannst da auf mich warten. Fahr mir einfach hinterher."

„Okay. Danke, dass du mir eine Chance gibst. Ich bin froh, dass ich hier runter gekommen bin. Doch darf ich dich noch eine Sache fragen, bevor wir losfahren?"

„Sicher, doch mir wird langsam kalt. Bitte beeil dich…"

„Kann ich diesmal deine Nummer haben?" Er

lächelte. Gott bewahre, wenn er sie unterwegs verlor und sie nicht irgendwie kontaktieren konnte.

Sie lachte und streckte ihm die Hand entgegen. „Gib mir dein Handy." Er reichte es ihr und seufzte, als sie eine Nachricht schrieb und sie an sich selbst schickte. Dann tippte sie noch kurz auf seinem Handy herum, bevor sie es ihm kichernd zurückgab.

Als er ihren Eintrag ansah, stand in den Kontaktinformationen „Maddie ‚Most Wanted' Sanchez". Er tippte sich mit dem Finger ans Kinn. „Damit hast du wohl recht."

Madlyn lächelte, setzte sich hinters Steuer und schloss ihre Tür, während Conor zu seinem Wagen ging. Er folgte ihr zur Hauptstraße, wo die Straßenlaternen die bunten Reihenhäuser erleuchteten, die dicht an dicht wie Sardinen in der Dose nebeneinander standen.

Als sie an einem hohen, schicken Apartmentgebäude ankamen, bremste sie ab und deutete aus dem Fenster auf den Park auf der anderen Seite, bevor sie in der Tiefgarage verschwand. Er fuhr in den Park und stellte sein Auto auf dem Parkplatz ab, um zu warten. Warum diese Geheimnistuerei? Wie unordentlich konnte ihre Wohnung schon sein? Er wollte nicht schlecht von ihr denken, doch zum ersten Mal dämmerte es ihm – hatte sie vielleicht einen Freund oder Ehemann in dieser Wohnung? War das ganze Gerede von Scheidung und einem Ex nur eine Ausrede gewesen?

Natürlich nicht. Er verdrängte den Gedanken. Madlyn war vorsichtig und hielt sich zurück, doch sie war keine

Lügnerin. Vielleicht teilte sie sich ja ihre Wohnung mit einem Haufen Durchgeknallter, und sie wollte nur nicht, dass er sie sah? Das war durchaus vorstellbar, auch wenn er gerne verrückte Leute kennenlernte.

Kaum zehn Minuten später tauchte ihr schwarzer BMW wieder auf und parkte neben ihm. Hatte sie es sich schon wieder anders überlegt? Sie stieg aus, und diesmal trug sie eine bequeme Jogginghose und ein T-Shirt – eine angenehme Veränderung. Sie ging um das Auto herum und suchte nach etwas in ihrem Kofferraum. Er ließ das Fenster herunter und steckte den Kopf heraus. „Was machst du? Parkst du hier?"

„Nein, ich muss meinen Wagen mitnehmen, für den Fall, dass ich schnell weg muss", sagte sie entschuldigend.

„Für den Fall, dass ich mich als Psycho herausstelle und du fliehen musst", interpretierte er ihre Bemerkung. „Verstehe."

„Für den Fall, dass ein Klient anruft und ich gehen muss." Sie warf ihm einen scheltenden Blick zu.

Das war okay. Er würde ihr zeigen, dass sie ihm vertrauen konnte. Madlyn zu umwerben war beinahe so, wie eine Katze davon zu überzeugen, jemanden zu mögen. *Hand ausstrecken, Blick gesenkt halten, süß und sanft rufen, und irgendwann kommt sie schon*, dachte er. „Was machst du da hinten? Eine Leiche verstecken?"

„Nur ein paar Sachen zurechtrücken, die beim Fahren Geräusche gemacht haben." Sie schloss den Kofferraumdeckel und lächelte, bevor sie sich wieder auf den Fahrersitz niederließ. Sie ließ das Fenster herunter.

„Weißt du, wie du fahren musst? Ach was, fahr mir einfach hinterher, ich kenn' den Weg."

Er nickte und bemerkte ein seltsames Ding aus Eierkarton und Papier, das an ihrem Rückspiegel hing. „Niedliche Deko", sagte er, doch sein Magen zog sich dabei zusammen. Konnte es sein? Nein, das hätte sie zwischenzeitlich erwähnt.

„Ah, ja", sagte sie und strich sich ihre dunkle Mähne hinters Ohr. „Nicht wahr?" Sie lächelte, nickte unsicher und wartete, als rechnete sie damit, dass er noch etwas sagen würde.

Und da wusste er, dass er Recht gehabt hatte.

Madlyn war keine Lügnerin.

Doch vielleicht hielt sie mehr zurück, als er angenommen hatte.

War der Grund, weswegen Madlyns Leben so kompliziert war, dass sie ein Kind hatte, von dem sie ihm nichts erzählt hatte? Und wenn dem so war, wie fühlte er sich bei dem Gedanken?

„Con", sagte sie leise. „Hast du – hast du deine Meinung geändert? Ich meine… willst du wirklich noch die Nacht mit mir verbringen?"

Er starrte sie an, während er in seiner Erinnerung nach irgendwelchen Anzeichen kramte, die vielleicht ein Hinweis darauf sein konnten, dass sie ein Kind hatte. Nein, da war nichts. Er wusste auch, dass er komplett daneben liegen konnte. Gott, es war möglich, das Madlyn einen Neffen hatte, der das für sie gemacht hatte. Doch letzten Endes war es egal. Zumindest im Moment. Denn auch wenn er einen Verdacht hegte, zögerte er keine Sekunde, ihre Frage zu beantworten.

Und die Antwort war nein. Und ja.

Er hatte seine Meinung nicht geändert und wollte natürlich die Nacht mit ihr verbringen.

„Ladies first", sagte er. „Ich fahr dir hinterher."

KAPITEL ZEHN

Conor hatte für den Abend große Versprechungen gemacht. Versprechen, sich um sie zu kümmern. Sie zu verwöhnen. Ihr zu geben, was sie brauchte.

Und was sie am meisten brauchte – zwischen und während sie einander verwöhnten – war Conor besser kennenzulernen. Könnte er sein Versprechen halten?

Ja, sie hatte bereits eine Nacht mit ihm verbracht, und rückblickend hätte der „Kennenlern-Teil" vielleicht zuerst kommen sollen. Das hatten ihr zumindest ihr Dad und die gesellschaftlichen Konventionen so beigebracht, doch hier war sie nun, machte alles anders herum und war kurz davor, Con die volle Wahrheit über ihr Leben zu erzählen.

Es hätte leicht sein sollen.

Im Augenblick wusste sie nicht, ob er Jax' Kindersitz auf dem Rücksitz ihres Wagens gesehen hatte, als sie sich nach der Hochzeit unterhalten hatten. Darum hatte sie ihn in der Tiefgarage schnell in ihren Kofferraum verstaut. Dann hatte er die Eierkarton-Blume an ihrem Rückspiegel hängen gesehen, die Jax ihr letztes Jahr im Kindergarten zum Muttertag gebastelt hatte. Das war ihre Chance gewesen, die Wahrheit zu sagen. Sie hätte es in diesem Moment zugeben können. Je nachdem wie er reagiert hätte, hätte sie eine Entscheidung treffen können, ob sie mit zu ihm nach Hause fahren wollte oder nicht. Einfach. Hop oder Top.

Theoretisch hätte alles so glatt laufen können. Doch so war es nicht passiert und das aus einem einfachen Grund: nach Biancas Hochzeit war sie müde gewesen. Sie war gestresst gewesen, weil Leo sie den ganzen Abend über mit SMSen bombardiert hatte, ob sie nach der Arbeit schon etwas vorhatte, da er ein paar Dinge mit ihr besprechen wollte, da Jax ja das Wochenende bei Vanessa und ihren Kindern verbrachte.

Außerdem war sie durcheinander. Hier war sie mit einem Mann, der nur ein vorübergehendes Mittel gegen den Stress hatte sein sollen, doch nun hatte er sich mehrmals bemüht, mehr Zeit mit ihr zu verbringen. Er hatte sich an diesem Abend größte Mühe gegeben und ihr geholfen, die Dienstleister auf der Hochzeit wie ein Profi zu managen. Zudem hatte er sich weder von ihrer bestimmenden Art vertreiben lassen, noch von ihrem Gerede, dass sie keinen falschen Eindruck bei ihm erwecken wollte.

War Conor O'Neill wirklich ein Volltreffer?

Es gefiel ihr auch, dass er ausreichend Abstand hielt, als er ihr folgte. Er schien sich ziemlich strikt an die Geschwindigkeitsbeschränkungen zu halten, und sie bremste entsprechend ab. Er war entweder ein vorsichtiger Fahrer oder wollte sich um ihretwillen von seiner besten Seite zeigen. Ihm konnte sie mit Jax im Auto vertrauen, wenn es jemals soweit kommen sollte. Die Fahrt nach Timber Cove verlief ruhig und gab ihr die dringend nötige Zeit, nachzudenken. Nein, Leo war nicht sonderlich glücklich gewesen, als sie ihm gesagt hatte, dass sie schon Pläne hatte und erst morgen zurückkommen würde, doch davon wollte sie sich den Abend nicht verderben lassen. Ihre Instinkte sagten ihr, dass alles, was Con bis jetzt gesagt und getan hatte, darauf schließen ließ, dass er ein guter Mann war. Sie musste ihm eine Chance geben.

Für sich, für Jax, für Conor.

Um das tun zu können, musste sie Leo klarmachen, dass es an der Zeit war, dass er sich eine neue Wohnung suchte und auszog. Zeit abzuschließen. Das bedeutete allerdings auch, dass sie die Zeit mit Jax untereinander aufteilen mussten, und dass damit die Besuchsrechte der Scheidungsvereinbarung griffen. Ihre mütterlichen Schuldgefühle setzten ein, und als sie hinter dem *The Big CeltHuna* und Cons kleinem weißen Haus daneben anhielten, hatte ihre generelle Nervosität beinahe die Ausmaße einer Panikattacke angenommen.

Sie stieg aus und nahm ihre kleine Reisetasche vom Beifahrersitz.

Conor parkte neben ihr, stieg aus und warf ihr einen eindringlichen Blick zu. „Wow, Mario Andretti. Wenn du nicht vorsichtiger fährst, rauschst du irgendwann die Klippen runter. Jesus, Maria und Josef! Das habe ich wirklich nur dank meines Schutzengels überlebt. Ich fahre doch erst seit zwei Monaten auf der falschen Seite, Mädel."

Er schmunzelte, als er zur Haustür ging, während sie ihm schuldbewusst hinterher schlurfte. „Tut mir leid, hab wohl einen leichten Fall von Bleifuß."

„Das habe ich gesehen." Seine warme Hand legte sich um ihren Nacken, und er küsste sie auf den Kopf. „Whoa!", entfuhr es ihm, als er ihre Schulter-Muskeln spürte. „Mein Gott bist du verspannt."

„Wie bitte?", sie schnaubte und sah ihn finster an.

„Ich hab von deinen Muskeln gesprochen. Herrgott, Maddie. Ich meinte nur, dass du dringend eine Massage nötig hast. Komm rein und leg dich aufs Sofa, ja? Ich kümmere mich darum."

Er drehte sich um und schloss die Tür auf.

Der Klang gefiel ihr sofort. Con diese Worte sagen zu hören, die einfache Tatsache, dass er sich um etwas kümmern würde, ihr die Last von den Schulten nehmen würde, war wie Wasser für einen Verdurstenden.

Das Haus war dunkel. Sie blieb stehen, während er herumlief und das Licht einschaltete, Holz in den Kamin legte und ein Feuer anzündete, bevor er sein Handy mit den Bluetooth-Lautsprechern verband. Der leise Klang altmodischer Musik erfüllte das kalte Haus und brachte gemeinsam mit dem Feuer Wärme in den Raum. Mit dem Telefon in der Hand sah er sie an wie ein kleiner Junge. „Glenn Miller. Ist der nicht großartig?"

„Sicher, was immer du sagst, Großvater." Sie

schnaubte amüsiert und stellte ihre Sachen in der Küche ab.

„Also gut, Scherzkeks. Du!" Er schnippte mit den Fingern und deutete aufs Sofa. „Da hin. Aufs Sofa. Zieh' deine Schuhe aus und lausch' zur Abwechslung mal richtiger Musik. Als Frauen noch Frauen waren, und Männer noch Männer…"

Ihre Lippen verzogen sich zu einem Lächeln. „Ja, Sir", sagte sie und versuchte sich daran zu erinnern, wann sie das das letzte Mal zu einem Mann gesagt hatte. Es musste ihr Vater gewesen sein. Sie konnte sich nicht an einen einzigen Typen erinnern, den sie gedatet hatte, den sie je „Sir" genannt hatte. Nicht einmal zum Spaß. Doch Conor hatte den Respekt verdient, und sie wollte es öfter benutzen, solange er sich als würdig erwies.

Er hätte sich aufspielen und etwas typisch Männliches sagen können, wie ,Gefällt mir, wenn du mich so nennst', doch das tat er nicht. Er lächelte und blieb auf dem Weg ins Schlafzimmer vor ihr stehen, legte seine Hände um ihr Gesicht und drückte ihr einen sanften, liebevollen Kuss auf die Lippen.

Sie schloss die Augen und drängte all das emotionale Chaos in den Hintergrund. Sie konzentrierte sich auf Glenn Miller, das prasselnde Feuer und den Geschmack seiner Lippen. Sie seufzte, und in diesem Augenblick fiel ein bisschen von dem Stress von ihr ab. *Der Junge tut mir wirklich gut*, dachte sie.

„Ich bin gleich zurück." Er tippte ihr mit dem Finger auf die Nase, wie er es schon zuvor getan hatte, verschwand in seinem Schlafzimmer und zog die Tür hinter sich zu.

Sie ging um das Sofa herum, auf dem sie vor fast zwei Wochen Liebe gemacht hatten, und ließ sich in die weichen Kissen sinken, um die tanzenden Flammen des Feuers zu beobachten. *It happened in Sun Valley...not so very long ago...* sang ein Chor von Männer- und Frauenstimmen über Schlittenfahrten, Jack und Jill und Herzen, die den Sprung wagten. Ah, die vierziger Jahre. *Als Frauen noch Frauen, und Männer noch Männer waren,* erinnerte sie sich an Cons Worte. Kein schlechtes Konzept, diese Rückkehr zu den Traditionen, als Männer sich noch um ihre Frauen kümmerten.

Diese Art von Stabilität konnte sie im Augenblick definitiv gebrauchen.

Während sie auf dem Sofa lag und die Wärme des Feuers sich ausbreitete, spürte sie, wie ihr Verstand und ihr Herz zu schmelzen begannen. So weit von zu Hause, von ihrem Baby und dem Leben, das sie kannte und doch – bei Conor zu sein fühlte sich an, wie zu Hause zu sein. Wie war das möglich?

Wie lang sie mit geschlossenen Augen gedöst hatte, wusste sie nicht, doch schließlich – sie konnte nicht sagen, ob es zehn Minuten oder eine Stunde später war – spürte sie Conors Gegenwart. Er ging vor ihr in die Hocke. „Aufwachen, Schlafmütze. Lass uns ins Schlafzimmer gehen. Komm."

Madlyn richtete sich müde und desorientiert auf, doch Conor reichte ihr die Hand, und das war alles, was zählte.

Sie erinnerte sich an den Song *I'm With You* von Avril Lavigne aus ihrer Teenagerzeit. Sie hatte keine Ahnung, wer dieser Mann war, oder warum sie hier bei ihm war, doch sie vertraute ihm und wäre ihm überall hin gefolgt. Sie ergriff seine Hand und stand mit Conors Hilfe auf, bevor sie ihm schläfrig ins Schlafzimmer folgte.

„Gutes Mädchen, nur noch ein paar Schritte… und voilà!"

Sie öffnete die Augen und sah sich um. Er hatte eine Zauberwelt aus Kerzen geschaffen. Auf dem Nachttisch, den Regalen an der Wand, auf der Fensterbank, der Kommode – jede einzelne Flamme ein flackernder Ruf ins Abenteuer, der sie einlud, zu entspannen und ausnahmsweise einmal die Kontrolle an jemand anderen abzugeben. „Wow, das ist Wahnsinn."

„Und…" Er machte eine einladende Geste in Richtung des Betts, dessen Fußende er mit einem Strandtuch in eine „Massageliege" verwandelt hatte. Ein weiteres Handtuch lag zusammengerollt als Kissen für ihren Kopf bereit. „Was ist das denn?", fragte sie und deutete auf zwei Dellen im Strandtuch, dort wo wohl ihre Brüste hinsollten.

Er lächelte sie scheu an. „Mir fällt immer noch etwas ein, nicht wahr, Maddie? Gefällt es dir?" Con tippte sich spielerisch an den Kopf. „Ich denke an alles, oder nicht?"

Madlyn konnte ein Lachen nicht unterdrücken und schüttelte den Kopf. „Du hast Dellen für meine Brüste gemacht. Ich fass' es nicht."

„Naja, du brauchst die schon. Mehr sage ich jetzt

nicht", grinste er.

„Ich sollte ein Foto machen. Warte, lass mich mein Handy holen."

„Nein!", lachte er und zog sie am Arm zum Bett. „Kein Handy. Kein Technik-Schnickschnack. Nur du, nackt, genau da. Hier", sagte er und reichte ihr ein flauschiges blaues Handtuch. „Ich bin dann mal da drüben", sagte er und deutete in Richtung Bad. „Du zieh dich aus, leg dich auf deinen Bauch und deck deinen Hintern damit zu. Ich bin in fünf Minuten zurück, okay?"

„Okay", lächelte sie. Die paarmal, die sie sich eine professionelle Massage geleistet hatte, hatte sie sich unbehaglich gefühlt, wenn sie sich ausgezogen hatte, als ob sie jemand mit einer versteckten Kamera beobachtete, doch diesmal ging es ihr nicht so. Sie fühlte sich weitgehend entspannt, da sie wusste, dass ein Mann, der bereits zuvor ihren Körper erkundet hatte, derjenige war, der sie berühren würde. „Con?", fragte sie, bevor er die Tür erreichte.

Er drehte sich um. „Ja?"

„Danke für alles."

„Gerne doch, Maddie. Ist mir ein Vergnügen." Wieder hätte er zwinkern oder einen anzüglichen Witz machen können, so wie Leo es sicher getan hätte. Damit hätte er all die süßen Gedanken vernichten können, die sie für ihn hegte, doch er tat es nicht. Er lächelte nur und verschwand ins Badezimmer.

Seufzend sah sie sich um und begann sich auszuziehen, bevor sie ihre Kleider ordentlich auf den

Sessel legte. Ihr Blick fiel auf ihr Spiegelbild, und sie fragte sich, ob es erkennbar war, dass sie ein Baby zur Welt gebracht hatte. Sie war stolz auf ihren Körper, auf ihre Kurven und alles, doch heute Nacht wollte sie nicht die Büchse der Pandora öffnen.

Nachdem sie sich auf das Handtuch gelegt und darauf geachtet hatte, dass ihre Brüste in den „Komfortdellen" lagen (die er zu weit auseinander gemacht hatte), zog sie das blaue Handtuch über sich und kicherte innerlich, da es eigentlich sinnlos war. Nur ein überflüssiges Detail, das im Spa einen gewissen Anstand wahren sollte. Beide wussten jedoch genau, wie diese Nacht enden würde. Eine Minute später kam Con zurück und fragte, ob sie bereit war.

Ohne aufzublicken hatte sie seine Präsenz gespürt. „Guten Abend, Madam. Mein Name ist Conor, und ich bin heute ihr Masseur. Möchten Sie das Öl lieber geruchlos oder mit Mandelduft?"

„Wow, du hast aber auch an alles gedacht, oder?"

„Ich verweigere die Aussage, da ich mich nicht selbst belasten möchte."

Sie lachte. „Mandelduft wäre großartig."

„Wie Sie wünschen." Sie hörte, wie eine Flasche geöffnet wurde und er das Öl in seine Hände goss, bevor er seine warmen Hände auf ihre Schulterblätter legte. „Wie fühlt sich das an?"

„Ohhh…"

„Ich interpretiere das mal als ‚sehr schön, danke'." Con begann, langsam ihre Muskeln zu massieren, und strich dabei sanft mit weit gespreizten Fingern über ihren

Rücken. „Ist der Druck okay?"

„Fucking perfekt", murmelte sie. Einfach entspannen. Das war die richtige Zeit und der richtige Ort dazu. Fuck den Stress, fuck Leo. Fuck das Leben, und, abgesehen von Jax, fuck alles.

„Gemäß Regel 5.8, Abschnitt A von O'Neills Massageregelwerk", flüsterte er ihr ins Ohr, mit einer Stimme, die so sanft war wie seine Hände, „darfst du das Wort *fuck* nicht verwenden, solange du nackt daliegst, denn der Masseur ist auch nur ein Mensch und könnte versucht sein, dir zu geben, was du willst."

„Was ich brauche, meinst du wohl", murmelte sie in das Handtuch.

„Ja, genau. Und jetzt, *Schhhh...* nicht mehr reden."

Madlyn lächelte und seufzte. Bei jedem Ausatmen zwang sie die Anspannung, ihren Körper zu verlassen, und spürte, wie sich ihre Muskeln lockerten, als Con mit seinen talentierten Händen die Knoten löste. Er sollte in seinem Surfshop Massagen anbieten, dachte sie. Auch wenn der Gedanke daran, dass diese Hände die Körper anderer Frauen verwöhnen könnten, ihr im Augenblick nicht sonderlich gefiel. Und was bedeutete das? Dass ihr Verstand anfing, Besitz von ihm zu ergreifen? Zugegebenermaßen hätte sie gegen eine solche Behandlung jeden Tag nichts einzuwenden. Sie könnte gut damit leben, verwöhnt und angebetet zu werden. Leo hatte ihr einmal eine Massage angeboten, doch in dem Augenblick, als er das Öl auf seine Hände gegossen hatte, hatte er eine Grimasse gezogen und gesagt, dass er das schleimige Gefühl nicht mochte.

Weichei.

Doch selbst falls Conor das Gefühl von Öl an seinen Händen nicht mochte, zeigte er es nicht. Seine Prioritäten lagen woanders. *Sorge dafür, dass sich diese Frau gut fühlt*, schien sein Ziel zu sein. Damit konnte sie definitiv leben. Als er mit seinen starken Händen ihren unteren Rücken bearbeitete und das Handtuch ein wenig beiseiteschob, um ihren müden Hintern kneten zu können, wusste sie, dass sie die richtige Entscheidung getroffen hatte, hierher zu kommen.

Weswegen war sie nochmal gestresst gewesen?

Keine Ahnung.

Doch was immer es auch gewesen war, es hatte sie zu ihm geführt.

KAPITEL ELF

Dieses leise Stöhnen trieb ihn in den Wahnsinn.
Jedes Mal, wenn er ihre Muskeln knetete und einen Knoten löste, stieß sie ein leises Stöhnen aus. Zunächst beinahe unhörbare, winzige Seufzer, und dann, je weiter er sich an ihrem Rücken hinab arbeitete, als er das Handtuch beiseiteschob und ihren Po massierte, leistete ihr Körper Widerstand und bettelte um mehr.

Er hatte die Dekoration in ihrem Auto nicht vergessen. Hatte seinen Verdacht nicht fallen gelassen, dass sie eine Mutter sein könnte. Im Gegenteil, er konnte nicht anders, als ihren Körper eingehend zu betrachten und sich zu fragen, ob sie vielleicht ein Kind ausgetragen hatte. Eines gestillt hatte. Zu seiner Überraschung machte dieser Gedanke sie nur noch reizvoller für ihn. Eine ehrliche Frau, so schön und komplex wie Madlyn mit Mutter-Potential war ein definitives Plus und etwas ganz anderes, als der Typ Frau, mit dem er sonst ausging.

Doch er verdrängte diesen Gedanken. Es war

Spekulation. Außerdem hatte Madlyn ihn gebeten, sie nicht zu drängen, und er hatte ihr versprochen, dass er es nicht tun würde. Darum würde er sich auf das konzentrieren, was er ihr zu tun versprochen hatte – sich um sie zu kümmern. Ihr zu geben, was sie brauchte. Und Gott! Sie jetzt so zu berühren, war genau das, was auch er brauchte.

Er fühlte sich wie Alexander von Antiochia, als er seine Venus aus Stein gehauen hatte und sie Zentimeter um Zentimeter weiter aufdeckte, während ihr Körper zum Leben erwachte. Als er schließlich das Handtuch ganz wegzog, hielt er einen Augenblick inne, um sie zu bewundern. Eine atemberaubende Frau. Sie war weder athletisch und gestählt, noch groß und dünn, wie andere Frauen, mit denen er zusammen gewesen war. Sie war von durchschnittlicher Größe, doch mit echten Kurven und einer Fülle, einer Weichheit, die seine Hände verführte.

Er legte seine Hände auf ihren Po und massierte die Muskeln mit großen, weiten Kreisen, zog die Backen auseinander und presste sie wieder zusammen, wobei er genoss, dass sie es zuließ. Er senkte den Kopf und konnte nicht anders, als einen bewundernden Kuss auf beide Backen zu drücken, was sie mit einem Kichern und einem „Mmmm" quittierte. Was hätte er nicht gegeben, um sie mehr zu küssen, diesen Po zu heben und ihre Beine gerade genug zu spreizen, um mit seiner Zunge ihre süße Pussy zu erreichen, doch er hielt sich zurück. Er wollte, dass Madlyn sich vollkommen entspannte und nicht das Gefühl bekam, dass er die Massage für sich ausnutzte.

Wenn sie mehr wollte, würde er es ihr geben.

Plötzlich streckte sie ihre Arme nach vorn und signalisierte ihm, dass sie die Position wechseln wollte. Sanft ließ er von ihr ab. Gemächlich stemmte sie sich hoch und drehte sich um, wobei er den Blick auf ihren nackten Körper genießen konnte – ihre Brüste, groß und schwer, rutschten auseinander und bildeten schöne Kurven.

„Weißt du, was diese Massage noch viel interessanter machen würde?" Sie lächelte, verschränkte ihre Arme hinter ihrem Kopf und ließ ihre dunklen Haare über ihre helle Haut fallen.

„Eine Dose Sprühsahne?"

„Nein. Du, nackt. So wie ich. Im Augenblick fühle ich mich klar benachteiligt."

„Nichts würde mir mehr Freude machen, als deiner Bitte nachzukommen." Er lächelte und beugte sich zu ihr hinunter, um sie zu küssen.

Einen Augenblick lang dachte er daran, wie wenig freundschaftlich ihre erste Begegnung gewesen war, doch jetzt waren sie hier und hatten süßen Frieden geschlossen. Manchmal schloss sich der Kreis eben doch.

Conor richtete sich auf und ließ seine Shorts fallen, ohne den Blick von Madlyn abzuwenden, und beobachtete, wie sie seinen Körper musterte und wie sie blinzelte, als er nackt vor ihr stand.

Ihre großen braunen Augen blieben an seiner Erektion hängen, dann blickte sie zu ihm auf. „Komm her."

Er tat, wie ihm geheißen und kam zurück ans Bett. Er ergriff ihre Hand und führte sie an seinen Mund, um sie zärtlich zu küssen. Mit geschlossenen Augen inhalierte er ihren berauschenden Duft, der sich mit dem des Mandelöls vermischte. „Ja?"

Sie ergriff seinen Arm und zog ihn zu sich hinunter, bis sich ihre Lippen begegneten. Sie küsste ihn innig, die Finger um sein Handgelenk und dann seinen Bizeps geschlossen, als wäre er eine Rettungsleine im Sturm. Seine Fingerspitzen strichen über ihre Arme und ihr Schlüsselbein, während seine Zunge ihre Lippen erkundete, ihre Nippel sich aufrichten ließ und ihr wohlige Schauer über den Rücken schickte. Sie bog den Rücken durch, dann nahm sie seine Hände und führte sie zu ihren Brüsten. Madlyns dicke Haare ergossen sich über den Rand des Betts, und sie stöhnte, als er ihre Brüste liebkoste und ihre Nippel noch härter wurden.

Unfähig, sich noch länger zurückzuhalten, saugte er eine Brustwarze nach der anderen, leckte sie und ließ seine Zunge kreisen. Er bemerkte ihre manikürten pinkfarbenen Nägel, als sie ihm ihre Brüste entgegenhielt, damit er sie weiter liebkoste. Dann wanderte eine ihrer Hände an seinem Körper hinab, bevor sich zarte Finger um seinen Schwanz schlossen, während er weiter ihre vollen, weiblichen Brüste massierte und saugte.

Dann war er an der Reihe zu stöhnen.

Während sie unter ihm lag und seinen Schwanz streichelte, wanderte seine Hand ihren Körper hinab, zog sanfte Kreise auf ihrem Bauch und strich zärtlich über ihr kurz geschorenes Schamhaar. Als hätte er den richtigen Knopf gedrückt, spreizte sie ihre Beine und lud ihn ein, sie weiter zu erkunden. Cons Finger glitten in die feuchte Wärme und verteilte sie, bevor er begann, seine Finger um ihre Klitoris gleiten zu lassen. „Du bist so feucht. Gott, wie ich das liebe."

Ein leises Stöhnen war ihre einzige Antwort, und bald erkundete seine Hand ihre weichen Schamlippen weiter, während sein Daumen ihre Klitoris umkreiste und sie seinen Schwanz massierte. Er spürte, wie seine Erregung stieg, und genoss das Gefühl, in ihrer Hand immer härter zu werden, bis er das Bedürfnis verspürte, in sie einzudringen. Doch Madlyn hatte andere Pläne.

Sie packte seinen Po und zog ihn an sich, während sie weiter an den Rand des Betts rutschte. Er wusste genau, was sie vorhatte, und bereitete sich darauf vor.

Seine Haut prickelte vor Erwartung, als er ihren heißen Atem auf seiner Kuppe spürte und beobachtete, wie sich ihr Mund öffnete und ihn genüsslich einsaugte. Er schloss die Augen, um nicht sofort zu kommen, und konzentrierte sich anstelle des köstlichen Anblicks auf das wunderbare Gefühl ihrer Lippen um seinen Schwanz. Als wäre das nicht schon sexy genug gewesen, begann sie, ihn in ihren Mund zu pressen, eine Hand an seinem Po, die andere an seinen Hoden.

„Ja", stöhnte er. „Fantastisch."

Sie saugte ein wenig fester und schneller an seinem Schwanz, während seine Finger im selben Tempo ihre Klitoris massierten. Sie wand sich, ein erotischer Tanz, und wurde feuchter - sie wollte mehr als nur seinen Schwanz im Mund und seine Fingerspitzen an ihrer

Weiblichkeit.

Er öffnete die Augen, um den Anblick zu genießen.

„Herrgott…" Vielleicht war das ein Fehler gewesen.

Was für einen wunderschönen Anblick diese Frau bot, die heißen Beine weit gespreizt während sie an ihm saugte und ihm erlaubte, mit ihrer fast rasierten Pussy zu spielen und schließlich seine Finger in sie hinein zu stoßen, als es besonders heiß wurde.

Er atmete scharf ein, um nicht die Beherrschung zu verlieren.

Cons Herz pochte beim Gedanken daran, wie erotisch das alles war – Madlyn, eine elegante, stilvolle Frau außerhalb des Schlafzimmers, doch im Bett? Er wollte das Wort nicht einmal denken, da er befürchtete zu kommen.

„Da ist ein Teil, den du noch nicht massiert hast, sagte sie und presste ihre Brüste zusammen. Dann öffnete sie den Mund und zeigte ihm ihre Zunge.

„Und der wäre?" Sein Schwanz zuckte, und sein Herz raste. *Heilige Scheiße.* Sie war so verdammt heiß, und jedes Mal, wenn er sie sah, war sie noch heißer. So sah es also aus, wenn eine Frau all ihren Stress losließ?

„Mein Rachen. Bring ihn her." Sie lachte spitzbübisch, ergriff ihn bei den Hüften und schob langsam seinen Schwanz in ihren offenen Mund.

„Heilige Scheiße…" Nein, das war nicht möglich. Sie saugte ihn ein wie ein verdammter Profi. Wenn er das jemals einer anderen Frau vorgeschlagen hätte, während sie quasi kopfüber vom Bett hing und ihr seine Hoden vor der Stirn baumelten, hätte er sich wahrscheinlich bestenfalls eine Ohrfeige eingehandelt.

Madlyn saugte so hungrig an seinem Schwanz und nahm ihn immer tiefer in sich auf, während sie ihre Hand zwischen ihre eigenen Beine schob und begann, sich zu stimulieren, dass er bemerkte, dass sie es mehr für sich tat, als für ihn.

„Dir gefällt das?", fragte er sie fassungslos. Wenn sie das für ihn tat, dann hatte sie bereits gewonnen. *Wo muss ich unterschreiben? Heirate mich, Maddie, gleich morgen früh.*

Sie nickte und summte etwas, das er als ja interpretierte. Sie schien es genauso wie er zu genießen, das schloss er zumindest daraus, dass sie ihre Klitoris immer schneller rieb. Er bemerkte, wie sie es tat – diagonal, bevor sie zwischen die Schamlippen glitt, um sich ein wenig mehr zu befeuchten, und schließlich weitermachte. Die Hand, mit der sie seinen Schwanz geführt und seine Hoden massiert hatte, wanderte nun zu ihrer Brust, wo sie sich selbst knetete und zwickte.

Nein. Du kannst nicht vor ihr kommen!, schalt er sich, auch wenn er kurz davor stand.

Er wandte den Blick ab, schloss die Augen, öffnete sie wieder und starrte die hübschen Ikea-Vorhänge an, die Schimmelflecken an der Decke, alles, nur nicht sie, sonst wäre er sofort gekommen. Während sie sich intensivst selbst stimulierte, fragte er sich, ob sie sich nicht damit wehtat, bis sie schließlich ihre Schenkel zusammenpresste und aufhörte, zu saugen. Stattdessen öffnete sie den Mund weiter, während er weiter hinein fickte, bis sie ihn schließlich wegstieß und stöhnte. „Ich komme."

„Ja, Maddie. Komm für mich. Komm, gutes Mädchen…"

Und als er dachte, es wäre unmöglich, dass sie noch sexier wurde, drehte diese umwerfende Frau ihren Kopf zur Seite und keuchte. „Ja, ja…" während sie ihre Hand zwischen ihre Beine presste. Er beobachtete, wie sich ihre Nippel weiter zusammenzogen und sich eine Röte über ihren ganzen Bauch, über Brust und Arme ausbreitete, während sie noch einen Moment lang zuckte, und dann erschlaffte.

Sie lag so friedlich da, dass er sie nicht stören wollte und sich fürchtete, weiterzumachen. Er war schon im Begriff, sein eigenes Verlangen zurückzustellen, als sie die Augen öffnete und lächelnd zu ihm aufblickte. „Du…" sagte sie. „Hast Talent."

„Ich?" Er hätte sich fast verschluckt. „Du warst diejenige, die uns beide wie ein Profi stimuliert hat…"

„Hast du mich eben etwa als Hure bezeichnet?" Sie lächelte zu ihm auf.

„Nein, Liebes. Eine verdammt heiße Sextherapeutin. Das bis du, und ich muss mich für wöchentliche Therapiesitzungen anmelden. *Sofort.*"

Sie wirbelte herum und stand auf. „Denn… das würde mir nichts ausmachen, nur dass du es weißt. Wirklich nicht. Solange du Respekt hast, während wir Liebe machen. Und das hast du. Zu jeder Zeit." Sie küsste ihn innig und legte die Arme um seine Schultern. Dabei fühlte sie sich warm an, heiß geradezu, und offensichtlich sehr,

sehr entspannt.

„Zur Kenntnis genommen, Maddie." Er konnte es nicht über sich bringen, sie als *Hure* zu bezeichnen, doch vielleicht sollte er es eines Tages versuchen, wenn das wirklich etwas war, das sie antörnte.

„Danke, Con. Du hast mir wirklich all meine Sorgen genommen."

„Madlyn", sagte er und starrte ihr in die wunderschönen Augen, wobei er versuchte, sich zu beherrschen. „Es war mir ein Vergnügen. Verstehst du – *mir*."

„Dein Vergnügen kommt erst noch." Sie presste ihren Mund auf seinen, und ihre Hand kehrte zu seiner Erektion zurück und sorgte dafür, dass er wieder so hart wurde, wie bevor sie gekommen war. „Wie willst du mich haben?"

„Für den Rest deines Lebens nackt an mein Bett gefesselt, so will ich dich haben." Das war kein Scherz. Wenn ihre Eleganz, ihr Ehrgeiz und ihr Verantwortungsbewusstsein ihn noch nicht dazu gebracht hatten, sein Leben mit ihr verbringen zu wollen, gerade eben hatte sie es so gut wie geschafft. „Wie wäre es mit anders rum?" Er zog seine Augenbrauen hoch.

„So?" Sie drehte sich um und rieb ihren Po an ihm.

„Oh ja. Definitiv. Aber nicht hier. Da." Er deutete zur Kommode, nahm sie bei der Hand und führte sie vor den Spiegel, der darüber hing. „Siehst du diese Frau da?", fragte er, während er die Hände um ihre Brüste legte und sie über ihre Schulter ansah.

„Ja."

„Sie ist das sexieste Wesen, das mir je begegnet ist."

„Ist sie das?" Madlyn lächelte scheu.

„Das ist sie." Er strich ihr das Haar über die Schulter, sodass es ihr herzförmiges Gesicht umrahmte. Sie sah aus, wie dem Gemälde eines Impressionisten entsprungen, so wie das warme Leuchten der Kerzen ihre Haut zum Strahlen brachte. Er presste sanft die Hand auf ihren Rücken, und sie beugte sich vor, wobei sie die Ellbogen auf die Kommode stützte und ihm einen sexy Blick in den Spiegel zuwarf. „So sexy…" Er rieb seine Finger an ihrer Pussy, die jetzt mehr als nur feucht war, nachdem sie vor ein paar Minuten gekommen war, und positionierte seinen Schwanz, um in sie einzudringen. „Dass ich ihr nicht widerstehen kann."

„Was stellt sie nur mit dir an?" Sie schnalzte mit der Zunge und griff hinter sich, um ihm zu helfen.

„Oh… viele, viele Dinge. Doch im Augenblick will ich mich nur in ihr spüren. Ist das okay?", fragte er.

„Du meinst ohne Kondom?"

„Wenn das okay für dich ist. Ich bin sauber. Hab nie zuvor Sex ohne Kondom gehabt…" Er fragte sich, ob sie verstand, was er meinte. Ob sie wusste, dass es mit ihr anders war, als mit den Frauen vor ihr. Dass seine *Gefühle* für sie anders waren.

Als sie einen Moment zögerte, schüttelte er den Kopf. „Schon okay. Lass mich nur schnell ein Kondom holen und –"

„Nein", sagte sie. „Ich – ich bin auch sauber. Nach Leo – naja, hab ich mich testen lassen, um sicher zu gehen.

Und seitdem bin ich außer dir mit niemandem zusammen gewesen. Außerdem nehme ich noch immer die Pille. Darum… ja, mach."

Er schluckte schwer.

„Bist du dir sicher?"

„Ich bin mir sicher", sagte sie und schob ihm ihren Po entgegen. „Ich will dich in mir spüren. Haut an Haut."

Wann immer er im Pub von seinen Kumpels oder sogar von Frauen gefragt worden war, worauf er mehr abfuhr – Titten oder Ärsche – hatte er nie wirklich die Antwort darauf gewusst. Ihm hatte immer beides gefallen, doch im Augenblick, so wie sie ihre Kurven vor ihm zur Schau stellte, war es definitiv ihr Arsch, der ihn heiß machte.

Er küsste ihren Nacken, grub eine Hand in ihre Haare und flüsterte in ihr Ohr. „Was darf ich sonst noch tun?"

„Versuch einfach, wonach dir ist", sagte sie.

„Darf ich an deinen Haaren ziehen?"

„Ja."

„Darf dir deinen geilen Po versohlen?"

„So viel du willst."

Na dann… Er hatte nicht vor, sie die ganze Nacht zu versohlen. Er wollte nur spüren, wie seine Hand ein oder zweimal von ihrem Po abprallte, als er ihr einen schallenden Klaps versetzte. Sie schrie auf, bog den Rücken durch und schob ihm ihren Po noch mehr entgegen, sodass er es kaum noch erwarten konnte. Sie fühlte sich so köstlich warm und weich an, und er wartete einen Moment, bevor er seinen Schwanz bis zum Anschlag in sie hinein rammte.

Als sie bei jedem Stoß stöhnte, ergriff er ihre Taille, und fickte sie diesmal ohne den geringsten Versuch, sich zurückzuhalten. Er landete einen weiteren Klaps auf ihren Po, nie zu fest, denn er wollte ihr nicht wehtun, und hatte Typen nie verstanden, die darauf aus waren. Ihm gefiel das klatschende Geräusch, wie ihre Haut vibrierte, und wie sie sich ihm danach noch drängender entgegenreckte.

Er versetzte ihr noch einen weiteren Klaps auf den Po, und mehr war nicht nötig. „Oh Gott, Con!", stöhnte sie, und ihre Muskeln schlossen sich um ihn, als sie sich vornüber auf die Kommode sinken ließ und kam. Sie biss sich auf die Lippe, als konnte sie die Lust kaum ertragen, die er ihr bereitete.

Er beobachtete ihr Gesicht im Spiegel, wie sie den Mund öffnete, wie ihre üppigen Titten bebten, und konnte nicht mehr länger an sich halten, wollte jedoch auch nicht. Alles, was er wollte, war, zu kommen, tief in ihr, und er bat sie keuchend stillzuhalten, als er noch ein paarmal in sie hinein rammte und seinem aufgestauten Verlangen freien Lauf ließ. „Gott..." Sie fühlte sich so gut an, so verdammt gut um ihn herum, und sie war so schön. Es war genug, endlich genug. „Ich komme..."

Er ergoss sich in sie und schlang seine Arme um sie, um sie festzuhalten, während sein Zittern langsam nachließ.

Als er auf ihrem Rücken lehnte und versuchte, wieder zu Atem zu kommen, wäre er beinahe eingeschlafen. Was tat sie nur mit ihm? Diese kleine göttliche Furie, die zweimal in sein Haus zurückgekehrt war, wo sie doch zwei Stunden weit weg wohnte. Warum nur hielt sie seine Aufmerksamkeit derart gefangen?

Conor wusste nicht, was es war, doch er wusste, wenn ihm etwas *Besonderes* begegnete. Umwerfend. Einnehmend. Und so, wie sie sich umdrehte, ihre schönen Arme um ihn legte, ihn küsste und sich an ihn schmiegte, bis er wieder in der Lage war, zu sprechen, wusste er, dass Maddie etwas Besonderes war, anders als alle anderen, die er je gekannt hatte.

Und zum ersten Mal in seinem Leben war er sich ohne jeden Zweifel sicher – ob es nun lächerlich war oder nicht, kompliziert oder nicht – er wollte sie halten. Und zwar für immer.

KAPITEL ZWÖLF

Nachdem sie Liebe gemacht hatten, fühlte sich Madlyn gleichzeitig, als ob sie fliegen und fallen würde. Sie hatte sich beim Sex noch nie so viel getraut und war auch noch nie so offen gewesen wie gerade mit Conor. Die paar Male, die sie versucht hatte, auch nur ein bisschen gewagter mit Leo zu sein, hatte sie sich gebremst, weil sie befürchtet hatte, dass er sie auslachen oder verurteilen könnte. Mit Conor hatte sie nichts dergleichen empfunden.

Er war die ganze Zeit auf Augenhöhe gewesen, und alles, was sie miteinander getan hatten, hatte sich natürlich und richtig angefühlt.

Wie sollte sie je wieder ohne ihn und das, was sie gerade gemeinsam gefunden hatten, leben?

Der Gedanke, dass sie vielleicht genau das tun müsste, machte ihr Angst, und sie fühlte sich so zittrig, dass sie ihn aufs Bett zog und sich hinlegte.

„Bist du okay?"

„Natürlich", antwortete sie schnell. „Zu schön, um

wahr zu sein, was? Du hast es mir bewiesen, aber auf eine gute Art und Weise, Conor O'Neill."

Er lächelte und küsste sie sanft, bevor er seinen Kopf auf ihre Brust legte und die Augen schloss.

Die Geste war süß, und Gott wusste, dass sie gerade eine wunderbare und entspannte Zeit mit ihm gehabt hatte, und während sie normalerweise diese Nähe genossen hätte, drohte gerade das Ausmaß ihrer Gefühle für ihn, sie zu überwältigen. Sie schob ihn ein wenig von sich und tat so, als hätte sie in einer unbequemen Position gelegen. „Können wir jetzt schlafen? Ich bin so verdammt müde."

„Natürlich. Ich auch."

Einerseits wollte sie seine Nähe, ihn atmen hören und sich vorstellen, welche wunderbaren Dinge die Zukunft ihnen bringen könnte. Doch das war nur möglich, wenn sie ihm von Jax erzählte und er sich nicht nur für Madlyn entschied, sondern auch für ihren Sohn. Und ganz ehrlich, wie standen die Chancen dafür wohl? Sie hatte bisher gerade mal zwei Tage mit Con verbracht.

Und selbst wenn er sich für sie und Jax entschied? Wie groß waren die Chancen, dass es funktionieren würde? Was, wenn im plötzlich einfiel, dass Kalifornien nicht der Ort für ihn war, an dem er bleiben wollte? Was, wenn er sich auf eine Beziehung mit ihr einließ, nachdem sie ihm von Jax erzählte, und ihm dann der Druck zu groß wurde? Konnte sie einen neuen Mann in Jax' Leben lassen, der dann womöglich einfach so verschwand?

Sie schlüpfte unter die Decke und rollte sich in seinem gemütlichen Bett zusammen, während sie das Gefühl hatte, dass sich der ganze Raum vor Sorge und Verwirrung um sie drehte.

Conor stand auf und tapste herum, um die Kerzen auszublasen, wusch sich im Bad und kehrte mit einem feuchten Lappen zum Bett zurück. Er deckte sie auf und setzte sich neben sie, um sie mit sanfter und dennoch konzentrierter Miene zu waschen. Sie starrte ihn an, und ihr Herz zog sich dabei zusammen.

Sag es ihm, dachte sie. *Vertrau einfach darauf, dass es gut laufen wird, und sag es ihm.*

Ich habe einen Sohn. Er ist vier Jahre alt.

So schwer ist das doch nicht, also sag es ihm.

Doch auch wenn ihre innere Stimme sie drängte, war sie erstarrt und brachte kein Wort heraus.

Als er sie fertig gewaschen hatte, brachte Conor den Waschlappen zurück ins Bad und kletterte neben ihr ins Bett. Es war offensichtlich, dass sie Raum für sich brauchte, darum zog er sie nicht in seine Arme.

Stattdessen rollte er sich auf die Seite, damit er sie ansehen konnte, und küsste sie zärtlich. „Gute Nacht, Maddie", sagte er mit sanfter Stimme.

„Gute Nacht, Conor."

Nachdem sie die ganze Nacht unruhig geschlafen hatte, wurde sie vom Rauschen der Wellen geweckt. Am Stand der Sonne erkannte sie, dass sie ziemlich lange geschlafen hatte. Neben ihr lag Conor wach auf dem Rücken und sah sie mit seinen grünen Augen an. „Hey."

„Hey", lächelte sie. Und jetzt?

Sie schloss wieder ihre Augen, um seinem Blick auszuweichen. Er war so schön, so aufmerksam, so verdammt heiß im Bett, amüsant und charmant. Wenn er gut zu Jax wäre und ihren Kleinen lieben konnte, wäre er perfekt für sie.

Sag es ihm.

„Was denkst du gerade?", fragte er.

„Ich... ich denke, wie wunderbar es sich anfühlt, neben dir aufzuwachen. Und du? Was denkst du?"

„Ich? Ich habe gerade darüber nachgedacht, was ich mache, wenn mein Mietvertrag hier ausläuft. Ich muss der Sache natürlich noch Zeit geben, doch ich bin mir nicht sicher, ob der Surfladen die richtige Entscheidung für mich war. Der Ort ist verdammt klein, und außer den Kids kommt kaum jemand hierher."

Sie versteifte sich. „Die Kinder scheinen dich und deinen Unterricht zu mögen."

„Ja, und es macht mir auch Spaß, sie zu unterrichten. Doch wenn es hier nicht funktioniert und ich woanders hin umziehen müsste, wäre das ziemlich einfach." Er verschränkte die Arme hinter seinem Kopf. Sie fand es unheimlich erotisch, wie sich seine Haut über seinen definierten Muskeln spannte, doch sie war angespannt – und zog voreilig die schlimmsten Schlüsse.

Er bedauerte, den Laden übernommen zu haben. Natürlich. Er war ein Nomade. Er ging, wo immer der Wind ihn hin wehte. Sie zog die Decke fester um sich. „Vielleicht solltest du deinen Laden in Richtung L.A.

verlegen. Wo es wärmer ist. Oder überlegst du, nach Dublin zurückzukehren?"

„Es ist schön hier zu leben, doch ich glaube, eine Großstadt passt besser zu mir."

„In L.A. gibt es überall Surfläden."

Er drehte sich auf die Seite und sah sie an, bevor er ihr eine Strähne aus dem Gesicht strich. Sie sah wahrscheinlich furchtbar aus, doch es schien ihn nicht zu stören.

In ihrer Tasche auf dem Sessel begann ihr Handy zu vibrieren. Sie war sich sicher, dass es Leo war, der wissen wollte, wo sie war, und Antworten auf Fragen verlangte, die zu stellen er kein Recht hatte.

„Ich würde mich nicht auf einen Surfladen beschränken. Da gibt es noch andere Sachen, die ich vielleicht mal ausprobieren wollte. Massagen zum Beispiel. Darin bin ich ziemlich gut, findest du nicht?"

Oh Gott, oh Gott, dachte sie. Es wurde immer schlimmer. Alles, was er sagte, war wie ein Schlag ins Gesicht. Er hatte keine Ahnung, was er vom Leben wollte. Er hatte keine Disziplin und schien auch nicht das Durchhaltevermögen aufbringen zu wollen, das nötig war, um einer Sache eine faire Chance zu geben. Er hatte den Surfladen gerade mal einen Monat und dachte schon daran, aufzugeben, und was er als nächstes versuchen wollte.

Er war nicht jemand, an den sie ihre Hoffnungen und schon gar nicht Jax' Hoffnungen heften konnte. Es war nicht einmal fair, ihn danach zu fragen. Er war jünger als sie, reiste gern und wusste noch immer nicht, was er mit seinem Leben anfangen wollte. Das letzte, was er jetzt brauchte, war eine geschiedene Frau mit einem vierjährigen Kind. Es konnte nicht funktionieren. Sie hatten vollkommen andere Ziele, darum war es sinnlos, Jax überhaupt zu erwähnen.

Sie starrte an die Decke und überlegte, wie sie verschwinden konnte, ohne dass Conor ihr Gefühlschaos bemerkte. Als ihr Magen laut knurrte, legte er seine Hand auf ihren Bauch. „Aus! Sei brav, Mädchen."

Sie lachte schwach. „Hey, ich bin am Verhungern."

„Das höre ich. Hast du mitbekommen, dass dein Handy schon den ganzen Morgen vibriert?", fragte er.

„Wahrscheinlich Klienten. Am Wochenende haben sie Zeit zum Einkaufen, und dann rufen sie dauernd an."

Seinem Blick nach zu urteilen glaubte er ihr kein Wort, hakte jedoch nicht weiter nach. Zumindest war er nicht übermäßig neugierig.

Er strich ihr mit dem Finger über den Bauch und ließ ihn auf ihrem Schambein liegen. Er sah sie geduldig und liebevoll an.

„Was ist?", fragte sie, doch dann wurde ihr bewusst, was er meinte. Er deutete auf ihre Kaiserschnittnarbe, die sie Jax' schwerer Geburt zu verdanken hatte. Sie war verblasst und kaum länger als sieben Zentimeter. „Ich habe sie gestern Nacht und heute Morgen bemerkt, als du in das Laken verwickelt warst."

Sie hatte geglaubt, dass die Narbe nicht mehr sichtbar war, und hatte genau genommen schon lange aufgehört, überhaupt daran zu denken. Plötzlich fühlte sie sich jedoch exponiert und vielleicht sogar verurteilt, als trüge sie einen scharlachroten Buchstaben. Wut und Scham ließen ihre Wangen erröten. In Verbindung mit ihrer Verwirrung und der Enttäuschung wegen seines Geredes, den Surfladen aufgeben zu wollen, konnte sie plötzlich nicht einfach nur daliegen und so tun, als wäre alles in Ordnung. „Es ist unhöflich, eine solche Frage zu stellen." Sie richtete sich auf, schob die Decke beiseite und begann, sich nach ihren Kleidern umzusehen. Sie gehörte nicht hierher. Es war dumm von ihr gewesen, anzunehmen, dass sie irgendetwas Dauerhaftes mit einem Mann wie Conor haben konnte. Nicht mit einem Sohn, für den sie verantwortlich war. Plötzlich fühlte sie sich viel zu weit weg von zu Hause.

„Tut mir leid, Maddie. Ich war nur neugierig."

Nur neugierig. Was für ein Blödsinn! Jeder Idiot wusste, was eine horizontale Narbe über dem Schambein bedeutete, darum hätte er es auch genauso gut für sich behalten können. Genau das hätte sie in derselben Situation nämlich getan – es nicht erwähnt und ihrem Gegenüber ihr Schweigen geschenkt, bis sie bereit dazu war, darüber zu reden. Was? War er etwa jetzt, wo er sich entschieden hatte, Timber Cove hinter sich zu lassen, plötzlich neugierig, weil er sicher gehen wollte, dass sie nicht auf dumme Gedanken kam und ihn mit einem Kind festnagelte? War es etwa das? Nervös und mit pochendem Herzen sammelte sie ihre Sachen ein und blieb an der Tür stehen, als sie bemerkte, dass sie im Begriff war, zu gehen… schon wieder.

„Verdammt nochmal, Maddie, bleib und sprich mit mir. Warum rennst du jedes Mal weg, wenn es ein bisschen intimer zwischen uns wird?", rief Con aus dem Schlafzimmer. Er erschien im Türrahmen, immer noch nackt, einen Arm gegen die Tür gestemmt. „Du kannst mir vertrauen, das weißt du hoffentlich. Du musst mich nicht dauernd aussperren."

„Ich kenne dich seit zwei Wochen, Con. Ich muss dich nicht reinlassen."

„Ich finde es ziemlich beschissen von dir, dass du sowas sagst. Ich meine, ich habe *dich* in mein Leben gelassen. Ich habe dir schon meine halbe Lebensgeschichte erzählt. Du kannst mich ruhig in dein Leben lassen. Erzähl mir einfach, was das für eine Narbe ist. Bitte. Ich möchte es wirklich wissen." Seine Augen flehten sie an, doch sie konnte nicht. Sie hasste das Gefühl, überrumpelt zu werden, und musste weg. „Verdammt noch mal, Maddie. *Vertrau mir.*"

„Tut mir leid", war alles, was sie sagte, bevor sie aus dem Haus stürmte, in ihren Wagen stieg und wieder einmal die Flucht ergriff. Was zum Teufel stimmte nicht mit ihr? Sie sah ihn im Rückspiegel und kämpfte gegen die Tränen an. Erst als sie mehrere Meilen weit weg war, hörte ihr Herz auf zu rasen.

Sie hatte die Schnauze voll.

Mission „finde einen Mann zum Lieben, der mich und Jax für immer lieben wird" war hiermit offiziell abgebrochen. Ihr Herz war dort, wo Jax war. Wo immer ihr Baby spielte und schlief, da musste sie sein. Selbst, wenn Leo auch dort war.

Zwei furchtbare Stunden später kam sie in ihrer Wohnung an. Die ganze Fahrt hatte sie sich damit gequält, wie sie Con schon wieder verlassen hatte, und nun wappnete sie sich, Leo gegenüberzutreten. Als sie die Wohnung betrat, war sie kampfbereit.

„Wo bist du gewesen?", fragte er.

„Du hast kein Recht, mich das zu fragen", sagte sie leicht.

„Ich habe kein Recht zu erfahren, wo die Mutter meines Kindes ist? Woher soll ich wissen, dass du nicht irgendwo tot im Straßengraben liegst?" Leo ging nonchalant zum Kühlschrank, holte ein Bier heraus und trank einen langen Schluck. Kein Blickkontakt. Wie ein strenger Vater, der die Ehrlichkeit seiner Tochter auf die Probe stellte.

„Darüber wärst du zwischenzeitlich informiert worden."

„Ernsthaft? Das ist deine Antwort?" Er musterte sie und zog eine Augenbraue hoch.

„Weißt du, als du jeden zweiten Tag verschwunden bist, damit du mit deiner *Dumpfbacke* zusammen sein konntest" – so nannte sie Brianna, die kleine zwanzigjährige Schlampe, mit der er sie betrogen hatte, als sie zufällig ihre Emails entdeckt hatte – „hat mich das auch nicht interessiert."

„Ja, aber *mich* interessiert es. Die Tatsache, dass es

dich nicht interessiert hat, ist der Grund, weswegen wir nicht mehr zusammen sind. Du hast keinen Finger krumm gemacht, um mich zurückzugewinnen. Du hast *null* gekämpft."

Madlyn hätte sich fast an ihrer eigenen Spucke verschluckt, doch sie hatten diese Diskussion schon bis zum Umfallen durchexerziert, und sie war es leid. Sie schüttelte nur den Kopf und lachte. „Du machst Witze, oder? Warum zum Teufel sollte ich versuchen, einen Mann zurückzugewinnen, der mich *betrogen* hat, Leo?" Sie schlug mit der flachen Hand auf den Küchentresen. Gott, wie das brannte! Sie musste sich beruhigen. Das war eine alte Diskussion und führte zu nichts. „Weißt du was? Ich bin nicht in der Stimmung, alles nochmal durchzukauen. Das funktioniert nicht für mich."

„Was denn? Was funktioniert nicht für dich, Babe?", verhöhnte er sie.

Ihr Herz pochte ihr in den Ohren als sie sich zwang, die Worte auszusprechen, die gesagt werden mussten. „Dieses ganze Arrangement."

„Oh… hindert meine Gegenwart dich etwa daran, ein kleines Tête-à-tête zu haben, während sich dein Kind fragt, wo du bist? Er hat angerufen, um deine Stimme zu hören! Hat gefragt, wo seine Mommy ist. Klasse Erziehungsleistung, Süße."

„Ich kann's nicht fassen", keifte sie und stieß ihm den Finger ins Gesicht. „Dazu hast du kein Recht, hast du mich verstanden? Kein Recht! Ich jedoch habe *jedes* Recht. Du bist derjenige, der *mich* betrogen hat. Nicht anders herum."

„Musst du schon wieder das Opfer spielen? Dabei war es genauso deine Schuld, dass ich fremdgegangen bin." Er lachte aus vollem Hals, und in diesem Augenblick hätte sie ihm am liebsten die Nägel ins Gesicht gegraben. Wie konnte er es wagen, ihr die Schuld für sein Fehlverhalten zuzuschieben? In Augenblicken wie diesem fragte sie sich, was sie je in diesem Mann gesehen hatte.

Ihr Vater und Vanessa hatten sie gewarnt, dass jedes Mal, wenn er das mit ihr tat, ihr Blutdruck in die Höhe schoss. Sie musste sich beruhigen. Sie brauchte Abstand von diesem emotionalen Terroristen, mit dem sie unter einem Dach lebte. „Ich will, dass du dir eine Wohnung suchst", sagte sie ausdruckslos. „Ich muss wieder ein Leben haben."

In dem Augenblick, als sie die Worte ausgesprochen hatte, starrte Leo sie an, als hätte sie ihm einen Schlag versetzt. Er wurde blass. Er wich einen Schritt zurück. Er erschrak. „Du willst, dass ich meinen Sohn, mein Zuhause verlasse, damit du ficken kannst, wen du willst?" Seine zittrige Stimme strafte seine brutalen Worte Lügen. Er klang geradezu ungläubig und verletzt. Die abrupte Veränderung seines Verhaltens irritierte sie, und sie musste sich ermahnen, dass Leo ein großartiger Schauspieler war. Er war gut darin, auf Sympathie zu spielen. Einen auf verletzt zu machen.

Sie schüttelte den Kopf und kontrollierte ihre Stimme, sodass sie fest, aber nicht mehr wütend und angriffslustig klang. „Nein, darum geht es nicht. Leo. Ich bin... der Mann, mit dem ich ausgegangen bin – das ist vorbei. Ich habe im Augenblick kein Interesse mehr daran, mit irgendjemandem zusammenzusein. Ich möchte mich auf Jax konzentrieren. Ich möchte mich darauf konzentrieren, die Probleme zwischen uns beizulegen, damit wir das tun können, was für Jax am besten ist."

Langsam kam Leo auf sie zu. Zu ihrer Überraschung ergriff er ihre Hand. „Ich – ich bin froh, dass du mit diesem Mann Schluss gemacht hast. Und es tut mir leid, dass ich in letzter Zeit so ein Arsch gewesen bin. Ich war eifersüchtig, auch wenn ich nicht das Recht dazu habe. Ich war eifersüchtig, Madlyn, und wollte mit dir reden."

„Worüber?", fragte sie, auch wenn sie genau wusste, was es war.

Sie wusste, was er sagen würde.

„Wenn du wirklich tun willst, was am besten für Jax ist, dann gib mir noch eine Chance. Ich möchte kein Teilzeit-Vater für ihn sein. Ich will, dass wir wieder eine Familie werden. Er, du und ich. Zusammen."

KAPITEL DREIZEHN

Er hatte die Narbe zuvor nicht bemerkt, doch Conor redete sich ein, dass es Gründe dafür gegeben hatte. Die erste Nacht, in der sie zusammen gewesen waren, war sie so ziemlich voll bekleidet gekommen und danach auf dem Sofa eingeschlafen. Selbst als er ihr dann ein T-Shirt und Shorts angezogen hatte, hatte er ihre Unterwäsche nicht angerührt. Am nächsten Tag, als sie Liebe gemacht hatten, hatte sie ihn geritten. Seine ganze Aufmerksamkeit hatte ihrem schönen Gesicht und ihren hüpfenden Brüsten gegolten, und wie verdammt gut sie sich angefühlt hatte, darum war es verständlich, dass er die blasse Narbe oberhalb ihres Schambeins übersehen hatte. Doch vor zwei Tagen hatte er sie im Kerzenlicht gesehen. Natürlich musste es keine Kaiserschnittnarbe sein – es hätte genauso gut irgendeinen andere Bauch-OP gewesen sein können. Vielleicht sogar eine Schönheits-OP? Doch in Anbetracht der Deko in ihrem Wagen, wusste er tief im Inneren, dass Madlyn ein Kind zur Welt gebracht hatte.

Sie hatte es ihm nicht gesagt, und angesichts Madlyns Aufrichtigkeit über alles andere in ihrem Leben, einschließlich ihrer Scheidung und ihrer Mutter, begann er sich zu fragen, ob es noch einen anderen Grund für ihr Handeln gab, außer der Angst, wie er vielleicht reagieren würde. Hatte sie das Kind verloren? Er war sich nicht sicher gewesen, wie er hätte fragen sollen. Stattdessen hatte er versucht, sie wissen zu lassen, dass er in Timber Cove nicht zu hundert Prozent zufrieden war, und dass es ihm nichts ausmachte, nach San Francisco zu ziehen, falls es nötig werden sollte, ob sie nun ein Kind hatte oder nicht. Doch ihre Reaktion hatte ihm gezeigt, dass sie ihn nicht so verstanden hatte. Dass er durch dieses um-den-heißen-Brei-Herumgerede unbeständig und verantwortungslos erschienen war, das genaue Gegenteil von dem, was sie von einem Mann wollte, den sie in das Leben ihres Kindes lassen würde.

Wenn sie ein Kind hatte.

Er hatte sich entschlossen, sie zu fragen. Er musste es einfach wissen. Er hatte ihr keine Vorwürfe gemacht, doch sie hatte genau so reagiert.

Und trotzdem wusste er noch nicht, was für eine Narbe es war. Wenn sie von einer Schönheits-OP stammte, dann wäre ihre Reaktion übertrieben gewesen, doch er hatte sie ja nicht umsonst schon zuvor als „Furie" bezeichnet. Was war denn daran so schlimm? *Dann gib doch einfach zu, dass du eine OP hattest!*

Wenn es eine Kaiserschnittnarbe war und sie ein Kind hatte, warum hielt sie es noch länger vor ihm geheim? Er hätte sie deswegen nicht verurteilt. Er hätte sie genauso bewundert wie jetzt auch.

Er war sich ziemlich sicher, dass er ihr gegenüber mehr als geduldig gewesen war. Er hatte nichts getan, was bei ihr den Eindruck erweckt haben sollte, dass es für ihn schlimm gewesen wäre, wenn sie ein Kind hatte. Und weil es ihm so schwer fiel, sie zu verstehen, wanderten seine Gedanken zurück zu seinem vorherigen Verdacht, dass sie ihm mehr vorenthielt, als er geglaubt hatte.

Das war ihm zuvor schon einmal in Spanien passiert. Mit Flavia. Er hatte auf die harte Tour gelernt, dass manche Frauen ihn nicht für seine geistreiche Art, seine Energie oder seine Intelligenz wollten. Sie wollten ihn nur für Sex. Und manchmal waren diese Frauen auch verheiratet.

Er versuchte, diesen wenig angenehmen Gedanken zu verdrängen, und konzentrierte sich auf die Gruppe kleiner Maden, die bald für ihren wöchentlichen Surfunterricht eintrudeln würden. Es war besonders kalt an diesem Tag, doch die Kids waren Draufgänger, alle drei. Sogar Noah, der als erster ankam.

„Hey, Mr. O'Neill. Ich habe heute meinen Wunschbrief an den Weihnachtsmann abgeschickt."

„Noch vor Thanksgiving?"

„Sicher. Ich wünsche mir eine X-Box, eine Stop-Animations-Kamera für meine Lego-File und eine neue Software zum Editieren."

„Und das alles machen sie beim Weihnachtsmann in der Werkstatt?"

„Nein, bei Best Buy", lachte Noah. „Doch das kann ich meinen Eltern nicht sagen, sonst bekomme ich keine Geschenke. Was denken Sie? Soll ich mir noch mehr wünschen?"

„Weißt du, wenn du überhaupt was bekommst, ist das schon ein guter Tag, denkst du nicht?"

„Ja, das sagt mein Dad auch. Er meint, ich sollte einen Klumpen Kohle bekommen, doch wenn ich zumindest die Kamera bekomme, bin ich glücklich."

Con erinnerte sich an die Zeiten, als er den Weihnachtsmann um einen verdammten Fußball gebeten hatte, und jetzt wollten die Kinder allen möglichen elektronischen Scheiß. Zumindest war der Junge draußen und tat was zum Ausgleich.

Noah plapperte weiter, während Con einen Blick auf seine Uhr warf. Die anderen beiden waren noch nicht da, und sie waren schon spät dran. Doch wenn er ehrlich war, machte es ihm heute nichts aus, einfach nur hier zu sitzen und sich mit dem kleinen Scheißer zu unterhalten.

„Wissen Sie, was das Beste an Weihnachten ist?", fragte Noah.

„Sich mit Rumpunsch betrinken?"

Noah schob mit seinen Füßen den Sand zusammen. „Wenn man mit seiner Familie im Wohnzimmer rumsitzt, und jeder macht was anderes. Ich und meine Schwester haben unsere Kindles in der Hand, und Mom und Dad schauen irgendwas im Fernsehen an. Niemand sagt was, doch der Baum glitzert, und alles ist einfach friedlich. Sie wissen, was ich meine, oder, Mr. O'Neill?"

„Nenn mich Conor. Und ja", sagte Con, während er in Gedanken zu jenen Tagen zurückkehrte, als er und seine Brüdern, seine Mom und sein Dad gemeinsam um den Weihnachtsbaum gesessen hatten. „Ja, ich weiß, wie das ist."

„Sieht nicht so aus, als würden Wenzel und Miquelle heute kommen. Wollen Sie trotzdem surfen? Stellen Sie eigentlich einen Weihnachtsbaum auf? Wir gehen unseren am Tag nach Thanksgiving kaufen. Soll ich Ihnen dabei helfen, Ihren zu dekorieren? Ich bin gut im Dekorieren."

Conor fiel darauf keine Antwort ein, doch Noah plapperte ohnehin weiter. Er war ein guter Junge und brauchte offensichtlich jemanden, mit dem er reden konnte – jemanden, der zuhörte. Der Gedanke daran, Weihnachten allein zu verbringen, war ernüchternd genug, auch wenn seine Brüder zumindest nicht mehr als eine Stunde weit weg waren. Er fragte sich, was Maddie tun würde.

Er hatte sie nicht angerufen. Er hatte schon einmal zu oft die Hand nach ihr ausgestreckt. Er wollte, dass sie ihm vertraute. Das war unabdingbar für ihn, wenn es zwischen ihnen weitergehen sollte.

„Haben Sie jemanden, mit dem Sie Thanksgiving und Weihnachten verbringen werden, Mr. O'Neill?", fragte Noah, der in Kreisen um Conor herumging und dabei mit dem Kopf nickte.

„Meine Brüder", antwortete Con. „Lil, die Freundin meines Bruders, ist von hier und macht uns einen richtigen Thanksgiving-Festschmaus."

„Haben Sie eine Freundin?"

„Nein", sagte er, und ein Anflug von Kummer machte sich in seiner Brust breit.

„Was ist mit der Lady vom Strand neulich? Erinnern Sie sich an sie?" Noah kickte den Sand. „Sie sollten versuchen, sie zu finden. Sie hat ausgesehen, als bräuchte sie auch einen Freund. Auch wenn sie versucht hat, es nicht zu zeigen, ich glaube, sie braucht Sie."

Und da war diese erstaunliche, schöne Sache, die kleine Maden wie Noah an sich hatten. Ihre Fähigkeit, klar zu sehen. Er dachte zurück an die Zeit, die er mit Maddie verbracht hatte. Wie er sich hatte bemühen müssen, sie dazu zu bringen, ein bisschen lockerer zu werden. Er dachte daran, dass sie sich von Natur aus Sorgen zu machen schien. Dass sie es offensichtlich nicht gewöhnt war, sich anderen zu öffnen, zumindest nicht seit ihrer Scheidung. Er dachte an die Tatsache, dass es ihr, auch wenn sie versuchte, sich von ihm fernzuhalten, nicht gelang. Genau genommen hatte sie es auch ein paarmal von sich aus versucht. Angesichts der Tatsache, wie stark sie war, war der einzige Grund, warum sie immer wieder diesen einen Schritt auf ihn zu machte, dass sie ihn mehr als nur wollte.

Sie brauchte ihn.

Und auch wenn er es versucht hatte, vielleicht war er nicht geduldig genug gewesen. Vielleicht hatte er sie zu sehr gedrängt, wo er doch versprochen hatte, dass er genau das nicht tun würde.

„Du bist eines der schlausten Kinder, die ich kenne",

sagte Con, drehte sich zu Noah um und zerzauste ihm die blonden Haare.

„Das bin ich?" Noah strahlte.

„Das bist du. Sag dem Weihnachtsmann, dass ich das gesagt habe."

Als Con am nächsten Tag in San Francisco ankam, nur drei Tage, nachdem er sie zuletzt gesehen hatte, schmerzte seine Brust vor Unsicherheit. Madlyn könnte vollkommen ausflippen, wenn er einfach so auftauchte, ohne, dass sie ihm ihr Okay dafür gegeben hatte. Vielleicht war er zu aggressiv. Vielleicht sollte er sie einfach loslassen, doch er erinnerte sich daran, wie sie ihn angesehen und sich angefühlt hatte, als er Liebe mit ihr gemacht hatte. Er erinnerte sich an ihr Stöhnen, ihr zufriedenes Gesicht und die Grübchen, die aufgetaucht waren, als sie schließlich entspannt gewesen war. Er erinnerte sich auch daran, was sie getan hatten, wenn sie nicht im Bett gewesen waren, sondern sich einfach nur unterhalten, getanzt oder miteinander gescherzt hatten. Ganz gleich, was sie getan hatten, er war glücklich gewesen.

Und sie auch.

Als er in einen Blumenladen ging, um einen Strauß großer Sonnenblumen zu kaufen, entschloss er sich in diesem Augenblick, dass das der letzte Versuch war. Wenn sie ihn diesmal abwies, würde er einen Schlussstrich ziehen und ihr alles Gute für die Zukunft wünschen. Doch er könnte nicht mit sich leben, wenn er sie nicht zumindest noch ein einziges Mal sah und die Karten auf den Tisch legte. Denn Maddie war nicht die einzige gewesen, die etwas zurückgehalten hatte. Warum sonst hätte er rumgedruckst und überlegt, den Surfladen aufzugeben und in die Stadt zu ziehen? Er hatte versucht, lediglich auf seine Bereitschaft anzuspielen, mit ihr alles auf eine Karte zu setzen, dabei hätte er es einfach rundheraus sagen sollen.

Und diesen Fehler wollte er heute wiedergutmachen.

Er fuhr zu ihrem Apartmentkomplex und wartete ein Stück weit die Straße runter darauf, dass sie aus der Garage fahren würde, doch dann realisierte er, dass sie vielleicht schon zur Arbeit gefahren war. Er suchte nach der Adresse von Deene & Nora und folgte den Anweisungen in die Innenstadt zu einem niedrigen Bürogebäude auf der Pine Street in der Nähe des Bankenviertels. Dort parkte er, stieg aus dem Wagen aus und wartete.

Nur ein paar junge Frauen betraten das Gebäude und begrüßten den Türsteher mit einem vertrauten Lächeln. Dann geschah eine Weile nichts, bis er sie nach etwa einer halben Stunde sah. Ihre Figur hätte er auch aus einer Meile Entfernung erkannt. Sie trug ein klassisches cremefarbenes Kostüm und eine schwarze Cabanjacke darüber. Sie ging zusammen mit einer anderen Frau, die größer als sie war und hellere Haare hatte. Nichts Ungewöhnliches. Was jedoch ungewöhnlich war, selbst wenn es ihn nicht überraschte, war der kleine Junge, den Madlyn an der Hand hielt.

Er hätte auch das Kind der anderen Frau sein können, doch Conor glaubte das nicht eine Sekunde. Er war Madlyn wie aus dem Gesicht geschnitten, das konnte er selbst auf diese Entfernung sehen. Er hatte dunkle, lockige Haare, helle Haut und dasselbe herzförmige Gesicht. Hübscher kleiner Scheißer. Doch wie er die ganze Zeit über bewundernd zu ihr aufblickte, sagte alles.

Hallo, Madlyn Sanchez, Hochzeitsplanerin, erotische Sexgöttin und... *Mutter.*

Er griff in seinen Wagen, holte die Sonnenblumen heraus und überquerte die Straße. Madlyn und die andere Frau waren bei einem Verkaufswagen für Gebäck stehengeblieben, und die andere Frau redete dabei sehr lebhaft auf Madlyn ein, während der kleine Junge Madlyns Hand festhielt. Der Junge bemerkte, dass Con sie beobachtete, und starrte ihn aus vertrauten, großen Augen an. Scheu klammerte er sich an Madlyns Bein. Mehr Beweise brauchte Conor nicht.

„Ich rufe Sie später wegen dieser Nummer an. Danke, Mrs. Gomez", verabschiedete sich Madlyn von der Händlerin und wandte sich wieder der anderen Frau zu. Con stand auf dem Gehsteig an einen Zeitungsautomaten gelehnt. Er versicherte sich, dass er gut sichtbar war und winkte sogar mit den Sonnenblumen, sodass sie ihn nicht übersehen konnten. Madlyn bemerkte ihn und blieb stehen, während der kleine Junge und die andere Frau noch ein paar Schritte gingen, bis sie sich zu ihr umdrehten.

„Was ist? Stimmt was nicht?", fragte die größere Frau und warf Con dabei einen Blick zu.

„Hey", keuchte Madlyn. „Was machst du denn hier?"

Con blickte zwischen ihr und dem kleinen Jungen hin und her. „Ich wollte dich sehen. Ich wollte die Wahrheit wissen, Maddie."

Die andere Frau kaute an ihrer Nagelhaut, sagte jedoch nichts.

Während Madlyn den kleinen Jungen an sich zog, hob sie das Kinn. „Ich habe dir ja gesagt, dass mein Leben kompliziert ist. Ich habe dir gesagt, dass ich dir nichts versprechen kann. Dass ich ein paar Dinge in Ordnung bringen muss, bevor wir uns sehen könnten. Falls ich das jemals schaffen würde."

Ja, das hatte sie gesagt. Er machte ihr keine Vorwürfe, weil sie es ihm nicht gesagt hatte, doch er war dankbar, dass er es jetzt wusste. „Wie heißt du, junger Mann?" Con ging in die Hocke und zwang sich zu einem Lächeln.

Der Junge deutete auf seinen Rucksack, auf den seine Mutter mit schwarzem Stift seinen Namen geschrieben hatte.

„Jax Sanchez? Das ist ein cooler Name. Freut mich, dich kennenzulernen." Con streckte ihm die Hand entgegen, und Jax blickte zu seiner Mutter auf. Als sie nickte, reichte er ihm die Hand. „Ich bin Conor O'Neill." Er richtete sich auf und sah in Madlyns bedauernde Augen. „Wir hätten darüber reden können."

Madlyns Blick huschte für einen Moment zu ihrer Freundin, eine wortlose Kommunikation, als ob die andere Frau sie genau davor gewarnt hatte. „Ich weiß. Ich… ich war einfach noch nicht bereit."

„Das habe ich jetzt auch begriffen. Die hier sind für dich." Er reichte ihr die Blumen und fragte sich, ob die Blumen nicht nur zusätzlicher Ballast für sie waren, da sie dadurch nur noch ein Ding mehr tragen musste. Doch sie nahm sie lächelnd entgegen. „Danke. Das ist wirklich süß von dir. Con, das ist meine Cousine, Vanessa… Vanessa."

Die Frau strahlte, ergriff seine Hand und schüttelte sie energisch, als hätte sie lange auf diesen Tag gewartet. „Hi Conor, freut mich, dich endlich kennenzulernen."

Endlich? Er wünschte sich, er hätte schon zuvor von dieser Frau gehört, damit er dasselbe hätte sagen können, doch die Tatsache, dass Madlyn mit ihr über ihn gesprochen hatte, war ein gutes Zeichen. „Freut mich, dich kennenzulernen, Vanessa."

„Gefallen dir die Blumen, Jax?" Madlyn atmete hörbar aus. Sie schien erleichtert zu sein, jetzt wo er zwei Menschen aus ihrem Leben kennengelernt hatte.

Jax gähnte und lehnte sich ans Bein seiner Mutter. „Mm-hmm", stimmte er zu.

Er konnte nicht viel älter als drei oder vier Jahre sein. „Müde?"

Jax schüttelte den Kopf, dann hüpfte er auf der Stelle und zerrte an Madlyns Hand, als wollte er weitergehen, war jedoch zu höflich oder zu scheu, das vor einem Fremden zu sagen.

„Eine Minute noch, Jax", sagte Vanessa und warf ihm einen autoritären Blick zu.

„Wie alt ist der kleine Mann?", fragte Conor.

„Er ist viereinhalb. Im März wird er fünf." Madlyn

lächelte zu ihrem Sohn hinunter.

Ihrem Sohn.

„Wow, großer Junge", sagte Con und knuffte Jax spielerisch gegen die Schulter. „Und ehe du dich versiehst gehst du auf die Uni und suchst nach einem Job."

„Na, na… nur mal langsam. Es fühlt sich an, als hätte ich ihn erst vor ein paar Tagen zur Welt gebracht", schnaubte Madlyn und tauschte lachend einen Blick mit Vanessa aus.

„Nein, wirklich?" Con spielte überrascht. „Also, wenn das so ist, siehst du fantastisch aus. Hey, Buddy, ich sehe, du magst Dinosaurier." Con deutete auf Jax' T-Shirt mit einem freundlich aussehenden T-Rex auf grünem Hintergrund.

Erst dann blickte Jax zu Conor auf und nickte schüchtern. „Ich bin Experte."

„Bist du das? Na, dann kannst du mir vielleicht helfen. Ich habe neulich einen riesengroßen Dinosaurier mit gigantischen Zähnen gesehen, und der ist so gelaufen…" Con zog seine Arme an und stampfte ein paar Schritte, bevor er ein lautes Knurren ausstieß.

Auch wenn Con damit beschäftigt war, Jax zu unterhalten, entging ihm der süße Austausch von Blicken zwischen Vanessa und Madlyn nicht.

„Das ist ein T-Rex", strahlte Jax.

„Ein T-Rex! Ja, richtig!", Con schlug sich vor die Stirn. „Das hatte ich vergessen. Danke. Oh, und hey, da war noch dieser andere, ganz dünn und mit Flügeln und er hat ungefähr so gemacht… Caw! Caw!" Con streckte seine

‚Flügel' aus und tat so, als würde er fliegen.

„Ein Pterodaktylus!", rief Jax, der jetzt aufgeregt hüpfte. „Und der macht nicht so. Der klingt eher wie... iiiiIIIIiiiiiiiiii!"

„Oh, du hast so recht, Mann!", sagte Conor und tat, als hätte der Kleine ihm gerade etwas beigebracht.

„Jetzt hat er's dir aber gegeben", lachte Madlyn und sah ihren Sohn an.

In Madlyns Gesicht sah er in diesem Moment einen Ausdruck, den er in den drei Wochen, die er sie jetzt kannte, noch nicht gesehen hatte – die Liebe einer Mutter. Sie schmolz alle Sorgenfalten auf ihrer Stirn und ließ sie vor Stolz strahlen. Einen Augenblick lang fühlte es sich an, als sähe er seine eigene Mutter, die mit ihm durch ihre alte Wohngegend in Clare ging, und er vermisste diese lange vergangenen Tage.

„Mommy, Tía Vanessa hat gesagt, dass wir nach dem Frühstück in den Zoo gehen."

„Hat sie das?" Madlyn runzelte die Stirn in Vanessas Richtung.

„Ich habe ihm gesagt, dass wir gehen, solange er sich beim Frühstück benimmt, und das hat er getan." Sie ergriff Jax' Hand, und Con begriff, dass er sie beim Verabschieden gestört hatte. Vanessa würde wahrscheinlich auf Jax aufpassen, während Madlyn zurück zur Arbeit ging. „Dann drück' Mommy zum Abschied, und wir sehen sie später wieder."

Jax hob seine Arme. „Bye, Mommy."

Madlyn jonglierte die Blumen, um ihn hochzuheben,

und der kleine Junge legte seinen Kopf an ihre Schulter. Es wäre gelogen gewesen, wenn Con behauptet hätte, dass er diese neue Seite an ihr nicht anbetungswürdig fand.

„Okay, Baby. Es war schön, mit dir zu frühstücken, und ich freue mich, dass du die Zeit mit deinen Großcousins genießt. Spiel schön und hab Spaß. Ich seh dich dann morgen, okay?"

Jax hatte genug und wollte sich aus dem Arm seine Mutter befreien, sodass Madlyn den Rucksack fallen ließ.

„Ich mach das." Con bückte sich und reichte ihn ihr.

Madlyn setzte Jax auf den Boden, irritiert, weil es ihr nicht gelungen war, ihn zu tragen, seinen Rucksack, ihre Handtasche und gleichzeitig einen Blumenstrauß zu halten. „Danke, Vanessa." Sie beugte sich zu ihrer Cousine vor und gab ihr einen Kuss. Er bemerkte den Blick, den sie einander zuwarfen, bevor Vanessa und Jax Madlyn allein mit Conor zurückließen.

„Das ist meine Welt", sagte sie leise, als sie Jax nachsah, der an Vanessas Hand fröhlich die Straße entlang hüpfte. Der kleine Junge drehte sich um, um seiner Mutter noch einen letzten Blick zuzuwerfen. Es war offensichtlich, dass Madlyn auch seine Welt war. Conor wurde in diesem Augenblick bewusst, dass er sich daran gewöhnen musste, wenn auch er Teil von Madlyns Welt sein wollte.

KAPITEL VIERZEHN

Nachdem ihr Herz sich nach der überraschenden Begegnung mit Conor ein wenig beruhigt hatte, sah Madlyn ihn seufzend an und versuchte ein Lächeln. „Also…"

Conor war überraschend gelassen. Überrascht und ein bisschen irritiert natürlich, doch das war zu erwarten gewesen. Und trotzdem war er wunderbar mit Jax umgegangen. War es möglich, dass sie vielleicht doch eine Chance auf eine gemeinsame Zukunft hatten, auch wenn sie diesen so wichtigen Teil ihres Lebens vor ihm geheim gehalten hatte? Vielleicht.

Doch damit ergab sich ein Haufen neuer Probleme. Sie wusste, dass es nie wieder so sein würde, wie zuvor.

Ein riesiges und drängendes Problem war jetzt Leo. Nachdem er versucht hatte, sie zu überzeugen, ihm noch eine Chance zu geben, würde es ihm definitiv nicht passen, dass Conor wieder aufgetaucht war.

„Ich nehme an, du musst wieder zurück zur Arbeit?",

sagte Con, die Hände in den Hosentaschen. Es war offensichtlich, dass er nicht wusste, was er als nächstes tun sollte, ob er sie berühren sollte, wo sie standen – als Paar. „Ich hab mich nur gefragt, ob wir heute vielleicht irgendwann miteinander reden können? Aber zuerst will ich mich entschuldigen, weil ich wegen der Narbe gefragt habe –"

Sie hob ihre Hand. „Du musst dich nicht entschuldigen. Ich bin diejenige, die dich in diese Situation gebracht hat. Ich meine, es war dumm von mir zu glauben, dass wir… du weißt schon… intim sein könnten, und du dir meinen Körper nicht genau ansiehst." Gott, die Worte auszusprechen trieben ihr die Schamesröte ins Gesicht und erinnerten sie an die Massage, mit der er sie verwöhnt hatte. Sie ertappte sich dabei, wie sie auf Conors Hände starrte, groß und stark, nicht grob, aber auch nicht feminin. Genau, wie es ihr gefiel. Was diese Hände neulich Nacht mit ihr angestellt hatten… Guter Gott!

„Naja, du hattest mir gesagt, dass du noch nicht bereit warst, mehr über dein Leben zu erzählen, darum hätte ich nicht fragen sollen. Ich wollte dich einfach nur besser kennenlernen. Ich hoffe, du nimmst mir das nicht allzu übel."

Sie seufzte und spielte mit dem Leder-Anhängsel ihrer Handtasche. Auch wenn sie gerade erst vom Frühstücken mit Jax und Vanessa gekommen war, wollte sie Conor nicht einfach so auf dem Gehsteig stehen lassen, nachdem er extra gekommen war, um sie zu sehen. „Hey, lass uns einen Kaffee trinken gehen. Hast du Lust?" Jetzt, wo er hier war und Jax gesehen hatte, konnte sie auch genauso gut ihren Mut zusammenkratzen und ihm die ganze Geschichte erzählen.

„Ich will dich nur vorwarnen, Maddie. Könnte sein, dass mir doch die eine oder andere Frage rausrutscht. Ich finde, dass ich auch ein paar Antworten verdient habe. Glaubst du nicht? Ich will nur nicht, dass du wieder wegrennst. Ich will mich zusammenreißen und nur ein paar stellen." Seine Lippen verzogen sich zu einem spitzbübischen Grinsen. „Klingt das okay?"

Madlyn nickte und ging ihm voraus in Richtung des Starbucks an der Ecke. Auch wenn Leo nur ein paar Blocks weit entfernt in einer Steuerberatungskanzlei arbeitete, kam er nie hierher, denn er trank keinen Kaffee. Darum sollten sie dort relativ sicher sein.

Schweigend nebeneinander her zu gehen, hätte sich unbehaglich anfühlen sollen, doch das tat es nicht. Sie waren einfach zwei Leute, die den kühlen Morgen genossen.

Nachdem sie im Café Platz genommen hatten, atmete Madlyn tief durch und beobachtete Conor dabei, wie er Milch in seinen schwarzen Tee goss, umrührte, und ihn in einem Schluck halb austrank. Er schien seinen Mut zusammenzukratzen, um ihr etwas zu sagen, und sie nutzte die Zeit, sich dafür zu wappnen.

„Was denkst du gerade?", fragte sie.

„Also gut, jetzt kommt's…" Er faltete die Hände auf dem Tisch wie ein Schuljunge. „Es macht mir nichts aus, dass du einen Sohn hast. Jax?" Er machte eine vage Geste in Richtung Gehsteig, wo sie einander begegnet waren. „Er ist ein großartiger Junge."

Sie lächelte. Extra-Punkte für Con. Jax *war* in der Tat ein großartiger Junge, und als er es gesagt hatte, hatte er aufrichtig geklungen. „Danke. Ja, er ist wirklich süß. Ich kann mich glücklich schätzen."

„Das stimmt. Ich besitze eine recht gute Menschenkenntnis, Maddie. Ich kann viel über jemanden sagen, selbst wenn ich ihn nur ein paar Minuten kenne. Ich liebe Kinder, das weißt du. Meine Surf-Schüler, ah, diese kleinen Scheißer sind das größte!" Er lachte und schüttelte den Kopf, während er in seinen Tee blickte. „Also... ich würde dich gerne wiedersehen. Ich weiß, dass du gesagt hast, dass es bei dir gerade kompliziert ist, und wenn du noch Zeit brauchst, will ich gerne warten."

„Con..." Sie hielt ihren Pappbecher mit dem Kaffee in beiden Händen. „Das ist wirklich süß, und du kannst dir nicht vorstellen, wie viel mir das bedeutet." Doch was würde er dazu sagen, dass sie noch mit Leo unter einem Dach lebte? Auch wenn sie ihn schon gebeten hatte, sich eine eigene Wohnung zu suchen, brauchte das seine Zeit, darum würde es wahrscheinlich noch eine Weile dauern, bis sie Con wirklich daten konnte.

Sollte sie es ihm überhaupt sagen?

Ja. Sie hatte bereits mehr als genug geheim gehalten. Wenn sie jemals eine Beziehung mit ihm haben wollte, musste sie von Anfang an alle Karten auf den Tisch legen. *Oder zumindest fast von Anfang an.* „Con, da ist noch mehr. Du weißt natürlich, dass ich geschieden bin."

„Ja?"

Ihr Herz schlug schneller, und sie wusste, dass sie genervt klingen würde, darum atmete sie tief durch, um sich zu beruhigen.

„Sag's einfach, Maddie. Du weißt schon, wie bei einem Pflaster… reiß es einfach ab." Con rutschte auf seinem Stuhl herum. „Komm, Karten auf den Tisch."

Sie sah in seine grünen Augen. „Ich lebe immer noch mit Jax' Vater zusammen. Meinem Ex-Mann. Die Sache ist rein platonisch und alles andere als freundschaftlich, um ganz ehrlich zu sein. Wir haben es für eine gute Idee gehalten, für Jax weiter den Schein einer Familie zu wahren, doch je länger es geht, und je mehr ich darüber nachdenke, desto bewusster wird mir, dass es eine ausgesprochen dumme Idee war."

Er starrte sie an. Gott – sein Gesicht, so schön; seine Augenlider, so ruhig; seine Iriden, so grün, wie sie sich Irland vorstellte. Doch was dachte er?

„Dann ist das dein Ex, der dauernd bei dir anruft?"

„Ja."

„Und wie lange willst du noch mit ihm zusammenleben?" Die Geduld, die Con ausstrahlte, machte sie sprachlos. Er zuckte nicht ein einziges Mal. Alles, was sie in seiner Miene sah, war Mitgefühl.

„Ich weiß nicht. Das ist es ja. Ich will nicht mehr mit ihm zusammenleben und habe es ihm auch gesagt, doch er wehrt sich dagegen und bringt auch ein paar gute Argumente an. Wenn wir uns trennen, habe ich nur noch mein Einkommen, und ich weiß nicht, ob ich mir das

Apartment dann noch leisten kann. Con, das ist das einzige Zuhause, das Jax kennt. Ihm beizubringen, dass sein Vater auszieht, würde ihm das Herz brechen…" Sie verstummte. Daran zu denken, welche Auswirkungen die Trennung auf Jax haben würde, machte sie fertig.

Con ergriff ihre Hand. „Schon okay. Du musst nicht weiterreden, wenn du nicht willst. Ich bin dir dankbar, dass du mir davon erzählt hast."

Madlyn schüttelte den Kopf. Sie musste darüber reden. Sie hatte die Büchse der Pandora geöffnet. „Nein, es muss sein."

„Kann ich was sagen?", fragte er.

Sie nickte und kämpfte gegen die Tränen an.

„Kinder sind zäher, als man denkt, Mad. Nein, es ist nicht ideal, doch er wird sich daran gewöhnen. Er betet dich an. Er würde überall mit dir hingehen und dort glücklich sein, solange er nur bei dir sein kann. Ich habe es in seinen Augen gesehen. Der Kleine liebt dich über alles."

Es war die Wahrheit. Sie nickte schluchzend, dann sah sie ihn wieder an. Seine Miene und seine wunderschönen Augen strahlten Sorge aus. Das war's wohl. Er dachte wahrscheinlich gerade, was zum Henker er sich da eingebrockt hatte, indem er sie gesucht hatte. Er hatte Antworten gewollt… und die hatte er gefunden.

„Ich liebe Jack. Er bedeutet mir alles. Aber…"

„Aber was?"

„Aber ich möchte auch mehr Zeit mit dir verbringen, Con. Wirklich. Ich habe nur so schreckliche Angst." Sie faltete die Serviette und tupfte ihre Augen ab.

„Ich weiß, dass du Angst hast, meine kleine Furie. Ich auch. Aber zusammen kriegen wir das schon hin." Er ergriff ihre Hände und drückte sie. „Wir schaffen das."

In diesem Augenblick sah sie ihn aus dem Augenwinkel: Leo, der mit einem Sandwich in der Hand den Gehsteig entlang ging. Als er sah, wie sie zusammen am Tisch saßen und Con ihre Hände hielt, blieb er stehen und donnerte mit der Faust ans Fenster. Die Gäste im Café erschraken und starrten Madlyn an, als wäre sie verantwortlich für den Krach.

„Scheiße."

„Sag's nicht", stöhnte Con. „Ah, fuck. Jetzt wird's lustig…"

Leo stieß die Tür auf, warf sein Sandwich in den Müll und schritt an ihren Tisch. Im Café war es plötzlich totenstill. Nur das Klirren von Glas hinter dem Tresen und das Brummen der Kaffeemühle war zu hören. „Ist er das?", zischte Leo. „Das ist das Arschgesicht, mit dem du rumfickst?"

„Leo… Stopp." Madlyn hob die Hand, um ihn davon abzuhalten, noch näher zu kommen, doch er schlug sie weg. Diese aggressive Reaktion entsetzte Madlyn und machte sie wütend, denn er hatte sie noch nie zuvor körperlich grob behandelt.

Sie sprang auf, als Leo sagte: „Scheiße, Madlyn. Das tut mir leid –"

KAPITEL FÜNFZEHN

Der Wixer in den engen Hosen, im Hemd und mit zu kurz gebundener Krawatte kam ins Café gestakst und wagte es, Madlyn blöde anzumachen. *Für wen hält sich dieser Vogel?*, dachte Con, doch er hatte gewusst wer es war, als der Typ mit der Faust ans Fenster gedonnert und dann mit dem Finger auf sie gezeigt hatte.

Und dann schlug er auch noch Madlyns Hand weg.

Was zum Teufel?

Con stieß seinen Stuhl zurück und stand auf, bereit, dem Kerl an die Gurgel zu springen.

Doch Maddie legte die Hand auf seinen Arm. „Nein, Con", flüsterte sie, und ihr flehender Ton wurde von ihrem Blick nur noch unterstrichen.

„Er hat nach deinem Arm geschlagen, Madlyn. Gott, tut er das etwa öfter?"

„Er hat mir noch nie etwas getan. Ich schwöre es. Weder mir noch Jax." Sie warf Leo einen giftigen Blick zu, der zumindest genug Anstand hatte, beschämt dreinzublicken. „Er ist nur angepisst und hat einen Moment die Kontrolle verloren, doch ich kann es nicht ertragen, wenn ihr aufeinander losgeht. Bitte, Jungs… bitte."

Jeder Muskel in Conors Körper war angespannt, doch als er Maddie ansah, zwang er sich, sich zu entspannen. Er holte tief Luft und atmete langsam aus. Ja, er war schon in ein, zwei oder zehn Auseinandersetzungen in Bars in ganz Europa geraten, doch er hatte nie angefangen. Con hatte von seinen Brüdern gelernt, dass der einzige gute Zeitpunkt für einen Kampf ist, wenn man bereits mittendrin ist. Angesichts dessen, was Leo gerade getan hatte, hatte für ihn der Kampf schon begonnen. Doch Madlyn wollte nicht, dass er sich ihretwegen schlug, also würde er es auch nicht tun.

Solange dieser Dreckskerl nicht noch einmal wagte, auch nur einen Finger an sie zu legen… Herrgott, das erklärte Madlyns Verhalten. Dieser Leo wusste wirklich, wie man jemandem einen Dämpfer versetzte. *Heilige Scheiße!*

Kein Wunder, dass sie unbedingt Dampf ablassen musste.

Von dem Augenblick an, als der Typ ins Café gewalzt war und angefangen hatte, dumm zu labern, hatte Con verstanden, warum Madlyn zu ihm gekommen war, warum sie seine Dinnereinladung angenommen hatte, die Massage und den Wein. Denn das war der verdammte Loser, mit dem sie sich jeden Tag herumschlagen musste. Kein Wunder, dass sie sich nach Cons sanfter Art sehnte. Denn dieser Typ? Der hatte es geschafft, dass sich Cons sonst recht dickes Fell innerhalb von Sekunden sträubte.

Er konnte sich gut vorstellen, wie es Madlyn ging.

„Das einzige Arschgesicht hier bist du", knurrte Con und strich seine Serviette glatt.

„Was ist das denn für einer?" Leos kantiges Gesicht verzog sich, und seine Scham dafür, nach Madlyns Hand geschlagen zu haben, wich unverhohlener Verachtung. „Was ist das? Australisch, oder was?" Er sah Madlyn ungläubig an. „Du fickst einen Australier, Babe? *Eh, Kumpel, ich hab ein Krokodil gefangen. Schau mal!*" Sein australischer Akzent war so ziemlich die schlechteste Imitation, die Conor je gehört hatte, und dann fing der Typ auch noch an zu lachen wie ein kompletter Idiot.

Con hatte das Bedürfnis, ihm zu zeigen, dass er Ire war, doch wieder hielt er sich zurück

Dieser Typ. Was für ein dämlicher Witzbold.

„Da es dich zu interessieren scheint: ich bin Ire, und du störst gerade mein Frühstück, die wichtigste Mahlzeit des Tages, die ich nun weiter mit dieser bezaubernden Frau einzunehmen gedenke, die nichts mit einem Typen wie dir zu tun haben will, darum…" *Scher dich verdammt nochmal zum Teufel,* wollte Con sagen, doch die Art, wie er mit dem Wixer hier umging, würde Madlyn alles über ihre gemeinsame Zukunft sagen, was sie wissen musste. Egal wie, er musste einen kühlen Kopf bewahren. „Darum solltest du jetzt gehen", sagte er cool.

„*Ich* sollte gehen?" Leo lachte, zog einen Stuhl heran, drehte ihn um und setzte sich rittlings Madlyn gegenüber.

„Wo hast du diesen Typen denn aufgegabelt? Ikea? So neutral und niedlich."

Conor war es egal, wie es in ihm selbst brodelte. Doch es war die Wut, die in Madlyns Miene kochte, die ihn quälte, als sie ihre Finger um ihren Pappbecher presste. Aus irgendeinem Grund jedoch war sie gelähmt und nicht in der Lage, den Spinner zum Teufel zu jagen.

„Leo, kannst du bitte gehen? Du machst eine Szene", sagte Madlyn in leisem Ton. Sie wich allen Blicken aus und starrte ihren Becher an. Wo war die Madlyn, die er kennengelernt hatte? „Ich kann's nicht fassen."

Das war alles? Wo war seine kleine Furie? Wo war die energische, durchsetzungsfähige Businessfrau?

„Ich mache eine Szene?" Leo sah sich um und machte dabei eine ausladende Geste, die Madlyns Vorwurf nur bestätigte. „Ich mache doch keine Szene. Schaut etwa irgendjemand her? Nein, niemand!"

Con fragte sich, ob dieser Drecksack immer so war, oder ob er nur so ausflippte, weil er gerade bemerkt hatte, dass er seine Exfrau an einen so unfassbar gutaussehenden Typen verloren hatte. Für den Bruchteil einer Sekunde hatte er sogar Mitleid mit ihm. „Ich glaube, du hast sie nicht richtig verstanden. Sie hat dich höflich gebeten, zu gehen."

Leo starrte Con gereizt an. „Wie alt bist du überhaupt? Achtzehn? Babe, hast du dir seinen Ausweis zeigen lassen, bevor du ihn gefickt hast? Du weißt schon, Verführung Minderjähriger und so…"

„Kannst du bitte aufhören?" Madlyn schlug sich die

Hände vors Gesicht. Ihre Sorgenfalten waren wieder da.

„Nein", zischte er und drehte sich wieder zu ihr um.

Es war die so ziemlich widerlichste Auseinandersetzung, die Con je erlebt hatte. Jax tat ihm leid, wenn er diesen Scheiß jeden Tag miterleben musste.

„Ich werde *nicht* aufhören. Was habe ich dir vorgestern gesagt? Hä?" Er zeigte aggressiv mit dem Finger auf sie. „Wir müssen unserer Ehe noch eine Chance geben – um Jax' willen. Hat sie dir gesagt, dass wir zusammen leben?"

„Das hat sie", antwortete Con. Doch wenn er nicht heute Morgen hierher gefahren wäre, um Madlyn zu überraschen, und dabei Jax gesehen hätte, wüsste er es immer noch nicht. Doch immerhin hatte sie die Karten auf den Tisch gelegt, auch wenn es nur Minuten war, bevor Leo aufgekreuzt war. Eindeutiger Bonuspunkt für sie.

„Das hat sie? Im Ernst? Dann muss sie dich wirklich mögen, denn hör zu…" Leo drehte sich wieder zu Con um. „Du bist nur ein netter Fick für sie. Spaß im Bett. Rein – raus – weg. Das ist alles. Sie wird nie mit einem Typen wie dir zusammen sein. Du weißt schon, was ich meine."

Normalerweise perlten Beleidigungen an Conor ab, doch diese Worte zusammen mit der Tatsache, dass er um Madlyns Aufmerksamkeit kämpfen musste, tagelang warten musste, bis sie ihn zurückrief, und manchmal gar keine Reaktion bekam, in Verbindung mit der ernüchternden Realität, dass Madlyn *nicht* leugnete, was Leo gerade behauptete – das war einfach zu viel für ihn. Hatte Leo womöglich recht? War er nur Spaß für Madlyn?

„Sind das etwa Yoga-Hosen, die du da anhast?" Leo reckte den Hals, um Cons Hosen unter dem Tisch zu beäugen.

„Das sind normale schwarze Hosen, du Arschgesicht. Beurteilst du jetzt etwa meine Kleidung? Schon mal bemerkt, dass deine Krawatte zu kurz ist? Sie müsste in etwa... da enden." Con deutete auf Leos Bauch, kurz oberhalb seines Hosenbunds, und wusste, dass ihn das wahrscheinlich bis aufs Blut reizen würde.

Leo schlug seine Hand weg, genauso wie er es mit Madlyn getan hatte. „Ich habe dich beurteilt, seitdem ich gesehen habe, wie du die Hand meiner Frau hältst."

„*Exfrau*", zischte Madlyn, nahm ihren Kaffee und schob sich an ihm vorbei. „Ich hab genug davon."

Als Con aufstand, um ihr zu folgen, stand auch Leo auf. Beide waren etwa gleich groß, und einen Augenblick lang befürchtete Conor, dass Leo das Café auf einer Trage verlassen würde, wenn er ihn noch ein einziges Mal berührte. *Reiß dich zusammen, Con. Madlyn zählt auf dich.*

„Ich gehe. Mit dir kann man nicht reden." Madlyn stürmte an den sprachlosen anderen Gästen vorbei. Con fragte sich, warum sie das Verhalten ihres Ex so lange toleriert hatte.

Draußen eilte Madlyn über die Straße auf ihr Büro zu. Es war kalt und schien mit jedem Moment kälter zu werden. Con folgte ihr und holte tief Luft. Auch Leo folgte ihnen und verhöhnte sie dabei weiter. „Ich kann nicht fassen, dass du dich für diesen *Typen* entschieden hast.

Gegen das, was für unsere Familie am besten ist. Das ist alles, was mir wichtig ist. Du und Jax."

„Bullshit!", schrie Madlyn über ihre Schulter. Ein paar Passanten blieben stehen, um das Spektakel zu beobachten. „Wenn Jax und ich dir wirklich so wichtig wären, wären wir jetzt nicht in dieser Situation."

Conor lehnte sich an einen Laternenpfahl, lauschte dieser „privaten" Konversation und fragte sich, was nötig war, damit Madlyn diesen Wixer rauswarf. „Maddie, lass dich von ihm nicht mehr stressen. Es ist dein Leben. Er ist nur angepisst, weil du endlich gefunden hast, wonach du gesucht hast."

„Halt dich da raus, Australier!", grunzte Leo und zeigte mit seinem fleischigen Finger auf ihn.

„Er ist nur angepisst, weil er begriffen hat, dass du ihn nicht zurück willst. Und er kann es nicht ertragen, weil sein Gehirn in etwa auf dem Stand eines Zwölfjährigen stehengeblieben ist. Komm mit mir, Maddie." Con ging das Risiko ein, ihr die Hand entgegenzustrecken. „Du hast gesagt, dass Jax heute bei Vanessa übernachtet, nicht wahr? Komm mit mir nach Timber Cove."

„Halt dich zum Teufel da raus, Australier! Timber Cove?", fragte er Madlyn. „Dahin bist du also in letzter Zeit verschwunden?"

Madlyn stand wie angewurzelt da und sah aus, als würde sie jeden Moment entweder losschreien oder in Tränen ausbrechen. Conor legte den Arm um ihre Schulter. „Du lässt dich von diesem Kerl so manipulieren? Komm schon, Maddie, wo ist meine kleine Furie? Ich verstehe das nicht. Wovor hast du Angst?"

Madlyns Augen, die voller Tränen standen, waren so schön wie nie, denn sie war verletzlich – eine Seite von ihr, die er nicht kannte, und die ihn faszinierte. Wenn sie nur etwas sagen könnte, wenn sie nur nicht zulassen würde, dass ihr die Beziehungsdynamik, die sie dank dem Arschgesicht gewohnt zu sein schien, so dermaßen an die Nieren ging. „Ich weiß nicht. Ich…"

Verdammt nochmal, war es wirklich so schwer für sie? Er wollte, dass sie eine Entscheidung traf; entweder bei Leo zu bleiben oder mit ihm zu gehen. Oder alle beide in die Wüste zu schicken, ganz egal (nicht wirklich). Er wollte nur, dass sie die Kontrolle über ihr eigenes Leben übernahm, anstatt permanent einen Eiertanz aufzuführen.

„Was möchtest du?", fragte Conor. „Wenn du willst, dass ich gehe, sag es einfach, und ich gehe. Doch ich mache mir ernste Sorgen, dass du gerade nicht dazu in der Lage bist, selbst zu denken."

„Warum? Weil sie nicht hört, glaubst du, dass sie nicht denken kann? *Pff.* Verschwinde zurück nach Sydney, Schlappschwanz.""

„Maddie…" Er hoffte, dass ihre wunderschönen großen Augen ihn ansehen würden, und das tat sie auch. „Lass dich nicht von diesem Kerl manipulieren, selbst wenn er Jax' Vater ist. Du hast Besseres verdient", flehte er, die Hand immer noch nach ihr ausgestreckt.

„Sind wir jetzt fertig hier?" Leo schnaubte und klopfte sich mit den Händen auf die Oberschenkel. „Du weißt selbst am besten, dass du nicht mit ihm gehen wirst, Babe.

Du hast schon genug Arbeitstage verpasst, und in zwei Tagen ist Thanksgiving. Außerdem willst du keinen anderen Mann in Jax' Leben bringen. Das würde ihn nur verwirren."

„Ich kann das nicht mehr." Madlyn schlug sich wieder die Hände vors Gesicht und schüttelte den Kopf. „Lass mich in Ruhe. Bitte… geh einfach."

Sprach sie mit ihm oder ihrem Ex?

Er senkte die Hand.

„Maddie." Con wollte noch ein paar letzte Worte riskieren, falls er nie wieder mit ihr reden konnte nach Leos dramatischem Auftritt, der durchaus oskarreif gewesen war. Es war ihm egal, dass Leo direkt neben ihnen stand. „Ich will mehr für dich sein, als nur Spaß im Bett. Was ich bisher gesehen habe, war wunderbar. So wunderbar, dass ich versucht habe, dir klarzumachen, dass ich bereit bin, für dich nach San Francisco zu ziehen, als ich davon gesprochen habe, meinen Surfladen aufzugeben. Das bin ich immer noch, wenn es zwischen uns funktioniert. Und ich möchte, dass es zwischen uns funktioniert. Bitte komm mit mir. Du kannst meine Brüder kennenlernen, Forestville sehen, und nach dem Feiertag würde ich gerne Jax besser kennenlernen."

„Uff", stöhnte Leo und ging ein paar Schritte weg, bevor er sich umdrehte und zurückkam. „Gott, kannst du bitte einfach tot umfallen, Mann?"

Ganz bestimmt nicht, dachte Conor, doch er konzentrierte sich ganz auf Maddie und blendete Leo aus.

Madlyn starrte ihn an, und ihrem überraschten und

staunenden Blick nach zu urteilen, war er endlich zu ihr durchgedrungen. Endlich hatte sie verstanden, was er von ihr wollte – auch, wenn er jetzt alles wusste.

Sie reichte Conor die Hand, und er ergriff sie, wobei er ihren wütenden Ex ignorierte und ihr sanft die kalten Finger wärmte.

„Ich möchte mit dir gehen, Con. Ich möchte deine Brüder kennenlernen. Doch ich kann nicht. Nicht heute. Nicht für eine Weile. Thanksgiving steht vor der Tür und… genauso, wie ich es vor mir hergeschoben habe, dir von Jax zu erzählen, habe ich es vor mir hergeschoben, ihm zu erklären, dass seine Eltern nicht mehr zusammen leben können. Das kann ich nicht länger hinausschieben. Ich muss mein Leben wieder ins Reine bringen und das Chaos beseitigen. Und bis ich das geschafft habe, kann ich dich nicht sehen."

Conor starrte sie an. Er verstand, was sie sagte, doch er hasste den Gedanken, dass sie ihn wegstieß.

„Das…", sagte sie.

Sein Herz schlug schneller. „Was?"

„Das soll aber kein Abschied für immer sein. Ich will zu dir und nach Timber Cove zurückkommen. Sobald ich wieder klar sehen kann und Jax erklärt habe, wie es in Zukunft sein wird, sobald ich wieder allein lebe und unbeschwert zu dir kommen kann, will ich das tun. Ich weiß, dass ich nicht von dir verlangen kann, dass du auf mich wartest. Vielleicht findest du in der Zwischenzeit ja eine andere Frau. Doch ich werde das Risiko eingehen und zu dir kommen. Genau wie du das Risiko eingegangen und zu mir gekommen bist."

„Das ist nicht zu fassen!" Leo warf die Arme in die Höhe und rauschte davon.

Conor blickte Maddie in die Augen und hatte dabei das Gefühl, dass sein Herz brach. Doch er wusste, dass sie genau das brauchte, worum sie ihn bat. Dass er es ihr gewähren musste. Er musste ihr beweisen, dass er bereit war, Opfer zu bringen, um sie und Jax in seinem Leben zu haben, genauso wie sein Bruder Quinn und Lilly Opfer brachten und Wege fanden, Zeit miteinander zu verbringen, während sie in Florida war.

„Also… ich sollte gehen." Madlyn lächelte Con schwach an, während ihr Tränen in die Augen stiegen. Sie blinzelte sie weg und küsste ihn auf die Wange, dann wollte sie zurückweichen.

Conor zog sie zurück und verflocht seine Finger mit ihren.

„Komm zu mir, wenn du bereit bist, Madlyn." Er küsste sie auf die Wange und streichelte ihr Kinn. „Du *und* Jax. Denn ich werde warten."

KAPITEL SECHZEHN

Das Brillante am Leben war, dass man nie wusste, womit es einen überraschte, dachte Con. Kurz vor Thanksgiving zum Beispiel war er aufgewacht und ein enormes Risiko eingegangen, als er nach San Francisco fuhr, ohne zu wissen, was dabei herauskommen würde. An diesem Tag war er Madlyns Ex begegnet und hatte all seine Beherrschung aufbringen müssen, während sie ihm gesagt hatte, dass sie erst alles ins Reine bringen musste, bevor sie ihn wiedersehen konnte. Dann kam der Thanksgiving-Tag, den er mit seinen Brüdern, Lilly, deren Mutter, Cooke und Mellie im *Russian River House* verbracht hatte, der Pension, die Lillys Mutter betrieb. In eben jener Pension waren er und Quinn vor drei Monaten zum ersten Mal dem amerikanischen Lebensstil begegnet.

Nachdem die Jungs entschieden hatten, dass Lilly und ihre Mutter den Tag gemeinsam verbringen und sich entspannen sollten, hatte Brady versucht, einen traditionellen Truthahn zuzubereiten. Da er ihn jedoch zu trocken fand, hatte er eine Füllung aus Guinness und Schwarzbrot gezaubert. Der Kartoffelbrei fand Verwendung als oberste Schicht eines Shepherd's Pie, und auf den Kürbiskuchen verzichteten sie zugunsten von Conors köstlichem Apfelkuchen, und trotz dieser Abweichungen von den Traditionen hatten sie einen schönen Abend. Anschließend kehrten alle wieder zurück in Quinns neues Haus. Als sie um den Tisch ihrer Eltern saßen, den Quinn aus Dublin per Frachtpost hatte schicken lassen, unterhielten sie sich noch eine Weile, bis Quinn, der endlich mit Lil allein sein wollte, alle rauswarf.

Trotz der Tatsache, dass sie eine Fernbeziehung führten, waren Quinn und Lilly glücklich. Mitte Dezember wollte Quinn nach Florida fliegen, um Lil zu besuchen, und sie würde zu Weihnachten nach Kalifornien kommen. Con bewunderte ihre Hingabe füreinander, die Con in seinem Beschluss bestärkte, das Richtige zu tun. So sehr er es auch wollte, er zwang sich, Madlyn nicht anzurufen, um ihr die Zeit zu geben, die sie brauchte. Er hoffte, dass sie sah, was für ein geduldiger, verständnisvoller Mann er war, und bald zu ihm zurückkommen würde.

Stattdessen konzentrierte er sich aufs Geschäft und sah sich nach neuen Möglichkeiten um. Er versuchte sogar, dem *Drama der Philips aus Green Valley* seine Aufmerksamkeit zu schenken, wie Quinn es ausdrückte. Scheinbar hatte letzte Woche Tante Suzanne ein gutes Word für die O'Neill-Brüder eingelegt und ihrem Vater erzählt, wie sorgfältig sie waren, und wie schön ihr neues Restaurant war, und hatte vorgeschlagen, dass ihr

Großvater sie zu einem Gespräch auf das Weingut einlud. Dieser hatte ihrem Vorschlag zwar nicht zugestimmt, laut Tante Suzanne die Idee jedoch auch nicht kategorisch abgelehnt. Quinn war überzeugt, dass die Familie ihrer Mutter doch langsam zu Verstand kam. Vielleicht.

Con war es egal. Er war nicht für sie in die USA gekommen.

Er war gekommen, um die Heimat seiner Mutter kennenzulernen und ein neues Leben anzufangen. Das war alles, was zählte. Was ein Haufen von einheimischen Dörflern von ihnen dachte, war ihm mehr als egal.

Dann, irgendwann Mitte Dezember, rief Madlyn ihn an. Nach ein paar Minuten unbeholfenem Smalltalk und ‚wie-geht-es-dirs', während derer sie darüber sprachen, wie schön Thanksgiving gewesen war, und sie ihm erzählte, dass Leo vor zwei Wochen ausgezogen war, und wie gut es Leo damit ging, fragte sie, ob sie ihn besuchen kommen dürfe.

„Jax ist das Wochenende über bei Leo", sagte sie. „Wenn du möchtest, kann ich runterkommen, und –"

„Nein."

Einen Augenblick schwieg sie fassungslos, und er hörte, wie sie zittrig tief Luft holte. „O-Okay", flüsterte sie. „Ich verstehe."

„Nein, das glaube ich nicht", sagte er. „Ich will nicht, dass du allein fährst. Ich komme und hole dich ab. So haben wir auch noch die ganze Fahrt zusammen. Nachdem ich dich so vermisst habe, meine kleine Furie, will ich alle Zeit mit dir, die ich kriegen kann."

„Ich dachte… ich dachte du…" Ihre Stimme versagte, und die Stille am anderen Ende der Leitung verriet ihm, dass sie weinte. „Schhh, Maddie. Tut mir leid. Ich wollte dich nicht zum Weinen bringen."

„Ich habe dich vermisst", schluchzte sie. „So sehr."

„Ich dich auch. Ich kann's kaum erwarten, dich zu sehen." Er lächelte über das ganze Gesicht, auch wenn sie es nicht sehen konnte.

„Dann bis in zwei Tagen", sagte sie.

„Bis in zwei Tagen."

Jetzt waren sie hier und fuhren in Richtung Green Valley. Anstatt direkt zu seinem Haus zu fahren, hatte er sich entschieden, ihre gemeinsame Zeit damit zu beginnen, einen Abstecher nach Forestville zu machen und dort ein Zimmer in einer Pension zu mieten. Am folgenden Tag wollte er sie seinen Brüdern vorstellen. Damit wollte er Maddie beweisen, wie ernst es ihm war mit ihr und Jax. Er hoffte, dass Madlyn den Komfort der Pension genießen würde und sich nach dem furchtbaren Monat, den sie hinter sich gebracht hatte, entspannen konnte.

Eine Stunde später kamen sie im *Russian River House* an. Lillys Mutter, Penny Parker, war wie immer am Empfang. Sie spähte über den Tresen, und wie immer sah er nur ihre blauen Augen, die sich sofort zu einem Lächeln verzogen, als sie ihn erkannte.

„Guten Abend, Mr. O'Neill, schön, dass sie wieder mal vorbeischauen."

„Guten Abend, Mrs. Parker. Schön, dass Sie ein Zimmer für uns haben."

„Wie ich Ihnen schon am Telefon gesagt habe, sind wir eigentlich ausgebucht, doch ich habe noch ein Zimmer für Sie für denselben Preis. Ich hoffe, es macht Ihnen nichts aus, dass es im dritten Stock ist."

„Überhaupt nicht, Mrs. P. Warum sollte mir das etwas ausmachen?"

Sie stand auf, strich sich ihr mausgraues Haar aus dem müden Gesicht und deutete in den Flur. „Sie wissen noch, wo das letzte Mal Ihr Zimmer war? Gegenüber ist das Treppenhaus. Da gehen Sie einfach bis in den dritten Stock. Da sehen Sie dann eine Holztür ohne Nummer. Das ist Ihr Zimmer für die nächsten zwei Nächte. Frühstück gibt's wie immer bis 10:30 Uhr."

„Lillys Muffins?", fragte Con, in der Hoffnung, keinen wunden Punkt zu treffen. Lilly hatte eine große Lücke hinterlassen, und auch wenn Con von Quinn gehört hatte, dass ihre Nachfolgerin Mrs. P ziemlich beeindruckt hatte, wusste er, dass Lilly Muffins für die Pension gebacken hatte, als sie zu Thanksgiving zu Besuch gewesen war.

Mrs. Parker schüttelte den Kopf. „Die sind schon lange weg, aber die Neue ist ziemlich gut." Sie lächelte herzlich, doch Conor wusste, dass nichts mit Lillys Muffins mithalten konnte. Die waren berechtigterweise legendär. „Der Apfelkuchen, den Sie zu Thanksgiving gemacht haben, war übrigens köstlich. Habe da schon nach dem Rezept fragen wollen."

„Natürlich. Ich schicke Ihnen gleich eine E-Mail." Er nahm den Schlüssel entgegen und schüttelte ihre Hand. „Und das hier ist übrigens meine Freundin Madlyn."

„Freut mich, Sie kennenzulernen, Liebes", sagte Penny Parker und reichte Madlyn die Hand. „Ich wünsche Ihnen einen schönen Aufenthalt. Lassen Sie mich wissen, wenn ich Ihnen irgendetwas Gutes tun kann."

„Danke." Madlyn strahlte.

Als sie den Flur entlang gingen, deutete Con auf die letzte Tür auf der rechten Seite und flüsterte: „Da haben mein Bruder und ich gewohnt, als wir hier angekommen sind. Unser erstes Zuhause in der Ferne. Mrs. Parker war quasi unser Begrüßungskomitee. Erst war sie ziemlich streng, hat sich dann aber später für uns erwärmt." Er ging voraus die Treppe hinauf und hatte schon einen Verdacht, wohin sie gingen. Als sie vor der großen Holztür ein wenig atemlos stehenblieben, drehte Conor sich zu Madlyn um, nahm ihr Gesicht in seine Hände und küsste sie. „Und jetzt möchte ich, dass du dich brav hinlegst und ausschläfst, junge Dame. Verstanden?"

Sie nickte. Sie trug kein Makeup und sah so beinahe wie eine Vierzehnjährige aus. Zum ersten Mal wurde ihm bewusst, wie jung sie wirklich aussah, wenn sie sich nicht schminkte. Absolut umwerfend.

Er steckte den Schlüssel ins Schloss und stieß die Tür auf. Als er eintrat keuchte er. „Ich wusste es."

„Wow. Das ist schön", staunte Madlyn und sah sich mit großen Augen um.

Es war alles andere als ein typisches Pensionszimmer.

Er erinnerte sich daran, dass Quinn ihm davon erzählt hatte. Es war Lillys Zimmer, doch ihre Mutter ließ sie dort übernachten, da Lil in Miami war. Sie hatte natürlich einiges weggeräumt, doch die persönliche Note war nicht zu übersehen – angefangen bei gerahmten Fotos, bis hin zu Regalen voller Kochbücher, doch das Highlight des Zimmers waren die großen Glastüren, die auf einen fantastischen Balkon voller Pflanzkübel mit Kräutern und bequemen Sesseln führten, von dem aus man einen wunderbaren Blick über das Tal hatte.

Sie verbrachten den Rest des Abends draußen, aneinander geschmiegt, eingewickelt in dicke Decken. Es war verdammt kalt, doch der Himmel war klar und die Sterne funkelten, während eine Flasche Parker Hauswein sie warmhielt. Con hielt Madlyn im Arm, während eine Playlist mit Weihnachtsliedern auf seinem Handy dudelte. So gerne er auch auf dem Balkon mit ihr Liebe gemacht hätte, er hielt sich zurück. Sein Körper verzehrte sich nach ihr, und sie hatten sich schon bei ihr zu Haus geküsst, doch auch da hatte er sich zurückgehalten. Er wollte, dass das ein Neuanfang für sie beide war. Er wollte ihr beweisen, dass er mehr von ihr wollte als nur Sex. Außerdem war es schön, auch einmal nur zu küssen, sich aneinander zu schmiegen und im Einklang zu atmen.

Manchmal musste man das einfach tun. Sich daran erinnern, dass man mit einem anderen Menschen im Einklang war, wie zwei Katzen, die sich auf dem Sofa zusammenrollten und im Gleichtakt schnurrten. Als es zu kalt wurde, gingen sie hinein und legten sich aufs Bett, wo sie einander anstarrten. Erst dann begann Madlyn wirklich zu reden.

„Jax zu erzählen, dass sein Dad auszieht, war das schwerste, das ich je habe tun müssen." Ihre Sorgenfalten waren zurück, und ihr Gesicht wirkte plötzlich versteinert. Er ergriff ihre Hand. „Ich habe ihm gesagt, dass das nichts daran ändert, dass wir ihn lieben. Nichts würde je etwas daran ändern. Darauf kann er immer zählen."

Etwas geschah in ihr – er konnte es an ihren Augen sehen. Plötzlich waren sie gerötet und glänzten, und er streichelte sanft ihre Hände, um sie zu trösten. Er sagte nichts, hörte nur zu.

„Es hat mich fast umgebracht, Con. Meinem Kind in die Augen zu sehen und ihm zu sagen, dass Mommy Daddy nicht mehr liebt. Ihm zu erklären, dass sich sein ganzes Leben verändern wird. Und ihm zu sagen, nein, das kann man nicht mehr reparieren."

„Tut mir so leid, Liebes. Wie hat er es aufgenommen?"

„Erst hat er geweint. Das war der schwerste Teil." Dicke Tränen rollten über ihre Wangen. „Ich hab mich so furchtbar schuldig gefühlt, als wäre ich daran schuld gewesen. Ich hab mich wirklich gefragt, ob ich nicht besser Leos Eskapaden ertragen sollte, damit Jax das Leben bekommt, das er verdient hat. Doch zwei Tage nach Thanksgiving ist Leo ausgezogen, und das war's. Das Leben, wie er es kannte, war plötzlich vorbei."

„Doch das ist nicht das Leben, das er verdient hat, und das weißt du auch", sagte Con. „Er hat eine glückliche

Mom verdient. Willst du lieber, dass Jax jeden Morgen aufwacht und seine Mom lächeln sieht, oder eine Mom, die weint und traurig aussieht, ohne dass er den Grund dafür verstehen kann? Das ist kein Leben, Madlyn. Du darfst dir deswegen keine Vorwürfe machen. Er wird es irgendwann verstehen. Schhh, komm her." Con rutschte näher an Madlyn heran und zog ihren Kopf an seine Brust.

Eine Weile schluchzte sie, bis sie zu zittern aufhörte und ihre Tränen versiegten.

Con strich ihr übers Haar und trocknete ihr mit seinem Hemd die Tränen. „Du bist eine wunderbare Mutter. Jax weiß das. Ich bin so stolz auf dich, Liebes. Es wird schon werden, denkst du nicht?"

Sie nickte schwach an seiner Brust, dann hob sie das Kinn ein wenig. „Ja, ich glaube schon. Ich bin einfach nur froh, dass es vorbei ist. Es ist so traurig zu sehen, dass ein Kapitel meines Lebens endet, Con. Da will ich gar nicht lügen. Doch wenigstens kann ich jetzt mein Leben weiterleben. Das habe ich gebraucht. Tut mir wirklich leid, dass ich dich habe warten lassen."

„Das muss dir nicht leid tun. Sowas will ich gar nicht hören. Du hast getan, was nötig war. Mir tut leid, dass ich ungeduldig war. Ich schätze, meine Mutter hat mich ziemlich verwöhnt. Ich habe immer bekommen, was ich wollte. Ich habe mich nie um irgendwas in meinem Leben bemühen müssen, doch bei dir… das war wirklich harte Arbeit, Madlyn. Doch ich würde es wieder tun und hätte auch noch länger gewartet."

„Ich habe dich so vermisst."

„Ich dich noch viel mehr, Liebes. Du hast ja keine Ahnung." Mit rotgeweinten Augen und tränenverschmierten Wangen sah sie besonders schön aus. Er wollte sie so gern küssen. So sehr. Doch wieder zögerte er, da er nicht wollte, dass sie sich unter Druck gesetzt fühlte, wo sie offensichtlich gerade sehr verletzlich war.

Doch dann wanderte ihre Hand in seinen Nacken, und ihre salzigen Lippen begegneten seinen. Ihre Brust schmiegte sich an seine, und es war klar, dass, was sie brauchte, was beide brauchten, Trost und körperliche Nähe waren. Die Unterhaltung auf der Fahrt nach Forestville und auf dem Balkon war nett gewesen, doch manche Dinge ließen sich nicht mit Worten ausdrücken.

Nichts Unerhörtes, nichts Gewagtes. Sie zog einfach ihr Shirt über ihren Kopf, genau wie er. Süßer und perfekter Hautkontakt. Dank dem Wein schmolzen sie ineinander, als hätten sie schon unzählige Male Liebe gemacht. Das Feuer im Kamin prasselte nur für sie, und es war, als wäre dieses Zimmer schon ein Leben lang ihr Zuhause. Als kannten sie sich schon ein ganzes Leben. Con wusste, was er tun musste, um sie zu verwöhnen, und sie gab sich ganz seiner Fürsorge hin.

Am nächsten Tag wachten Sie friedlich auf, kein Wecker, keine vibrierenden Handys, nichts. Nur die Sonne, die ins Fenster fiel, als sie ihre Augen öffneten und sich unter den Laken streckten. Es war schön zu beobachten, wie Madlyn ihre großen braunen Augen aufschlug, und zu wissen, dass das erste, was sie sah, er war. Er hatte befürchtet, dass sie vielleicht die Stirn runzeln oder zurückzucken würde, weil sie vielleicht nicht wusste, wo sie war, doch dann lächelte sie ihn strahlend an.

Endlich.

Das Frühstücksbuffet im Speiseraum des *Russian River House* war schon abgeräumt, darum machten sie sich auf den Weg. Im *Parker House,* machten sie halt und besorgten Brunch. Nancy, die Dame, die den Vertrieb leitete, bot ihnen Scones und Orangen-Cranberrysaft an. Danach gingen sie in den Weinbergen spazieren, machten Fotos und hielten einander einfach fest, ohne auf die Zeit zu achten. Con hatte keine Ahnung, welche Trauben auf diesem Hügel wuchsen, doch sie waren prall und golden und boten zusammen mit den bunten Farben der Landschaft einen wunderbaren Hintergrund für ihre Fotos.

Am Abend fuhr Con mit Madlyn zum *The Stylish Irish* und warnte sie vor, dass irische Jungs unverbesserlich waren, und dass sie nicht beleidigt sein sollte, wenn jemand eine dumme Bemerkung machte.

„Wenn sie auch nur annähernd wie du sind, dann bin ich im Himmel."

„Sie sind nicht einmal ansatzweise wie ich. Ich bin der weltmännischste aus dem Haufen. Die anderen sind alles Maden. Dummschwätzer. Du wirst schon sehen, was ich meine." Er zwinkerte ihr zu, stieg aus und ging um den Wagen herum, um ihr die Tür zu öffnen. Sie trug ein hübsches rotes Kleid, das obenherum ziemlich eng war und ihre weiblichen Argumente betonte. Um die Knie wippte der Rock beschwingt und ließ ihre Beine prinzessinnenhaft zart wirken. Er war sich sicher, dass seine Brüder die eine oder andere Bemerkung machen würden, konnte jedoch kaum erwarten, ihre dummen Gesichter zu sehen.

Es bestand natürlich die Möglichkeit, dass Dara auch da war, und in diesem Fall wollte er Madlyn auch ihr vorstellen. Madlyn hatte er schon von Dara erzählt und ihr versichert, dass es nur eine lockere Sache gewesen war, deretwegen sie sich keine Sorgen machen musste.

Als sie den Pub betraten, bemerkte er begeistert die blinkenden, warmweißen Weihnachts-Lichterketten, die sie aufgehängt hatten, seitdem er das letzte Mal hier gewesen war – ein ziemlich deutlicher Kontrast zur Deko des Restaurants gegenüber, das sich für grellbunten kitschigen Weihnachtsschmuck entschieden hatte. Es schien, als wäre der ganze Ort entweder bei seinen Brüdern oder gegenüber, was er als gutes Zeichen ansah. Er erfreute sich aufrichtig am Erfolg seiner Brüder.

Drinnen vibrierte die Luft in Festtagslaune. Aus den Lautsprechern schallte laute Weihnachtsmusik im Swingstil, und die Gäste trugen Cocktailkleider, Anzüge oder Hemd-Hose-Kombinationen mit Krawatte. Die meisten Frauen hielten Martinigläser in der Hand, während die Männer zumeist Bierkrüge oder -gläser in den Händen hielten.

„Conorrr!", riefen die lauten Stimmen seiner Brüder Riley und Sean von der Bar. Selbst die Zwillinge, die sonst nicht zu vielem zu gebrauchen waren, waren ordentlich gekleidet. Kalifornien stand ihnen gut!

„Na, was geht?" Er beugte sich über die auf Hochglanz polierte Bar, um seine kleinen Brüder zu umarmen. „Das ist Madlyn. Sagt bitte artig Hallo."

„Hallo, Schönheit", gurrte Sean und blinzelte Madlyn zu. Sie lachte, hob die Hand zum Gruß und bestellte ein Glas Wein, als Sean sie fragte, was sie gerne trinken wollte.

Madlyn hielt sich an Cons Am fest, während der sich auf der Suche nach den anderen umsah.

Auf der anderen Seite des Gastraums entdeckte er Quinn, der ganz der adrette Bar- und Restaurantbetreiber war in seinem Anzug ohne Krawatte, umgeben von einer Traube von Frauen, auch wenn Conor genau wusste, dass sein Herz Lilly gehörte. Es war nicht seine Schuld, dass er die schönsten Vögel Amerikas anlockte, doch sein vom professionellen Rugbyspielen gestählter Körper und das gute Aussehen, das er von seiner Mom geerbt hatte mit dem Lächeln seines Vaters, wirkten nun einmal überaus anziehend.

„Alte Made!" Quinn entschuldigte sich bei den Damen und kam schnurstracks auf ihn zu. Auf dem Weg zog er Brady mit sich, Conors zweitältesten Bruder, der die Mitarbeiter am Kücheneingang, mit denen er sich unterhalten hatte, um mehr als einen Kopf überragte.

„Wen haben wir denn hier?" Quinn nickte in Madlyns Richtung. Seine Augen funkelten interessiert.

Con stellte Quinn und Brady seine atemberaubende kleine Furie in Rot vor, und Riley und Sean gesellten sich zu ihnen. Con studierte ihre Mienen, die von „heilige Scheiße" über „die ist viel zu gut für dich, du dämlicher Vogel" bis zu „da hast du endlich mal was Gutes gefunden, Con" reichten.

„Wie lange kennst du diesen nutzlosen Sack schon, eh?", fragte Sean.

„Etwa einen Monat", antwortete sie und blickte bewundernd zu Con auf.

„Und du lächelst noch? Erstaunlich", feixte Sean mit einem spitzbübischen Grinsen.

„Pass bloß auf." Con versetzte seinem Bruder einen Klaps auf den Kopf und zwinkerte Madlyn zu.

„Und ob. Genau genommen gibt er mir mehr als einen Grund zu lächeln." Maddie mit ihrem sexy Glitzern in den Augen schien sich vorgenommen zu haben, Conors Ego zu streicheln.

„Oh…" stöhnten seine Brüder wie aus einem Mund.

„Na dann", sagte Quinn und klopfe ihm auf die Schulter. „Dann lasst es uns nicht für ihn ruinieren, eh, Jungs?" Er beugte sich zu Con vor und flüsterte. „Du hast Dara um ein paar Minuten verpasst. Ist mit einem neuen Typen abgezogen. Gott sei Dank, du weißt ja, wie unangenehm das sein kann."

„Ja, kein Problem. Ich hoffe, sie findet, was ich habe."

„Ich verstehe." Quinn neigte den Kopf. „Sie ist wirklich eine Schönheit, Bruderherz", sagte er und nickte in Madlyns Richtung. „Wo hast du sie gefunden? Hast du dich in Beverly Hills verlaufen?"

„Sie ist Hochzeitsplanerin", erklärte Con, während die

anderen Jungs Madlyn mit ihren dummen Witzen beschäftigten. „Sie hat an meinem Strand gearbeitet."

„Hochzeitsplanerin, was? Vorsicht, dass du nicht plötzlich mit einem Ring am Finger aufwachst, Kumpel. Sie weiß, wo man die finden kann."

„Wart nur ab. Womöglich bin ich derjenige, der ihr einen ansteckt", hörte Con sich selbst sagen.

Quinns Augenbrauen schossen in die Höhe.

Ich weiß, ich weiß, dachte Con. Er hatte nie geglaubt, dass er so etwas jemals so früh sagen würde, doch andererseits begegnete einem nicht jeden Tag eine so umwerfende Karrierefrau, die einem so die Leviten liest, wie Madlyn es getan hatte.

„Wow, er meint es ernst", sagte Quinn, und die anderen sahen ihn fragend an.

„Nichts, nichts…" Con bot Madlyn einen Stuhl an und scheuchte seine Brüder zurück an die Arbeit. Nachdem sie ihren Mantel über die Lehne gehängt hatte, entschuldigte sie sich, um zur Toilette zu gehen, und verschwand nach einem Kuss auf Conors Wange.

Quinn und Brady fielen wieder über Con her. „Sag, sie hat ein Kind, Kumpel?", fragte Quinn argwöhnisch.

„Aye. Woher weißt du das?"

„Dachte ich mir nur. Schau dir ihre Figur an. Prall. Mütterlich. Gefällt mir… Echt nett."

Con warf ihm einen finsteren Blick zu.

„Okay, nein. Sie hat auf ihrem Handy auf die Uhr geschaut, und da war ein Foto von ihr mit dem Kleinen. Dazu muss man kein Raketenwissenschaftler sein, du

Hirsch."

Quinn schaffte es immer wieder, dass Con sich wie ein Idiot fühlte. Zwei Wochen lang hatte Con nicht mitbekommen, dass Madlyn ein Kind hatte, und jetzt waren sie noch keine zwei Minuten hier, und schon hatte Quinn es herausgefunden.

„Das ist eine ernste Angelegenheit", sagte Brady. „Du kannst einer Mutter nicht das Herz brechen. Willst du wirklich was mit ihr anfangen?"

„Natürlich will ich das. Sie ist fantastisch. Warum also nicht?" Con runzelte die Stirn. Ihm gefiel nicht, dass sie ihm unterstellten, er könnte Madlyn wehtun. Er hatte noch nie etwas mit einer verheirateten Frau oder einer Mutter angefangen. Nur Singles.

„Jetzt werd nicht gleich defensiv, kleiner Bruder. Ich frag ja nur. Du hast nie eine wirklich feste Freundin gehabt, und die erste, die du anschleppst, hat ein Kind. Wir meinen nur, dass du es langsam angehen lassen solltest." Brady klopfte ihm auf den Rücken.

„Ich sag immer ganz oder gar nicht." Con griff nach seinem Guinness auf der Bar und trank es in einem Zug zur Hälfte aus. „Und ganz davon abgesehen hätte ich gedacht, dass ihr euch für mich freut."

„Oh, das tun wir…" Quinn legte den Arm um die Schulter seines Bruders. „Doch wir müssen auch auf dich aufpassen. Das ist schließlich unser Job."

„Mir geht's gut, besten Dank. Ich kann damit umgehen. Ich will mit ihr zusammen sein. Sie ist umwerfend, und das tut mir gut."

Quinn und Brady tauschten stumme Blick aus und starrten Con an, als erkannten sie ihren Bruder nicht wieder. Vielleicht erkannte er sich in letzter Zeit selbst nicht wieder. Seiner Meinung nach war das jedoch eine gute Sache.

Im nächsten Augenblick kam Maddie aus der Damentoilette und wirkte noch frischer als zuvor, wenn das überhaupt möglich war. Sie hatte ihre Haare aufgeschüttelt und frisches Lipgloss aufgetragen. Sie war mit Abstand die schönste Frau im ganzen Restaurant. Sicher, da waren schlankere, blondere und größere Frauen, doch die waren alle egal. Denn die, die am schicksten gekleidet war, die, die die stärkste Ausstrahlung hatte – die einzige Frau, für die Conor Augen hatte – war Maddie „die kleine Furie" Sanchez.

Jax' liebende Mutter.

Wandelnde Göttin und ein Rätsel für Con.

Und selbst bevor das schwarze Gebräu seine Wirkung entfaltete, war er sich ziemlich sicher, dass er im Begriff war, sich Hals über Kopf in sie zu verlieben.

KAPITEL SIEBZEHN

Ein paar Tage des Glücks und der Entspannung konnten ein Mädchen glatt seine Probleme vergessen lassen. Nachdem sie Leos Auszug durchgemacht und mit Jax geredet hatte, damit er verstand, dass es nichts mit ihm zu tun hatte, und dass sie beide ihn immer lieben würden, war die Zeit mit Conor in Green Valley genau das, was Madlyn brauchte – lange schlafen, Kuscheln am Morgen, lange Spaziergänge durch die Weinberge und Spaß mit Conors Brüdern. Die O'Neill-Brüder waren charmant, lustig, sexy, jeder auf seine eigene Art, während die Weinberge von Forestville so schön waren, dass sie unbedingt einmal wieder hierher kommen wollte, um sie genauer zu erkunden. Doch jetzt war es an der Zeit, dass sie nach Hause fuhr, damit sie für Jax da war, verlässlich und mit offenen Armen, wenn Leo ihn wieder bei ihr ablieferte.

„Wir sehen uns bald wieder. Schau nicht so traurig", sagte sie zu Con, der vor seinem Haus stand und sie wie ein Welpe ansah. Die Arme um ihre Taille geschlungen, blinzelte er sie aus seinen wunderschönen Smaragdaugen an, die sie die letzten beiden Tage besser kennengelernt hatte. Sie hatte es geliebt, diese Augen jeden Morgen beim Aufwachen als erstes zu sehen.

Sie liebte einfach alles an Con.

Doch viel mehr noch spürte sie, dass sie sich in ihn verliebte.

Die Zeit, die sie getrennt verbracht hatten, hatte ihre Gefühle für ihn nicht verändert. Sie hatte sich gefragt, ob das passieren würde. Ob sie ihn einfach nur im Kopf hochstilisiert hatte und sie, wenn sie ihn wiedersah, zu dem Schluss kommen würde, dass er nicht all das war, was sie gedacht hatte.

Doch als sie ihn wiedergesehen hatte, war er genauso gewesen, wie sie ihn sich vorgestellt hatte, und noch viel mehr.

Nachdem sie sechs Jahre mit Leo verbracht hatte und jetzt mit einem sexy Mann zusammen war, der ihre Bedürfnisse an erste Stelle setzte, sie jeden Tag mit Massagen verwöhnte, sich immer wieder versicherte, dass sie glücklich war, und gleichzeitig ein kleiner Klugscheißer war, der jeden Tag ihr Blut zum Kochen brachte, war es schwer, ihn als etwas anderes als ein Gottesgeschenk zu sehen. Darum gab sie ihr Bestes, es ihm gleich zu tun.

„Vielleicht können wir uns nächstes Wochenende sehen. Ich würde gerne Zeit mit Jax verbringen", sagte er aufrichtig. Seine ernste Miene sagte ihr, dass er Jax wirklich kennenlernen wollte, doch der hatte in letzter Zeit so viel durchmachen müssen. Auch wenn er sich gut an die neue Situation zu gewöhnen schien, wollte sie nicht, dass er noch einmal den Schmerz und die Enttäuschung erlebte, die eine gescheiterte Beziehung mit sich brachte.

Doch weil sie Jax von ganzem Herzen liebte und genauso gern Zeit mit Con verbrachte, würde sie einen Weg finden, die beiden Welten zu vereinbaren, wenn der richtige Zeitpunkt gekommen war. Sie war sich nur noch nicht ganz sicher, ob sie schon so weit war. Bald vielleicht. Sehr bald.

In der darauffolgenden Woche fuhr Con zweimal in die Stadt, um mit Madlyn zum Mittagessen zu fahren, und sie nahm einen Tag frei, den sie mit ihm in Timber Cove verbrachte. Sie verfielen in die angenehme Routine eines echten Paares, und Madlyn war glücklicher, als sie es seit Jahren gewesen war. Bei der Arbeit hatte ihre Chefin angedeutet, dass ihre Beförderung bevorstand, was definitiv auch zu ihrer guten Laune beitrug. Langsam war alles so, wie es sein sollte. Jax schien sich gut daran zu gewöhnen, dass Madlyn und Leo getrennt lebten, auch wenn Madlyn vermutete, dass Tía Vanessa ihm versprochen hatte, dass Santa für ihn in *zwei* Häuser kommen würde, damit ihm der Übergang leichter fiel. Selbst Leo hatte sich ein wenig beruhigt, auch wenn das daran lag, dass er jemand neuen kennengelernt hatte, was für ihn vollkommen okay war, auch wenn er umgekehrt bei Madlyn einen kindischen Wutanfall bekommen hatte.

Doch sie war dankbar für alles, was seine Aufmerksamkeit von ihr ablenkte.

Es war der Samstag vor Weihnachten, als sie Con die Tür zu ihrer Wohnung öffnete. „Ihr Name ist Amber. Sie ist gerade vorbeigekommen, um Jax Hallo zu sagen. Sie hat Pizza und ein Geschenk mitgebracht. Ein Videospiel. Natürlich findet Jax sie ganz toll", erklärte sie.

Conor schluckte. „Das ist doch gut, oder nicht? Besser, als wenn er die Freundin seines Vaters hassen würde…"

Sie schnaubte. „Klar. Seine Freundin. Zumindest hat sie nicht bei ihm übernachtet."

Con lehnte sich an die Wand und verschränkte seine Arme. „Hätte dich das etwa gestört?"

Sie sah ihn an. War er eifersüchtig auf Leo? „Was? Natürlich hätte es das. Doch nicht, weil es mich interessiert, mit wem Leo schläft. Er datet sie erst seit zwei Wochen und hat sie schon Jax vorgestellt. Sie hat über Nacht nichts dort zu suchen, wenn Jax bei ihm ist."

„Warum nicht?"

„Wie bitte?"

„Warum soll sie denn nicht dort übernachten?"

„Weil das Jax verwirren würde. Er hat keine Ahnung, wer diese Frau ist, und ob sie Leo irgendwas bedeutet."

„Ist das der Grund, warum ich nicht hier schlafen kann, wenn Jax hier ist? Nein, warte. Streich das. Ist das der Grund, weswegen ich noch *keinerlei* Zeit mit Jax verbracht habe? Weil er keine Ahnung hätte, wer ich bin? Weil er nicht wüsste, ob ich dir irgendwas bedeute?"

Madlyn blinzelte. Sie war sich nicht sicher, wie es dazu gekommen war, dass sich die Unterhaltung plötzlich um sie und Conor drehte, doch als sie ihn ansah, realisierte sie, dass sie es hätte kommen sehen müssen. Er hatte sie schon ein paarmal gebeten, Zeit mit Jax verbringen zu dürfen, und sie hatte immer eine Ausrede gefunden. Entweder war es zu früh gewesen, oder dass es logistisch nicht klappen würde. Sie hatte nur das richtige für ihren Sohn tun wollen, doch damit hatte sie Conor dazu gebracht, daran zu zweifeln, wie wichtig er für sie war.

Sie nahm sein Gesicht in ihre Hände. „Con, Jax weiß, wer du bist. Er ist dir schon begegnet. Ich habe ihm gesagt, dass du mein Freund bist, und dass wir zusammen Dinge unternehmen. Er weiß, dass du ein wichtiger Teil meines Lebens bist. Ich habe nur –" Sie biss sich auf die Lippe. „Ich habe ihn nur nicht noch weiter verwirren wollen."

Sie dachte zurück an den Abend, an dem sie Jax von Conor erzählt hatte, und daran, wie er gefragt hatte, wer „der Mann" war. Madlyn hatte ihm erzählt, dass sie gute Freunde waren. Als Jax sie dann mit der Frage überrascht hatte, ob er einen neuen Daddy bekommen würde, hatte Madlyn gesagt natürlich nicht, und dass er immer seinen Daddy behalten würde. Damit war für sie das Gespräch beendet gewesen, denn sie hatte furchtbare Angst davor gehabt, ihn weiter zu verwirren, wenn sie von romantischen Gefühlen sprach.

„Was daran würde ihn denn verwirren? Wir sind zusammen. Natürlich gibt es keine Garantien, doch solange wir ehrlich und respektvoll miteinander umgehen, glaubst du nicht, dass es an der Zeit ist, dass Jax erfährt, dass es einen anderen Mann gibt, der dich liebt? Einen Mann, der auch ihn lieben würde, wenn er die Chance dazu bekäme?"

Sie holte scharf Luft und schluckte. „Du liebst mich?"

„Hast du je daran gezweifelt, meine kleine Furie? Was glaubst du, was wir die ganze Zeit getan haben?"

„Wir haben uns kennengelernt."

„Liebes, bitte. Ich kenne dich. Und ich liebe dich. Und ich bin mir sicher, dass ich dich noch mehr lieben werde, je besser ich dich kennenlerne. Ich wünschte nur, dass du sehen könntest, wie viel du mir bedeutest."

„Das sehe ich. Und weißt du auch warum?" Sie verschränkte die Arme.

„Warum?"

Weil ich glaube, dass ich dich auch liebe, dachte sie, sprach es jedoch nicht aus. Sie liebte ihn tatsächlich, doch wegen Leos Verrat und weil dieser gerade erst ausgezogen war und sie sich noch nicht lange kannten, hatte sie Angst, es zuzugeben. „Weil du mir genauso viel bedeutest", sagte sie stattdessen. „Bitte glaub mir das."

Er starrte sie eine Weile an, bevor seine Miene sanfter wurde. „Weiß nicht, ob ich das tue", sagte er, nahm ein Sofakissen und schob es hinter seinen Kopf, als er sich setzte.

„Conor –"

Er lehnte sich an das Kissen und schloss die Augen. „Nein. Ich zweifle nicht an deinen Worten, doch ich habe schon immer Taten bevorzugt."

Sie zog eine Braue hoch. „Du willst, dass ich dir zeige, wie viel du mir bedeutest? Wie du willst", sagte sie und legte ihre Hand an seinen Reißverschluss.

Wie immer war sie traurig, ihn am späten Nachmittag gehen zu sehen, doch so dankbar, dass er extra in die Stadt gefahren war, um den Tag mit ihr zu verbringen, bevor sie am Abend zur Arbeit musste.

Die Hochzeit von Teresa Sims und Donald Porter würde im Ventana Room stattfinden. Damit konnte sie ihren Wert für die Firma unter Beweis stellen und ihre Beförderung zu einer sicheren Sache machen. Sie musste los.

„Ruf mich an, wenn du irgendwas brauchst. Ich bin heute Abend mit meinem Bruder in Novato zum Bierverkosten für das Restaurant." Er küsste sie sanft. Erst auf beide Mundwinkel, dann mitten auf die Lippen.

„Das werde ich", sagte sie und gab ihm noch einen heißen Kuss, bevor er sich von ihr löste, ihr in den Po zwickte und ihr zuzwinkerte.

Als sie zwei Stunden vor der Hochzeit im Ventana Room ankam, hoffte Madlyn das Beste. Sie hatte zwei Tage lang nicht mit den Dienstleistern in Kontakt gestanden und nicht nachgefasst, ob auch wirklich alles bereit war. Doch die Dienstleister waren die Besten und es war noch nie etwas schief gegangen. Dennoch hatte die Erfahrung sie gelehrt, dass sie sich am meisten Sorgen machen sollte, wenn sie keinen Grund dafür hatte.

Während die Belegschaft um sie herum huschte, alles aufbaute, Teller, Besteck, Lautsprecher, die Musikanlage, Gerüste für die Beleuchtung und was sonst noch alles für die Hochzeit gebraucht wurde umherschleppte, kontrollierte Madlyn die Liste auf ihrem Klemmbrett mehrere Male. Irgendetwas stimmte nicht. Sie konnte jedoch nicht sagen, was es war. Mit ihrem Stift tippte sie auf das Brett und sah sich um.

Der DJ war da. Die Blumen waren da. Die Gestecke wurden in diesem Augenblick auf den Tischen arrangiert. Die Hochzeitsgesellschaft zog sich in einem Nebenraum um, und die Mutter der Braut war gut gelaunt. Was war es also? Der Tisch für die Hochzeitstorte stand bereit. Kuchenmesser und Kuchenschaufel lagen bereit, auch wenn die Torte noch fehlte – doch daran war nichts Ungewöhnliches. Die Kuchen wurden in der Regel immer erst recht spät geliefert. Dieser war eine Buttercremetorte, und da der Saal ziemlich gut geheizt war, war das Risiko, dass er schmolz, geringer, je später er geliefert wurde.

Nur um sicherzugehen kontrollierte sie die Rechnung für die Torte. Darauf stand keine Lieferzeit. Das war seltsam. Die stand sonst immer drauf. Schnell wies sie Siri an, *Divine Delights* anzurufen, und wartete nervös mit dem Stift spielend, dass jemand abnahm. Die Frau, die sich meldete, schaltete sie auf die Warteschleife, und ihr Magen zog sich zusammen. Das bedeutete nie etwas Gutes. Als sie sich wieder meldete, erklärte sie, dass die

Braut die Rechnung für die Lieferung nicht bezahlt und darauf bestanden hatte, dass das im Preis einer mehrstöckigen Torte inbegriffen sein sollte wie bei anderen Konditoreien auch.

„Was?! Dann zahle ich dafür!", schrie Madlyn in ihr Telefon. „Schaffen Sie einfach die Torte hierher. SOFORT! Haben Sie mich verstanden?"

„Ma'am, das kann ich nicht tun. Alle meine Fahrer sind gerade beim Ausliefern. Jemand muss herkommen und sie holen", sagte die Frau ohne den geringsten Anflug von Bedauern. Unfassbar! Und diese Person hatte es nicht einmal für nötig gehalten, irgendjemanden zu informieren!

„Ich kann nicht fassen wie unprofessionell Sie sind! Sie hatten die ganze Woche – die GANZE Woche – um mich über dieses Problem zu informieren, doch Sie haben abgewartet, bis ich Sie angerufen habe. Es scheint Ihnen vollkommen egal zu sein, ob die Braut ihren Kuchen bekommt oder nicht!"

„Ma'am, wir haben versucht ihr zu erklären, dass jemand den Kuchen abholen muss, wenn sie die Liefergebühr nicht zahlt, doch wenn sie uns ignoriert, kann ich auch nichts dafür. Wenn Sie also den Kuchen haben wollen, schlage ich vor, dass Sie jemanden herschicken. Wir schließen in zwei Stunden."

Madlyn legte auf, kurz davor, in den Nachthimmel zu schreien. Schnell kontrollierte sie ihre Mobilbox, um zu sehen, ob sie irgendeine Nachricht ihrer Klientin in dieser Sache übersehen hatte. Da war eine alte Nachricht von Teresa direkt nach Thanksgiving, als Leo gerade auszog, doch sie hatte vollkommen vergessen, sie zurückzurufen, bevor sie nach Green Valley gefahren war.

Sofort machte sie sich auf die Suche nach einem Mitarbeiter, der den Kuchen für sie holen konnte, doch alle waren beschäftigt, und abgesehen davon wusste sie, dass niemand sich bereit erklären würde, eine dreistöckige Torte durch die hügligen Straßen von San Francisco zu transportieren.

Das war ein riesiges Problem.

Wegen des dubiosen Kleingedruckten in ihren Verträgen hatte sie in der Vergangenheit immer vermieden, *Divine Delights* anzuheuern, und nach dieser Sache war das auch garantiert das letzte Mal gewesen. Sie konnte die Torte nicht selbst abholen, denn ihr BMW war einfach zu klein dafür. Conors Rückbank ließ sich flach runterklappen. Damit hätte er genug Platz für den Kuchen, doch er war zwei Stunden entfernt. Moment… nein, das war er nicht. Hatte er nicht gesagt, dass er an diesem Abend mit seinem Bruder nach Novato gehen wollte? Das war nur eine Stunde weit weg. Vielleicht konnte Conor fahren und sein Bruder den Kuchen halten, damit er bei all den Hügeln nicht beschädigt wurde? So machten es zumindest die Firmen hier.

Bis zur Zeremonie waren es noch 90 Minuten, danach würde der Empfang vor dem Ventana Room stattfinden, sodass in den nächsten zwei Stunden niemand den Kuchen sehen würde. Vielleicht, ja vielleicht konnten die O'Neill-Jungs ihn ja wirklich für sie abholen. Vanessa war mit ihren Freundinnen aus, und Leo passte auf Jax auf (nicht, dass sie auch nur in Erwägung gezogen hätte, ihn um einen Gefallen zu bitten), und alle von Madlyns Assistenten halfen bei anderen Hochzeiten aus. Es war schließlich Freitagabend zur Weihnachtszeit!

Sie hatte keine andere Wahl.

Sie rief Con an, und schon nach dem ersten Klingeln nahm er ab. „Maddie, du schmeichelst mir, doch nein, ich kann dich noch nicht heiraten. Dazu ist es zu früh. Ich muss noch darüber nachdenken."

„Con, ich brauche deine Hilfe", sagte sie und hörte die Panik in ihrer eigenen Stimme. Sie ging nach draußen, damit sie ihn besser hören konnte, und um auf dem Gehsteig auf und ab zu gehen.

„Was ist los, Liebes?"

„Wie schnell kannst du hierher zurückkommen?"

„Nach San Francisco? Wir sind fast in Novato. Machen gleich bei der ersten Brauerei halt. Warum? Was brauchst du?"

Sie schluckte ein Schluchzen herunter. „Ein Dienstleister hat Mist gebaut und den Kuchen nicht geliefert, und jetzt sitze ich in der Scheiße, weil ich nicht alles wie sonst dreimal kontrolliert habe und es jetzt keine Torte gibt."

„Dann soll ich eine Hochzeitstorte für dich abholen?" Panik schwang in seiner Stimme mit.

Vielleicht war es keine gute Idee gewesen. Eine Hochzeitstorte zu transportieren, verlangte gewisse Fähigkeiten, doch er war ihre einzige Hoffnung. Sie musste ihm vertrauen und auf das Beste hoffen. „Ja, bitte.

Doch die Straßen sind problematisch, darum sollte dein Bruder die Torte halten, während du fährst, oder umgekehrt. Bitte?"

„Gib mir eine Sekunde." Er legte die Hand über den Hörer und erklärte scheinbar seinem Bruder, was los war. Madlyn war sich sicher, dass es seinem Bruder nicht gefiel, dass er so spontan ihre Pläne für den Abend umwarf, doch sie wusste auch, dass Conor alles für sie tun würde. „Kannst du mir die Adresse von der Bäckerei schicken? Und die, wo der Kuchen hin muss? Wir sind schon auf dem Weg." Seine Stimme klang entschlossen, und sie beruhigte sich sofort.

Dankbarkeit schoss durch sie hindurch. „Danke, Conor! Ich schicke dir beide Adressen. Damit rettest du mir wirklich das Leben!" Sie legte auf und bekam weiche Knie. Sie hatte schon zuvor Krisen durchgestanden, doch womöglich keinen Kuchen zu haben, war die schlimmste. Darum war die Hochzeitsplanerei ein stressiger Job. Doch wenn alles glatt ging, war es einer der schönsten Jobs, die es gab.

Sie ging im Saal auf und ab und gab sich größte Mühe, positiv zu denken, doch eine ganze Stunde war ohne eine einzige Nachricht von Con vergangen. Wann immer jemand aus der Hochzeitsgesellschaft vorbeikam, lächelte sie und fragte, wie es ihm ging. Irgendwann kam die Mutter der Braut zu ihr. „Wann kommt denn eigentlich die Torte?", fragte sie und trieb damit Madlyns Puls in die Höhe. „Die ist auf dem Weg", antwortete sie. *Keine große Sache. Alles im Griff. Lächeln und winken, einfach lächeln und winken.*

Wo blieben sie nur?

Seitdem sie mit ihnen gesprochen hatte, waren 90 Minuten vergangen. Er sollte den Kuchen bereits abgeholt haben und auf dem Weg hierher sein. Doch immer noch starrte ein leerer Tisch sie an. *Verdammt, verdammt.* Ihn anzurufen, hätte ihn womöglich gestresst, und das letzte, was sie wollte, war, ihn unter Druck zu setzen, wo er a) den Kuchen durch die hügligen Straßen von San Francisco transportieren und b) ihn in den Saal tragen musste. Gedanklich bereitete sie sich auf die Konsequenzen vor, falls der Kuchen überhaupt nicht kam.

Um halb acht waren alle bereit und standen an ihren Plätzen, als die Hochzeitsgesellschaft in den Saal strömte. Madlyn ging auf klappernden Absätzen umher und wartete mit flauem Magen darauf, dass die Limousine ankam. Als die glänzend weiße Stretch-Limousine mit Teresa und ihrem Vater anhielt und beim Aussteigen ein schlankes Bein unter einem Märchenkleid zu sehen war, konnte Madlyn nur daran denken, dass sie im Begriff war, den perfekten Tag dieses Paares zu ruinieren. Für immer.

Und nur, weil sie die Zügel hatte schleifen lassen. Weil sie aufgehört hatte, sich in alles hineinzusteigern, um sich zu entspannen und Zeit für sich selbst zu nehmen, wo sie hätte arbeiten und sich um die Details kümmern sollen. *Verdammt.*

Teresa blieb vor der Limousine mit ihrem Vater stehen, damit alle Fotos machen konnten, und Madlyn warf ihr ein beruhigendes Lächeln zu. Wenn alles gut ging, würde die Braut nicht einmal bemerken, dass der Kuchen fehlte, und das verdammte Ding würde rechtzeitig vor dem Anschneiden geliefert werden. Wenn alles extrem gut ging, würden auch die Gäste zu beschäftigt sein, um den fehlenden Kuchen zu bemerken, doch Madlyn wusste, dass das zu schön gewesen wäre, um wahr zu sein.

Sie verschwand in einer Ecke und wählte mit zitternden Händen Cons Nummer. Als er nicht abnahm, legte sie auf und tippte eine SMS. *Wie läuft's? Bitte sag mir, dass du den Kuchen hast. Wo bist du? Ruf mich an. ICH BIN AM DURCHDREHEN HIER.*

Wo war er? Er hatte eine Aufgabe… *eine Aufgabe!* In die Stadt zu fahren, den Kuchen zu holen und ihn abzuliefern! Seitdem sie ihn angerufen hatte, waren beinahe zwei Stunden vergangen, ohne, dass er sich gemeldet hatte. *Komm schon, Conor!* Wenn er ihr hier aus der Patsche helfen konnte, wäre er der „Mann des Jahres", und es gäbe keinen Grund – *nicht einen!* – ihn nicht auf der Stelle zu heiraten.

Madlyn gab sich größte Mühe, nicht am hinteren Ende des Saals auf und ab zu gehen, doch sie konnte nicht anders. Sie ging nach draußen und atmete frustriert weiße Wolken in die kalte Luft, während sie einem ahnungslosen Passanten einen bösen Blick zuwarf. Immer wieder warf sie einen Blick in den Saal um zu sehen, wie viel Zeit noch blieb, bis die Zeremonie vorbei war, und dann wieder in die runde Auffahrt, um zu sehen, ob Con vielleicht gerade vorfuhr.

Auf halbem Weg durch die Zeremonie vibrierte ihr

Handy und sie starrte fassungslos auf den Bildschirm. *Haben den Kuchen... großes Problem... Unfall... Kuchen ist verrutscht... versuchen ihn gerade zu reparieren.*

„Nein. Nein, nein, nein! Verdammt, verdammt, verdammt!" Schrie sie mitten auf dem Parkplatz. „Nein!" Sofort rief sie ihn an und kämpfte dabei gegen die Tränen an, die ihr in die Augen stiegen. Tränen konnten das auch nicht wiedergutmachen. In all den Jahren, in denen sie diesen Job nun schon machte, hatte sie gelernt, dass sie sich einen Plan B überlegen musste. Nur diesmal musste sie auch noch mit ihrem neuen Leben als alleinerziehende Mutter, einem neuen Freund, der eine wichtigere Rolle in ihrem Leben spielen wollte, und ihrem Kind fertig werden, das sich noch daran gewöhnen musste, sein Leben in zwei Haushalten zu führen. Obwohl sie wusste, dass es nicht Cons Schuld war, schrie sie ihn an. „Ich brauche diesen verdammten Kuchen hier! Hörst du mich? Oh mein Gott! Was ist passiert?"

„Beruhige dich. Ist nicht so schlimm", sagte Con in ruhigem Ton. „Ist nur ein bisschen verrutscht und die Deko hat sich vom Boden gelöst. So ein Arsch hat eine rote Ampel überfahren und uns geschnitten, und wir mussten scharf bremsen, als es gerade steil bergab ging. Tut mir wirklich leid, Maddie. Ich tue, was ich kann." Er verstummte.

Im Hintergrund hörte sie Quinn, der sich über den Fahrer beklagte und wie sie versuchten, die Torte zu reparieren. Zwei blutige Amateure, die versuchten, eine Torte zu reparieren.

„Es ist eine verdammte Hochzeitstorte, Con. Die kannst du nicht reparieren. Oh, mein Gott. Ich bin so was von im Arsch." Maddies Hände zitterten.

Das war's. Das würde Teresa das Herz brechen. Die Torte, die sie ausgesucht hatte, war wunderschön, mit zartem Zuckerwerk, sehr traditionell, im Stil passend zu ihrem Kleid aus den vierziger Jahren, und wenn sie es Madlyn richtig krumm nahm, würde sie sich bei deren Firma beschweren und damit wäre ihre Beförderung dahin.

„Ich *kann* das reparieren. Wenn es einen Ort gibt, der mir schnell einen neuen Kuchen backen kann?", sagte er in naivem Ton.

„Was?", schnaubte sie. „Nein! Niemand backt mal eben so auf die Schnelle eine Hochzeitstorte! Das dauert Stunden!"

„Maddie, so schlimm ist es nicht. Sie ist nur verrutscht. Sobald wir sie reinbringen, können wir sehen, ob jemand vielleicht ein paar Rosen auf die Risse packen kann und – Voilá! Problem gelöst!"

„Risse?? Oh mein Gott!" Es war schlimmer, als sie befürchtet hatte. „Okay. Ich muss ruhig bleiben. Lass mich nachdenken. Vergiss es. Keine Zeit zum Diskutieren", sagte sie und verscheuchte alle Emotionen aus ihrem Gehirn. Es war hoffnungslos. Ein Totalverlust. Sie musste das Problem lösen, und zwar schnell. „Ich muss... ich muss das irgendwie hinbekommen."

„Ich mach das für dich. Ich habe Scheiße gebaut. Ich löse das Problem", sagte Con sachlich. „Ich finde jemand, der einen neuen Kuchen macht oder ich kaufe einen neuen.

Egal wie, du kannst auf mich zählen. Okay? Ich bin spätestens in einer Stunde da. Vertrau mir."

Auch wenn Madlyn nichts mehr wollte, als ihm zu vertrauen und an Wunder zu glauben, wusste sie, dass er vollkommen naiv war und sich falsche Hoffnungen machte. Sie kannte das Geschäft. Sie wusste, dass man nichts tun konnte, und sie wusste, dass kein Konditor ihm innerhalb von dreißig Minuten einen neuen Kuchen backen würde, darum tat sie das einzige, was ihr blieb, auch wenn sie wusste, dass ihn das verletzen würde.

Sie nahm die Sache in ihre eigenen Hände.

KAPITEL ACHTZEHN

Dabei hatte er sich auf einen Abend mit jeder Menge Bier gefreut.

Das Problem war viel weniger, dass etwas seinen Plan durchkreuzt hatte, sich mit Quinn zu besaufen, nachdem er sich tagelang bemüht hatte, der verspanntesten Frau der Welt beim Entspannen zu helfen, sondern die Tatsache, dass es dabei um einen Kuchen ging. Einen wackligen Kuchen. Einen Kuchen mit dem Potential, Träume zu zerstören. Nein, einem, der Träume *zerstörte*. Und jetzt musste er dieses Problem lösen, ohne zu wissen, wie er es anstellen sollte.

„Also gut", stöhnte Con und ging vor dem genauso ratlosen Quinn auf und ab. Auf dem Rücksitz seines Wagens neigte sich die Torte wie der verdammte schiefe Turm von Pisa. „Und was machen wir jetzt?"

„Was meinst du mit – was machen *wir* jetzt? Das ist nicht *unser* Problem. Das ist *deins*!"

„Vielen Dank auch, *Bruder*."

„Mach mir keine Vorwürfe. Ich hab dir ja gesagt, dass du dem Mädel nicht an die Wäsche gehen sollst, und jetzt schau, wohin dich das gebracht hat."

„Das ist nicht ihre Wäsche. Denn wenn es ihre Wäsche wäre, wäre das viel angenehmer und viel feuchter. Stattdessen ist das hier ein einziges Fiasko. Was zum Teufel sollen wir tun, Quinn? Bitte hilf mir!", schrie Con ihn mitten auf dem Parkplatz des Target an, vor dem der Idiot in dem Honda Civic ihn geschnitten hatte, weil ihm nicht gepasst hatte, dass Conor langsam fuhr, da er eine *Hochzeitstorte* transportierte, die jetzt eine *schiefe Hochzeitstorte* war.

„Also gut. Lass uns nachdenken", seufzte Quinn und lehnte sich an den Rand des Kofferraums. „Können wir in einen Supermarkt gehen und einen neuen Kuchen besorgen?"

„Supermärkte machen keine verdammten Hochzeitstorten, du Depp!", keifte Con.

„Warum zum Teufel schreist du mich an? Ich versuche dir zu helfen. Und warum nicht? Solange wir es nicht versuchen und mit einem Bäcker dort reden, können wir es nicht wissen! Woher willst du das wissen, du bist kein Konditor. Ahhh! Das ist es. Lass mich Lilly anrufen." Er hielt inne, um seine Freundin in Miami anzurufen, die dort für Guy Santoli arbeitete, dem berühmten Konditor, der sogar eine eigene Fernsehserie hatte.

Sie konnte ihm sicher irgendwie weiterhelfen.

„Beeil dich." Con ging in die Hocke und ließ den Kopf in seine Hände sinken.

„Sag mir verdammt nochmal nicht, dass ich mich beeilen soll", blaffte Quinn. Einen Augenblick später beruhigte sich seine Stimme deutlich. „Nein, Baby. Dich habe ich nicht gemeint. Natürlich nicht. Meinen dämlichen Bruder. Wir haben ein Problem hier. Hast du eine Minute?" Er erzählte Lilly von Madlyns spontaner Bitte, eine Torte zu transportieren, und dass Con zugestimmt hatte, um sie zu beeindrucken, und damit Scheiße gebaut hatte. Jetzt würden Braut und Bräutigam bis in alle Ewigkeit darüber lamentieren, dass sie keine Torte auf ihrer Hochzeit hatten, und dass sie ihre entsetzten Gäste mit Minzbonbons abspeisen mussten.

„Halt's Maul, Arschloch", murmelte Con.

„Fick dich", Quinn zeigte ihm den Mittelfinger. „Hm… mm-hmmm…", sagte er und nickte. Con wartete, während er langsam neue Hoffnung schöpfte. Lilly war ein Profi. Wenn irgendjemand ihnen helfen konnte, dann sie. „Okay. Danke, Liebes. Wir werden es versuchen. Danke. Habe ich dir heute eigentlich schon gesagt, wie sehr ich dich liebe? Nein? Also ja, ich liebe dich, wirklich." Nachdem er aufgelegt hatte, drehte er sich zu Con um und seufzte.

„Und? Was hat sie gesagt?"

„Sie hat gesagt, dass wir am Arsch sind, und dass du ein Idiot bist."

„Oh, fick dich!", Con stieg ins Auto.

„Also gut. Sie hat gesagt, wir sollen es in der Bäckerei eines Supermarkts versuchen, *du Depp*." Quinn schien es Spaß zu machen, Con seine ursprüngliche Idee unter die

Nase zu reiben, über die der sich lustig gemacht hatte. „Vielleicht können die dort drei Kuchen, die sie schon dahaben, in drei Etagen arrangieren, sie ein bisschen verzieren und ein paar Blumen obendrauf werfen. Ist natürlich nicht das, was das Paar bestellt hat, doch zumindest haben sie einen Kuchen. Lass es uns versuchen."

Conor warf die Hände in die Höhe. „Einen Versuch ist es wert. Sorry, dass ich vorhin so ein Arsch war."

„Du bist immer ein Arsch."

Während er gegen den Drang ankämpfte, vor seinem Bruder in Tränen auszubrechen, fuhr Con zurück auf die Straße, während Quinn auf seinem Handy nach dem nächsten Supermarkt mit einer Bäckerei suchte.

Auch wenn sie sich gerade beinahe an die Gurgel gesprungen waren, war er dankbar, dass Quinn hier war, um den Wahnsinn mit ihm durchzustehen. Ohne ihn hätte er dem Druck nicht standgehalten. Auch wenn Madlyn ihn wahrscheinlich jetzt hasste, würde er ihr zeigen, dass auf ihn Verlass war, ganz egal wie. Er musste ihr beweisen, dass sie ihm vertrauen konnte, besonders nachdem sie ihn um Hilfe gebeten hatte. Jetzt, wo er von Jax und Leo wusste, hatte er eine Ahnung, was sie die ganze Zeit zurückgehalten hatte. Sie wollte einen Mann, dem sie vertrauen konnte. Und wenn er dieser Mann sein wollte, *musste* er es ihr beweisen.

Sie hielten vor einem Supermarkt ein paar Straßen weiter an, und Quinn rannte hinein, während Con den Kopf aufs Lenkrad sinken ließ und betete, dass sich der

Kuchen von selbst reparierte. Er erkannte, dass ihm das nicht weiterhelfen würde, darum rief er bei einer anderen Supermarkt-Bäckerei an, für den Fall, dass Quinn unverrichteter Dinge zurückkam. Eine Minute später kam dieser jedoch zurück und riss die Tür auf. „Komm. Sie wollen versuchen, uns zu helfen."

Con stellte den Wagen ab, und zusammen trugen sie den beschädigten Kuchen in den Laden wie einen Patienten in die Notaufnahme. Die Bäckerin war eine Frau Namens Ortensia. Sie betrachtete den Kuchen und bekreuzigte sich, bevor sie ihnen zeigte, was sie da hatte. „Sehen Sie die hier? Sie zeigte auf drei Vanille-Buttercreme-Torten mit kitschigen blauen und gelben Blumen obendrauf. „Ich kann sie für Sie stapeln und so ähnlich dekorieren, wie Ihren beschädigten Kuchen hier."

„Okay", nickte Con. „Was immer Sie tun können. Nur bitte ohne diese Blumen, wenn es geht."

Sie beobachteten, wie Ortensia die drei Kuchen aus der Auslage nahm, die kitschigen Blumen abkratzte und in den Müll warf, bevor sie frische Vanille-Buttercreme an deren Stelle auf den Kuchen verteilte. Dann begann sie, jede einzelne Ebene zu verzieren. Als sie Minuten später die drei Lagen aufeinander setzte, war Con sprachlos, da sie so etwas wie lange Strohhalme zurechtschnitt und hineinsteckte. Er hatte nicht gewusst, dass so etwas in einen Kuchen gehörte. Zuletzt eilte sie zum Kühlschrank und holte einen Strauß frischer weißer Rosen heraus, schnitt sie zurecht, und platzierte einige auf der obersten Lage und ein paar auf die anderen Ebenen. „So ist's gut", sagte sie, trat einen Schritt zurück und betrachtete ihr Werk.

Es war nicht der Kuchen aus der teuren Konditorei, doch er sah überhaupt nicht schlecht aus.

Und mit dem richtigen Licht, dem richtigen Ambiente und einem Haufen eingebildeter Leute drum herum, würde es wahrscheinlich niemand merken. „Ortensia, Sie sind eine Künstlerin", sagte Con und meinte es auch. Die Frau hatte in kürzester Zeit ein wahres Wunder vollbracht.

Die ältere Bäckerin wurde rot, und Conor hatte das Gefühl, dass sie schon lange nicht mehr so gelächelt hatte.

„Ich werde dafür sorgen, dass jemand von Food Network Sie kontaktiert." Quinn drückte ihr einen Kuss auf die Wange und zahlte bar, während er der Frau dankte. Als er die Bäckerei mit der Torte verließ, klatschten ein paar andere Kunden und machten Fotos von ihm.

Conor strahlte. Er konnte es nicht fassen. Diese Frau hatte sie gerettet, und jetzt würde er Madlyn retten. Wie dieser Kuchen im Vergleich zu der 1000$ Tote schmecken würde, die das Paar geordert hatte, wusste er nicht, doch das war zweitrangig. Und all das Theater, um eine Liefergebühr von 35$ zu sparen.

Er konnte es nicht fassen. Er griff in seine Tasche und holte zwei 20$-Scheine heraus, drückte sie Ortensia in die Hand und küsste sie ebenfalls auf die Wange.

„Kuchenlieferung, zweiter Versuch", murmelte Quinn, als er die Torte auf den Rücksitz stellte und dann selbst daneben Platz nahm. Conor schlug die Tür hinter ihm zu und ging um das Auto herum. Er warf einen Blick auf die Uhr. Der Empfang würde gleich anfangen.

Wahrscheinlich hatten Braut und Bräutigam bereits mitbekommen, dass ihre Torte noch nicht da war. Hoffentlich waren sie nicht allzu wütend.

Bevor er losfuhr, schrieb er Madlyn. *Gute Nachrichten: haben einen neuen Kuchen.*

Mit neuem Feuer in seinem Herzen fuhren sie zum Ventana Room. Die Location war zum Glück kaum zehn Minuten vom Supermarkt entfernt, doch die Hügel auf dem Weg dorthin machten die Fahrt zu einem Eiertanz. Conor fuhr langsam und vorsichtig und fragte Quinn mehrfach, ob alles okay war.

„Alles bestens. Achte du einfach auf die Straße, okay?"

Von ein paar knappen Bremsungen an einigen Ampeln abgesehen und einem Motorradfahrer, der sie unbedingt hatte überholen müssen, weil sie für seinen Geschmack zu langsam gefahren waren, kamen sie ohne Zwischenfälle um Viertel vor neun auf dem Parkplatz an. „Auf geht's", sagte Con, als er den Wagen vor dem Gebäude abstellte, und stieg aus.

„Ich hoffe wirklich, dass sie das zu schätzen weiß", sagte Quinn und machte Conor damit noch nervöser, als er ohnehin schon war, da Madlyn nicht auf seine Nachrichten reagiert hatte. „Komm, spiel du den Helden und bring den Kuchen rein."

„Ich bin ganz bestimmt nicht der Held, der einen Kuchen reinbringt, den sie nicht bestellt haben. Sei du der Böse und trag ihn rein. Ich halt' dir die Tür auf", sagte

Conor grinsend.

„Feigling."

„Fick dich."

Quinn trug den Kuchen, während Conor vorlief und ihm die Tür zu einem Raum öffnete, der der Empfangsbereich zu sein schien, voller blinkender Lichter, Stechpalmen-Girlanden und roter Schleifen. Drinnen lief die Cocktailparty auf Hochtouren, und die Gäste stießen bewundernde „Ohhh" und „Ahhh" Rufe aus, als sie sahen, wie die Jungs mit der Torte eintraten. Die Reaktionen waren überaus positiv, und die Leute klatschten, was Con sofort ein besseres Gefühl gab. In einer Ecke entdeckte er Madlyn, die sich mit einem Dienstleister unterhielt.

„Wo soll ich das Ding hinstellen?", fragte Quinn. „Es wird langsam schwer."

„Warte einen Moment."

Con eilte voraus, an der schönen Braut vorbei, die ihm überrascht nachblickte, und blieb vor Madlyn stehen, die ihn genauso überrascht anstarrte. „Hallo, Liebes. Wir haben die Torte. Wo sollen wir ihn abstellen?" Er schenkte ihr ein breites Lächeln, das suggerierte, dass jegliche Fragen nach der Herkunft des Kuchens nach Möglichkeit auf später verschoben werden sollten, wenn die Braut nicht in der Nähe war. „Schnell bitte."

„Ähm... hast du meine Nachricht nicht bekommen? Wir haben schon einen Kuchen."

„Äh... was?"

„Ich habe schon einen Kuchen. Warum hast du..." Ihre Miene spiegelte große Verwirrung wider. Dennoch wollte sie nicht, dass Quinn mit dem Kuchen vor all den Gästen stehen musste, darum führte sie ihn in die Küche. „Hier entlang."

Con und Quinn folgten ihr durch den Saal, der romantisch mit Kerzen dekoriert war, und Conor sah eine wunderschöne dreistöckige Torte auf einem Tisch zu ihrer Rechten, als sie nach links durch eine Flügeltür in die Küche abbogen, wo Quinn endlich den Kuchen abstellen konnte. Con fuhr sich frustriert mit der Hand durchs Haar. „Was geht hier vor, Maddie? Ich habe doch gesagt, dass ich dir einen Kuchen organisieren würde."

„Con", sagte Madlyn und warf Quinn einen Blick zu, bevor sie ihm den Rücken zukehrte. „Ich konnte nicht darauf warten, dass du das Problem löst. Ich habe eine Torte gebraucht. Tut mir leid."

„Es tut dir leid?" Er riss die Augen auf. „Maddie. Ich hatte doch gesagt, dass ich mich darum kümmern würde!"

„Das weiß ich auch, doch du kennst diese Branche nicht. Woher hätte ich ahnen sollen, dass du wirklich einen Kuchen beschaffen kannst?"

„Weil ich *gesagt* habe, dass ich dir einen organisieren würde." Durch das Fenster in der Tür betrachtete er die unidentifizierte Torte im Saal. „Wo hast du die her?" Er deutete auf den verdammten, wunderschönen Kuchen.

„Das ist ein Dummy. Ein Fake. Ich habe ihn von einer Konditorei ausgeliehen und Blechkuchen zum Schneiden und Servieren bestellt. Das war mein letzter Ausweg. Con, du hast noch nie so etwas gemacht, und ich habe dir eine Riesenverantwortung aufgebürdet. Tut mir wirklich leid.

Das ist alles meine Schuld."

Er warf die Hände in die Höhe und ging vor ihr auf und ab, bevor er stehenblieb und die Hände in die Hüften stemmte. „Wow. Das ist wirklich großartig. Schätze, dann brauchst du mich doch nicht."

„Con, bitte sei nicht so."

„Maddie, hast du mich gebeten, mich um das Problem zu kümmern, oder nicht?"

„Ja, aber –"

„Und habe ich gesagt, dass ich es tun würde, oder nicht?" Cons Stimme wurde lauter, doch er kontrollierte seine Wut. Es war nicht seine Art, wütend auf jemanden zu werden, und ganz besonders nicht auf eine Frau, doch keine Frau hatte ihn je so wütend gemacht. Keine Frau war ihm je so wichtig gewesen.

„Ja, aber –"

„Dann glaub mir bitte auch, wenn ich dir das nächste Mal verspreche, dass ich mich um etwas kümmern werde. Glaub mir, wenn ich dir sage, dass ich dich nicht enttäuschen werde, verstehst du? *Wenn* es ein nächstes Mal geben sollte. Du hast offensichtlich ein echtes Problem, wenn es darum geht, jemandem zu vertrauen. Warum sonst hast du mir nichts von Jax erzählt? Warum sonst erlaubst du mir nicht, Zeit mit ihm zu verbringen?"

„Conor, das ist wohl kaum der richtige Moment, um – "

„Wenn nicht jetzt, wann dann, Madlyn? Wann kann ich Zeit mit Jax verbringen?"

„Ich weiß nicht, Con. Irgendwann –"

„Irgendwann", blaffte er. „Ich verstehe. Du traust mir ja nicht einmal zu, mich um einen verdammten Kuchen zu kümmern. Natürlich vertraust du mir auch nicht genug, deinen Sohn kennenlernen zu dürfen. Ganz toll."

Sie schlug die Hand auf den Stahltisch und starrte ihm ins Gesicht. „Hier ging es um eine wichtige Sache für den Hochzeitstag meiner Klienten, Con!"

„Das weiß ich selbst. Ich bin nicht blöd!"

„Das habe ich auch nie behauptet."

„Ich bin durchaus in der Lage, mit heiklen Situationen umzugehen. Ich bin durchaus in der Lage, mein Leben zu handeln, Dad! Uff… Maddie, meine ich. Fuck!" Con schüttelte den Kopf und schlug seinerseits mit der Faust auf den Tisch. Er hatte genug gesagt. Sie hatte ihm nicht nur nicht vertraut, sondern jetzt stand er auch noch wie ein Vollidiot da und hatte die Beherrschung verloren. Er hatte keinen Grund, zu bleiben.

Er drehte sich um und sah Quinns entschuldigenden Blick in Maddies Richtung und in Richtung der anderen Leute in der Küche und rauschte nach draußen.

Er ließ sich in den Fahrersitz seines Wagens fallen, und versuchte sich zu beruhigen. Als Quinn einstieg, und etwas Tröstendes sagen wollte, hob er die Hand und brachte ihn zum Schweigen. Maggie stand an der Tür des Küchenausgangs und starrte ihm nach, machte sich jedoch nicht die Mühe, ihm zu folgen.

Er konnte nicht mit einer Frau wie ihr zusammen sein. Das war vollkommen unmöglich.

Sie war viel zu anstrengend. Er hatte sich zu große

Mühe gegeben. So sehr hatte er sich nie zuvor in seinem Leben um jemanden bemüht. Er brauchte jemanden, der ihn so akzeptierte, wie er war, nicht jemanden, der ihn immer wieder aufs Neue auf die Probe stellte.

Sein Handy pingte. Er wusste, dass es eine Nachricht von Madlyn war. Doch es war zu spät. Was für eine dämliche Ausrede, warum sie ihm nicht vertraut hatte, würde sie ihm schon geben? Als er jedoch einen Blick auf den Bildschirm warf, traute er seinen Augen nicht. Da standen so ziemlich die letzten Worte, die er in diesem Augenblick erwartet hätte. Und sie waren nicht von Madlyn.

Die Nachricht war von Dara. *Bist du heute Abend zu Hause? Fühle mich einsam. Kann ich vorbeikommen?*

KAPITEL NEUNZEHN

„Du bist der einzige Mensch, den ich kenne…“, hauchte Teresa fünf Zentimeter von Madlyns Gesicht entfernt, „…der mir einen noch schöneren Kuchen besorgen konnte, als der, für den ich bezahlt habe. Wie hast du das gemacht?“

Alkohol war eine wunderbare Sache. Besonders wenn ein Klient ihn konsumiert hatte, der einem wahrscheinlich sonst für den Mist, den man gebaut hatte, die Hölle heiß machen würde. Nach diversen Toasts mit Champagner betrachtete Teresa, die offensichtlich nichts vertrug, die mit Fondant überzogene Schönheit des Pappkuchens von CakeWorks.

„Niemand hat gemerkt, dass er nicht echt war!“, lachte Teresa und wurde puterrot dabei. „Der wird umwerfend auf den Bildern aussehen. Und jetzt sag, was ist mit dem echten Kuchen passiert?“, fragte sie, bevor sie den letzten Schluck aus ihrem mit einem Monogramm verzierten Champagnerglas austrank.

„Er ist beim Transport hierher beschädigt worden, doch ganz ehrlich, ich mag die Vanille Génoise von CakeWorks viel lieber als die von Divines, darum habt ihr alles in allem gewonnen. Und du hast recht. Ich glaube nicht, dass auch nur einer der Gäste es bemerkt hat. Es war ein Win-Win."

„Ein Win-Win", stimmte Teresa zu, doch dann biss sie sich auf die Lippe. „Ich wünschte nur…"

Madlyn zwang sich, nicht zusammenzuzucken. „Was?"

„Naja, wir haben uns mit dem schon geschnittenen Kuchen gefüttert, aber…" Sie zuckte mit den Schultern. „Ich weiß nicht, ich wünschte nur, wir hätten einen echten Kuchen zum Anschneiden, weißt du? Um das erste Stück zu nehmen und…" Sie kicherte laut und flüsterte hinter vorgehaltener Hand. „… es in das Gesicht von du-weißt-schon-wem zu reiben." Sie hickste und winkte ab. „Aber keine Sorge. Das ist nur eine alberne Tradition, mehr nicht."

Madlyn zögerte einen Moment. „Also, ich habe da noch eine Torte hier. Sie ist ziemlich schlicht. Ich glaube nicht, dass du-"

Teresa klatschte in die Hände und quietschte vergnügt. Sie drehte sich zu ihrem Ehemann um und zog an seinem Revers, während er sie verliebt ansah. „Heißt das, dass ich dir immer noch einen Kuchen ins Gesicht reiben darf?"

Er tippte ihr auf die Nase. „Wenn du das willst, Baby, dann lass es uns tun."

Teresa drehte sich zu Madlyn um. „Oh mein Gott, das ist fantastisch! Bring bitte die Torte raus!"

„Bist du sicher? Damit gesteht ihr euren Gästen quasi, dass die andere Torte unecht ist und…"

„Ach, wen interessiert's. Eine Ehe ist nicht immer 100% perfekt, darum muss es die Feier auch nicht sein." Sie sah Don liebevoll an. „Ich weiß Donnie und ich werden jeden Sturm überstehen, und Scheiß auf alle, die das nicht glauben oder ein Problem damit haben."

Als sich die beiden küssten, spürte Madlyn, dass ihr die Tränen in die Augen stiegen. Sie konnte nur an eines denken: *Conor hat dann doch noch dazu beigetragen, dass diese Feier für die Braut perfekt wird. Und ich habe ihm den Eindruck vermittelt, dass ich ihm nicht vertraue. Schlimmer noch – dass ich ihn nicht brauche.*

Trotz ihrer düsteren Gedanken ließ Madlyn Conors hübsche Hochzeitstorte mit den weißen Rosen in den Saal bringen. Teresa und Donald schnitten den Kuchen an, und wie die Braut es sich erträumt hatte, rieb sie ihrem frischgebackenen Ehemann ein Stück davon ins Gesicht, bevor er – sehr zur Überraschung aller Anwesenden – dasselbe mit ihr tat. Hysterisch lachend drehten sie sich zum Fotografen um, der diesen glücklichen Moment für immer festhielt.

Kurz darauf ging Teresa zu Madlyn.

„Dank dir so sehr dafür, Madlyn. Du hast wirklich den Tag gerettet. Sobald wir von unserer Hochzeitsreise zurück sind, werde ich bei Deene & Nora anrufen und deiner Chefin erzählen, was du für uns getan hast. Das war der Wahnsinn. Danke, danke, danke!" Spontan fiel sie Madlyn um den Hals, dann gesellte sie sich mit Donald zu den anderen auf die Tanzfläche.

Don zwinkerte Madlyn zu und zeigte ihr „Daumen hoch".

Später sammelte Madlyn ihre Sachen ein und verließ den Ventana Room mit schwerem Herzen. Ja. Sie hatte sie vor dem Tortenfiasko bewahrt, einen Großteil davon hatte sie allerdings Conor zu verdanken, doch der war nicht hier, um ihren Triumph mit ihr zu feiern. Sie hatte ihm nicht einmal gedankt. Schuldgefühle nagten an ihr, wie die Glut ein Holzscheit im Kamin von innen heraus auffraß.

Am nächsten Morgen kam Leo vorbei, um Jax zurückzubringen, und es gab nichts, was Madlyn mehr brauchte, als ihr kicherndes, albernes Baby zu sehen. „Jaxie!", rief sie, als er in ihre Arme rannte und seinen Kopf an ihrem Hals vergrub. Er roch nach frisch gewaschener Wäsche.

„Er hat es nicht abwarten können, dich zu sehen." Leo folgte ihm, beladen mit Jax' Sachen, während Madlyn nichts anderes tun konnte, als den Duft von Jax' frisch gewaschenen Haaren zu inhalieren, sein sauberes Hemd und seine babyweiche Haut. Gott, sie hätte ihn den ganzen Tag riechen können!

„Ich hab dich lieb, mein Schatz", sagte sie. „Ich hab dich ganz doll vermisst." Sie küsste ihn auf die Nase und dann auf seinen süßen kleinen Mund.

„Igitt! Ich bin kein Baby mehr, Mom", protestierte Jax und wischte sich den Mund ab.

„Mom? Seit wann bin ich denn *Mom*? Für dich immer noch *Mommy*, mein Lieber! Komm, lass uns frühstücken." Sie setzte ihn an den Tresen und fing an, ihm Pancakes, Eier und Speck zu servieren.

„Na denn. Ich seh dich dann an Weihnachten, Kumpel", sagte Leo. Nachdem Madlyns Familie *Nochebuena*, Heiligabend, am 24. Dezember feierte, hatte Leo zugestimmt, Jax am Weihnachtsmorgen abzuholen. Sie wusste, dass das ein großes Opfer für ihn war, und wusste es zu schätzen.

In der Tat wusste sie zu schätzen, dass Leo, seitdem er ausgezogen war, seine ablehnende Haltung und seinen Zorn ihr gegenüber abgelegt hatte und sich viel zivilisierter verhielt. Ob es nur für Jax war, oder ob der Auszug genau das gewesen war, was auch er gebraucht hatte, um die Scheidung hinter sich zu lassen, oder ob sie es dem neuen Mädchen zu verdanken hatte, Madlyn war dankbar dafür.

„Bye, Daddy!", sagte Jax und kicherte, als sein Vater ihn zum Abschied kitzelte.

Madlyn starrte den Herd an und hörte Leo und Jax zu, während sie an Conor dachte und daran, was für einen Mist sie gebaut hatte. „Hast du Lust zum Frühstück zu bleiben?", fragte sie.

Als sie keine Antwort auf ihre Frage erhielt, drehte sie sich um.

Leo sah sie sprachlos an. „Im Ernst?"

Sie zuckte mit den Schultern. „Klar. Bleib ruhig. Iss mit uns. Vielleicht können wir uns dabei unterhalten. Wäre das okay für dich, Lee?"

Es war das erste Mal, dass sie ihn bei seinem Spitznamen genannt hatte, seitdem sie von seinen Affären erfahren hatte. Seine Augen flackerten. Er schien zu begreifen, dass sie nicht nur eine Friedensfahne hochhielt, sondern ihm auch die Hand reichte. „Sicher", nickte er. „Das wäre schön."

Nach dem Frühstück verschwand Jax in sein Zimmer, und Madlyn setzte sich mit Leo ins Wohnzimmer. Zum ersten Mal seit über einem Jahr unterhielten sie sich offen und ehrlich, ohne dass ihnen dabei Wutausbrüche oder verletzte Gefühle im Weg standen. Madlyn wartete angespannt auf die nächste Hiobsbotschaft, doch die kam nicht. Vielleicht heilte die Zeit ja wirklich alle Wunden.

Als Leo ging, war es schon fast an der Zeit, dass Vanessa kam. Sie hatte gestern angerufen und vorgeschlagen, dass sie gemeinsam mit Madlyn und Jax noch ein paar last-minute Weihnachtseinkäufe machen könnten.

Maddie hoffte, dass ihr eine kleine Planänderung nichts ausmachen würde.

„Wie läuft es mit Mr. Sunshine?", fragte Vanessa zynisch, als sie in die Küche ging, um sich eine Tasse Kaffee einzugießen, und meinte damit Leo.

„Wirklich gut, wenn ich ehrlich bin", sagte Madlyn und setzte sich auf den Tresen. „Überraschend gut."

Vanessa neigte den Kopf. „Bist du sicher, dass wir

über denselben Mr. Sunshine reden?"

„Leo, ja. Wir haben uns unterhalten. Und ich meine wirklich unterhalten, Vanessa. So wie schon lange nicht mehr. Es ist nicht eitel Sonnenschein zwischen uns, das sicher nicht, und vielleicht ist es nur, weil er eine Frau kennengelernt hat, nach der er verrückt ist, doch wir geben uns wirklich Mühe, die Vergangenheit hinter uns zu lassen."

„Hast du das nicht schon seit über einem Jahr versucht? Was macht dich glauben, dass er es diesmal ernst meint?"

„Weil ich ihm gesagt habe, dass ich Jax mit zu Conor nehmen will, damit die beiden ein bisschen Zeit miteinander verbringen, und er hat gesagt, dass das okay für ihn ist."

„Ay, Dios mío! Und wann willst du Jax zu Conor bringen?"

Madlyn ging in Jax' Zimmer, wo der kleine Junge an seinem Schreibtisch saß und malte. „Jax, Mommy will Tía etwas draußen auf dem Balkon zeigen, okay?"

„Okay, Mommy." Er malte weiter, als bestünde seine ganze Welt nur aus seinem Malbuch.

Madlyn küsste ihn auf den Kopf, dann zog sie Vanessa durch das Wohnzimmer auf den windigen Balkon und schloss die Tür hinter sich. Sie ließ sich in den Sessel fallen und sah ihre Cousine mit schuldbewusstem Blick an. „Ich habe Scheiße gebaut. Schon wieder."

„*Du* hast Scheiße gebaut? Moment, Moment, Moment... *du* gibst zu, dass du Scheiße gebaut hast?

Schon wieder?" Sie schlug sich die Hand aufs Herz und ließ sich in den Sessel gegenüber von Madlyn fallen. „Erzähl!"

„Ich habe Conor gestern Abend um einen riesigen Gefallen gebeten, weil es ein Problem bei der Hochzeit gegeben hatte. Es ist schief gegangen, und auch wenn er gesagt hatte, dass er es richten würde, habe ich ihm nicht geglaubt und mich selbst darum gekümmert; dabei hat er es *tatsächlich* geregelt, und... Gott... ich fühle mich wie ein Riesenarschloch." Sie ließ den Kopf in ihre Hände sinken und atmete das Ergebnis ihres vollkommenen Versagens.

„Oh Süße. Das ist okay. Du bist es gewöhnt, alles selbst machen zu müssen, *Chica.* Du kennst das nicht, dass jemand sich wirklich für dich einsetzt. Sei nicht so hart zu dir."

Damit hatte sie recht. Als Profi-Multi-Taskerin erster Klasse war es vollkommen normal für sie, sich um alles selbst zu kümmern, dass sie nicht darauf vorbereitet war, dass jemand sich tatsächlich an sein Wort hielt. „Ich weiß, aber jetzt glaubt er, dass ich ihm nicht vertraue, und vielleicht hat er recht. Vanessa, ich bin wirklich nicht ganz richtig im Kopf."

Vanessa sah Madlyn an, als wäre sie tatsächlich vollkommen verrückt, und vielleicht war sie das auch. „Madlyn, du dummes Ding. Du. Vertraust. Ihm. So wie ich dich kenne, bedeutet allein die Tatsache, dass du ihn um einen Gefallen gebeten hast, dass du ihm vertraust – und das spricht Bände. Wie viele Leute würdest du um einen Gefallen bitten?", fragte sie. „Abgesehen von mir."

„Niemanden."

„Genau. Und wie viele Leute vergötterst du ohne Ende… Abgesehen von Jax und mir?" Sie lächelte und zeigte ihre strahlend weißen Zähne.

„Niemanden." Naja, außer Conor natürlich.

„Genau. Also, auch wenn ich nicht gerade Siegmund Freud oder so was bin… das sagt eine ganze Menge. Dieser Typ bedeutet dir eine Menge, genauso wie die Tatsache, dass du *Kontrollfreak* ihm eine so wichtige Aufgabe übertragen hast."

Madlyn dachte über Vanessas Worte nach. Sie hatte da einen ziemlich wichtigen Punkt erwähnt. Sie vertraute nie jemandem irgendetwas an, und doch hatte sie es bei Con getan. „Nicht nur das, doch er will auch unbedingt Zeit mit Jax verbringen, und ich habe das nicht zugelassen, auch wenn ich jetzt weiß, dass das falsch war. Darum will ich heute zu ihm fahren."

„Das sind zwei Stunden Fahrt. Erwartet er dich?"

„Nein, aber er ist so oft zu mir gekommen, Vanessa. Ich will zu ihm gehen. Ich will mir die Mühe machen. Ich will ihm beweisen, dass ich ihm vertraue und eine Zukunft mit ihm aufbauen möchte."

„Dann möchtest du, dass ich auf Jax aufpasse? Wenn du willst, kann ich das tun."

„Nein. Ich möchte, dass du und Jax mit mir kommt, und es wäre schön, wenn du kurz auf Jax aufpassen könntest, damit ich ein paar Minuten allein mit ihm reden kann. Falls Conor mir dann vergibt und das hier immer noch will, dann möchte ich, dass wir den Tag zusammen verbringen. Mit dir und Jax. Ihr seid meine Familie. Und

Con ist auch auf dem besten Weg dorthin, Vanessa. Er liebt mich. Und er sagt, dass er eine Chance will, Jax auch zu lieben."

„Er hat das gesagt?"

„Ja."

„Und du, hast du es ihm auch gesagt?"

Madlyn schüttelte langsam den Kopf.

„Willst du es ihm sagen?"

„Oh ja", sagte Madlyn leise.

Vanessa kreischte und brachte Madlyn damit zum Lachen. Dann öffnete sie schnell die Schiebetür, um Jax zu beruhigen, dass nichts passiert war.

„Sorry", lachte Vanessa. „Lass uns gleich losfahren. Das wird bestimmt lustig!" Sie hob ihre Hände und führte einen kleinen Freudentanz auf dem kalten Balkon auf.

„Oh mein Gott! Du bist die Beste!" Madlyn fiel Vanessa um den Hals und hielt sie fest, während sie versuchte, nicht zu weinen. Jede Frau sollte zumindest einen Menschen in ihrem Leben haben, auf den sie zählen konnte, ganz egal, was geschah. Der sie nie verurteilte. Und für Madlyn war diese Person in diesem Augenblick Vanessa.

Falls Conor ihr vergeben konnte, wusste sie, dass sie in Zukunft einen weiteren Menschen haben würde, der ihr das geben konnte.

Im Nachhinein ist man immer schlauer, nicht wahr? Das war der Gedanke, der Madlyn auf der Fahrt nach Timber Cove im Kopf herumspukte, als Jax begann, in seinem

Kindersitz hin und her zu rutschen, und verkündete, dass er zur Toilette musste, und dass er sich langweilte. „Wie weit ist es noch, Mommy?"

„Sind bald da, Baby."

Vanessa und Madlyn tauschten Blicke aus, während Madlyn darüber nachdachte, wie schnell sich das Leben doch veränderte. Vor ein paar Jahren noch hatte sie Vanessa gebeten, als moralische Unterstützung mitzukommen, als sie diesen Typen Namens Leo besuchte, den sie gerade kennengelernt hatte. Er war ein bisschen unbesonnen, doch unglaublich sexy und würde ihre verrückte Seite zum Vorschein bringen. Rückblickend nicht die beste Entscheidung, doch diesmal sollte alles anderes werden. Ja, Conor hatte gestern die Hochzeitstorte beschädigt, doch es war nicht wirklich seine Schuld gewesen. Eher Pech. Schlechtes Timing. Das hätte jedem passieren können, besonders in San Francisco, und sie hätte jemandem, der neu hier war, eine so schwierige Aufgabe nicht anvertrauen sollen. Doch der wichtigste Teil war, dass er das Problem gelöst hatte. Irgendwie hatte er es geschafft.

Wie zum Henker hatte er es nur geschafft, eine neue Torte aufzutreiben, komplett mit frischen weißen Rosen? Ja, sie war vergleichsweise schlicht gewesen, doch es war ein dreistöckiger Kuchen gewesen, kein Blechkuchen, der klammheimlich in der Küche geschnitten werden musste und kein Papp-Dummy mit Zuckerwerk wie der, den sie aufgetrieben hatte. Eindrucksvoll, Mr. O'Neill. Sehr eindrucksvoll.

Als sie knapp zwei Stunden später schließlich in

Timber Cove ankamen, war Madlyn überrascht, ein fremdes Auto vor seinem Haus zu sehen. Hatte er den Laden nicht über die Feiertage geschlossen? Vielleicht war ja einer seiner Brüder zu Besuch. Wer auch immer. Es war nicht so, dass Conor keinen Besuch empfangen durfte. Was für eine eifersüchtige Zicke war sie überhaupt, etwas anderes anzunehmen?

„Sollen wir im Wagen bleiben?", fragte Vanessa.

Madlyn wollte gerade antworten, als die Tür von Cons Haus geöffnet wurde und eine junge Frau in Jeans und Wickeljacke herauskam. Ihre Haare waren kurz und schwarz, und sie war schlank und wirkte selbstbewusst, und sie schien der Typ Mädchen zu sein, der irgendwo ein paar Tattoos und Piercings versteckte. Con erschien an der Tür, um ihr nachzusehen, als er stattdessen Madlyn entdeckte und sich ihre Blicke kreuzten.

„Oh, Motherfucker", murmelte Vanessa.

Madlyns Magen sank wie ein Stein im Meer.

„Was ist ein Motherfucker?", fragte Jax auf der Rückbank.

„Nichts." Madlyn warf Vanessa einen Blick zu. „Warum gehst du nicht mit Jax ein bisschen am Strand spazieren, *Tía*?"

„Na klar." Vanessa stieg aus, öffnete die Hecktür und holte Jax aus seinem Kindersitz, bevor sie seine Jacke zuknöpfte und ihm aus dem Wagen half. „Lass uns gehen, kleiner Mann."

„Wo gehen wir hin?"

„Spazieren. Wir machen einen *laaangen* Spaziergang."

„Kann ich in den Sand pieseln? Ich muss mal."

„Du kannst hinpieseln wo immer du willst", nickte Vanessa. „Du hast eine Stunde", sagte sie, als sie sich noch einmal kurz zu Madlyn umdrehte.

Diese seufzte. Scheinbar gab es jetzt kein Zurück. Hätte sie gewusst, dass eine andere Frau hier sein würde, wäre sie natürlich nicht gekommen. Und wenn ihr Blick nicht den von Con gekreuzt hätte, wäre sie sofort wieder abgefahren, um das letzte Bisschen an Würde zu bewahren, das sie noch hatte. Doch für beides war es jetzt zu spät.

Madlyn wartete, bis das Mädchen weggefahren war, bevor sie ihren Mut zusammenkratzte und auf Beinen, die sich wie Wackelpudding anfühlten, zur Tür ging. „Hallo, Conor."

„Hi, Madlyn." Seine Augen wanderten zu Vanessa und Jax. „Wo wollen –"

„Jax wollte das Meer sehen. Und ich... ich dachte mir, dass ich vorbeikommen könnte, um dir für gestern zu danken." Sie versuchte, ihre hochkochende Wut unter Kontrolle zu halten, doch es gelang ihr nicht. „Ich wusste nicht, das du Besuch hast. Dann rennst du also zu einer anderen, sobald du den Druck nicht ertragen kannst. Gut zu wissen." Mit rebellierendem Magen wandte sie sich zum Gehen.

„Keine Ahnung warum du annimmst, dass ich zu einer anderen Frau gerannt bin", schnaubte er. „Dara ist eine gute Freundin. Sie ist gekommen, um mir zu erzählen, dass sie zurück an die Uni gehen wird, um ihren Master in Hotelmanagement zu machen."

„Das ist der einzige Grund?" Madlyn suchte in Cons Augen nach einem Funken Aufrichtigkeit. Ähnliches hatte sie vor nicht allzu langer Zeit erlebt und wollte es nicht schon wieder durchmachen. „Dara… ach ja. Von der hast du mir erzählt. Du hast einen ganzen Monat mit ihr im Bett verbracht, als du hier angekommen bist, doch du meintest, dass ihr jetzt nur Freunde seid, und dass ich mich nicht von ihr bedroht fühlen sollte", sagte Madlyn mit ausdrucksloser Miene. „Kommen dich all deine Freundinnen besuchen, um dir irgendwelche Neuigkeiten zu erzählen, anstatt das Telefon zu benutzen?"

„Du meinst, so wie du?"

„Ich bin hierher gefahren, damit Jax das Meer sehen kann", blaffte sie. Es war das erste Mal, dass sie ihm ins Gesicht log, doch in ihrem Inneren brodelte ihre Wut und Eifersucht, und sie hatte das Bedürfnis, sich zu schützen. Ihm erzählen, dass sie Jax und Vanessa mitgebracht hatte, damit sie den Tag mit ihnen verbringen konnten, dass sie gekommen war, um sich zu entschuldigen und Con zu sagen, dass sie ihn liebte? Nicht um alles in der Welt. Nicht, wenn Dara die Nacht hier verbracht hatte.

„Und hast du ihn hergebracht, damit er mich sieht? Oder warum ist Vanessa mit ihm weggegangen? Was war dein Plan? Sollte sie ihn am Strand babysitten, während du mich besuchst?" Er fuhr sich frustriert durch die Haare. „Herrgott, wenn das so ist, warum verschwendest du deine Zeit?" Con lehnte sich an den Türrahmen. „Warum hast du mich um Hilfe gebeten, wenn du mir nicht vertraust? Warum hast du mich in dein Leben gelassen, wenn du mir nichts von Jax erzählen wolltest? Warum, Madlyn?"

Sie kniff ihre Augen zusammen. „Und warum schläfst du mit der erstbesten Frau, wenn es mal nicht nach deiner Nase geht?"

„Ich hab dir gesagt, dass ich *nicht* mit ihr geschlafen habe!", schrie Con, und etwas daran, dass er seine Stimme erhob, entfachte ein Feuer in Madlyns Herz. Er war normalerweise so ruhig, so geduldig mit ihr, doch jetzt stand er vor ihr und verlor die Beherrschung. Vielleicht, ja vielleicht war es wirklich nicht so schlimm, wie es aussah.

„Sie war hier, als ich letzte Nacht nach Hause gekommen bin, und ja, sie wollte mit mir schlafen, doch ich wollte nicht. Ich habe ihr gesagt, dass ich mit jemandem zusammen bin. Darum hat sie sich nur betrunken und ist geblieben. Und wir haben uns unterhalten. Ich wollte, nicht, dass sie so nach Hause fährt, darum hat sie hier übernachtet und ist gerade gegangen. Ich hoffe das reicht dir, Maddie, denn das ist die Wahrheit."

Madlyn starrte ihn an und sah am Funkeln in seinen grünen Augen, dass er die Wahrheit sagte. Sie sah auch, dass er grenzenlos wütend auf sie war, weil sie sich immer noch verschlossen zeigte, weil sie ihm nicht das gab, was er sich wünschte, und weil sie ihn vor seinem Bruder wie einen Idioten hatte aussehen lassen. Sie musste eine Entscheidung treffen, in welche Richtung sie gehen wollte, und hatte eine Menge gutzumachen.

„Vanessa kommt in einer Stunde mit Jax zurück. Kann ich reinkommen?", fragte sie mit hängenden Schultern.

„Das hängt davon ab."

„Wovon?"

„Ob du *mich* reinlassen willst, Maddie. Lass. Mich. In. Dein. Leben. Ich tue dir gut", beharrte er.

Madlyn seufzte. „Con, das mit gestern Abend tut mir wirklich leid. Vielleicht habe ich es einfach selbst gemacht, weil ich Angst hatte. Weil es nicht wirklich um den Kuchen geht. Vielleicht hatte ich Angst, dass du es richtig machst, weil ich jemanden brauche, der für mich da ist, und für meinen Sohn und nach all den Jahren der Enttäuschung mit Leo, in denen ich alles allein tun musste – vielleicht hatte ich Angst, dass es einen Mann wie dich nicht geben kann."

Cons Miene wurde weicher, und er blinzelte. „Oder vielleicht hast du Angst, *dass* es ihn gibt."

Madlyn schluckte schwer. Ein dicker Kloß bildete sich in ihrem Hals, und Tränen stiegen ihr in die Augen. Das konnte sie akzeptieren. Alles, was Con in der kurzen Zeit, in der sie ihn kannte, getan hatte, war, sich immer wieder und wieder zu beweisen. Selbst wenn er Mist gebaut hatte, hatte er bewiesen, dass er es wieder gutmachen konnte. Es war an der Zeit, ein bisschen Kontrolle abzugeben und zuzulassen, dass jemand anderes die Führung übernahm. Einen Versuch war es wert, und sie hatte nichts zu verlieren.

Er öffnete die Tür und trat beiseite.

„Vielleicht hast du Recht." Sie trat über die Schwelle, ließ ihre Handtasche fallen und presste ihre Lippen auf Conors Mund. Mit dem Fuß stieß er die Tür hinter ihr zu, hob sie hoch und trug sie in sein Schlafzimmer.

KAPITEL ZWANZIG

„Wo bringst du mich hin?" fragte sie und begann zu zappeln, als sie bemerkte, dass er sie nicht zu seinem Bett brachte. Stattdessen bog er ins Badezimmer, schob mit einem Fuß die Duschwand auf und stellte sie in der Duschkabine ab. Sofort begriff sie, was er vorhatte. „Con?", fragte sie zögernd. „Was tust du da? Was soll das?"

„Meine kleine Furie, du bist hier aufgekreuzt und hast mir kochend vor Wut Vorwürfe gemacht. Und weißt du was? Ich habe deine Spielchen satt. Du brauchst eine Abkühlung." Unfähig, sein Grinsen weiter zu unterdrücken, drehte er den Hahn auf und hielt sie fest, als sie versuchte, aus der Dusche zu fliehen.

„Nein! Hör auf! Ich kann nicht fassen… würdest du… Con! Hör auf!"

Er drehte den Hahn ganz auf und ließ das Wasser über sie laufen – voll bekleidet wie sie war.

Maddie wehrte und wand sich, rutschte und glitt

gegen die blau gefliese Wand. Ihr nasses Haar klebte an ihrem Gesicht, und sie kreischte unter dem kalten Wasserstrahl. Er wusste, dass das Wasser kalt war, denn wenn er duschte, musste er mindestens eine Minute warten, bevor das Wasser warm genug war. „CON! Hör auf!", kreischte sie.

Man hätte meinen können, dass sie geteert und gefedert wurde, so sehr kreischte sie, auch wenn er zugeben musste, dass es ihm auf eine kranke Art Freude bereitete, sie so zu foltern, doch sie hatte es verdient, weil sie ihm nicht vertraut hatte, nachdem sie ihn dazu genötigt hatte, zu beweisen, dass er ihrer würdig war. „Sag bitte, dann lass ich dich vielleicht raus", lachte er.

„Was?"

„Keine Gnade, bis du bitte sagst!"

„Bitte!", kreischte sie, und wenn er ehrlich war, fand er ihr wütendes Gesicht verdammt lustig. Wow! Sie war wirklich auf 180! Er drehte den Warmwasserhahn auf, und Maddie ließ sich wie ein begossener Pudel an der Wand hinunterrutschen.

Conor bückte sich und wollte ihr aufhelfen, als sie ihn vollkommen unvorbereitet traf und ihm eine heftige Ohrfeige versetzte. Erschrocken blieb ihm der Mund offen stehen, dann lachte er. „Nicht schlecht."

„Das gefällt dir wohl, was? Du glaubst, das war lustig?" Dann ergriff sie seine Arme und zog sich daran hoch, während sie ihn zu sich in die Dusche zog.

Innerhalb von Sekunden waren seine Jeans klatschnass, doch es störte ihn nicht, da das Wasser jetzt warm war. Madlyns Finger machten sich vehement an den Knöpfen seines Hemds von gestern Abend zu schaffen, das er immer noch anhatte. „Ah, schau dir das an? Dasselbe Hemd, das ich während deines Torten-Notfalls anhatte. Ich schätze, ich habe *wirklich* nicht mit Dara geschlafen. Hm. Vielleicht solltest du in Zukunft ein wenig besser auf die Details achten.“

Gereizt von seiner bissigen Bemerkung, riss sie die letzten zwei Knöpfe auf. „Als ob man zum Sex das Hemd ausziehen müsste.“ Sie strich mit ihren manikürten Händen über seine Brust und vergrub ihr Gesicht an seinem Hals. „Also zumindest *ich* bevorzuge es ohne.“

„Du hast recht“, sagte er, ergriff ihre Handgelenke und presste sie hoch über ihrem Kopf an die Fliesen. Er genoss, wie sich ihre Brüste unter ihrem nassen langärmeligen T-Shirt hoben. „Das habe ich nie bemerkt. Man muss also wirklich nicht die Kleider ausziehen, um Sex zu haben? Hm …“ Während er mit einer Hand ihre Arme festhielt, ließ er die andere über ihre Wange und ihren Hals hinunter zu ihrer Brust wandern, wo er ihre Nippel durch den dünnen nassen Stoff zwickte.

Als er sah, wie sie ihre Augen schloss und stöhnte, wurde er hart, was in seiner nassen Jeans ausgesprochen unbequem war. Mit einer schnellen Bewegung drehte er sie um und presste ihren Körper gegen die Wand. „Du könntest mich zumindest meine Kleider ausziehen lassen“, sagte sie.

„Wozu?“ Er griff an den Saum ihres dunkelgrauen Baumwollrocks und schob ihn langsam hoch, bis er den

Blick auf ihr schwarzes Spitzenhöschen freigab. „Mhhhh… hast du erwartet, mich heute zu ficken? Das ist ein verdammt sexy Höschen."

„Ich trage meine sexy Höschen weder für dich noch für irgendjemanden sonst." Als sie sich gegen ihn stemmte und sich umdrehte, presste er sie schnell wieder gegen die Wand. „Ich trage sie ganz für mich allein."

„Ach ja?"

„Ach ja."

„Weil du niemanden brauchst."

„Ich brauche keinen Mann."

„Du brauchst niemanden, der dich kontrolliert, nicht wahr? Du bist ein großes Mädchen. Scheiß auf alle Männer. Scheiß auf Conor, den faulen Hund. Du schaffst alles allein."

Sie sah ihn empört an. „Wenn ich muss, ja."

„Und was, wenn du nicht musst? Was, wenn jemand – ein *Mann* – dir helfen will? Lässt du ihn dann?" Er beugte sich zu ihr hinunter, rieb seine Wange an ihrer und atmete gegen ihr Ohr. Als er seine Hand unter ihren Rock gleiten ließ, spürte er die Hitze zwischen ihren Beinen.

„Das hängt ganz vom Mann ab", flüsterte sie.

Er schob einen Finger in ihr Höschen und zwischen ihre feuchten Schamlippen. „Gut… Und was, wenn ich es bin, Maddie? Bist du bereit, ab und zu mal die Führung abzugeben? Ein bisschen von deiner Kontrolle abgeben, damit ich dich verwöhnen kann? Hm?" Er drang mit dem Finger in sie ein und pumpte, bis sie stöhnte und sich gegen ihn drängte. „Darf ich dich glücklich machen? Lässt du mich, Maddie?"

„Ja."

„Ja was, Maddie?"

„Ja, ich will dich die Kontrolle übernehmen lassen", stöhnte sie mit geschlossenen Augen.

„Erzähl mir warum."

„Damit du mich verwöhnen kannst."

„Damit du dir keine Sorgen zu machen brauchst. Lass mich das übernehmen. Verstehst du das, Maddie?"

„Ja", sagte sie und begann, ihre Pussy mit ihrer eigenen Hand zu reiben. Doch er ließ von ihr ab. Er wollte nicht, dass sie diejenige war, die die Kontrolle hatte. Er wollte, dass sie zuließ, dass er in diesem Tanz führte. In einer Bewegung riss er ihren Rock und ihr Höschen herunter und warf sie auf den Boden, bevor er auch den Rest ihrer Kleider auszog und sich anschließend von ihr ausziehen ließ. Die enge nasse Jeans auszuziehen war ein befreiendes Gefühl, und das erste, was er tun wollte, war sie hochzuheben und ihre Beine um seine Taille zu ziehen.

„Vertrau mir", sagte er, auch wenn es rutschig in der Dusche war, und ja, sie hätte fallen können, doch er würde es nicht zulassen. Er hielt sie. Er würde sie nicht fallen lassen. Er hob sie hoch, hielt sie an ihrem köstlichen Po fest und stieß tief in sie hinein, während er sich an der Wand abstützte. Mit einer Hand hielt er sich am Fensterbrett fest, um nicht die Balance zu verlieren, während er hart in sie hinein stieß. Immer wieder stieß er zu und beobachtete, wie ihre runden Brüste im Rhythmus hüpften und ihr wunderschöner Mund stöhnte, wann immer ihre Klitoris an ihn stieß, und er fürchtete, zu schnell zu kommen.

Anfangs schien sie zu fürchten, dass er die Balance verlor, doch dann schloss sie die Augen und lehnte ihren Kopf an die Fliesen. Dann geschah etwas Wunderbares: er beobachtete, wie sie losließ, und als sie das tat, wurde sie zu einem anderen Menschen – die Maddie, die er kannte und liebte, die Frau, die er jeden Tag seines Lebens sehen wollte. Nicht, dass er die kleine Furie nicht liebte, doch dieses schnurrende Kätzchen sah er mindestens genauso gern.

Als sie genug hatte, als er sie so gut durchgefickt hatte und ihre Klitoris geschwollen war, wandte sie den Kopf zur Seite, und er wusste, dass sie nicht mehr konnte. Wohin ihre Gedanken in diesem kurzen Moment wanderten, wusste er nicht, und es interessierte ihn auch nicht. Ihre Hände ließen die Wand los, und während ihres Orgasmus' klammerte sie sich an *ihn*. Nur ihn, und das schickte eine derartige Welle des Glücks durch sein Herz, dass er sich in sie ergoss.

„Maddie…"

„Ich liebe dich, Con. Es tut mir so leid."

Vorsichtig ließ er sie herunter und fühlte den heißen Regen der Dusche auf seinem nackten Rücken. Dann ließ er sich neben die wunderschöne Frau sinken, und spürte, wie ihre Finger zärtlich seine Schultern liebkosten, doch erst, als er seine Augen ein paar Minuten später öffnete, begriff er, dass sie gesagt hatte, dass sie ihn liebte.

Nachdem er ihre Kleider in den Trockner geworfen

und ihr eine Jogginghose und ein Rugby-Shirt gegeben hatte, in denen sie verdammt heiß aussah, stellte Conor Glenn Miller an und ignorierte ihre belustigten Blicke darüber und fing an, Steak und Guinness Pie zuzubereiten.

„Schau nicht so", sagte er, während er das Steak in dünne Streifen schnitt. „Oder ich koche dir nichts zu essen."

Maddie lachte und schüttelte den Kopf. „Du bist der einzige Typ, den ich kenne, der wirklich Weihnachtsmusik mag, Con. Ist einfach lustig."

„Die erinnert mich an Jasper, den Cousin meines Vaters, und sein Haus in Edinburgh. Wir haben seine Familie dort oft zur Weihnachtszeit besucht. Es hat immer geschneit. Meine Brüder und ich sind immer rodeln gegangen, den ganzen Tag. Wir sind mit den Schlitten gegen die Bäume gekracht, am Ende des Tages sind wir dann immer grün und blau und tropfnass ins Haus zurückgekehrt, wo Jasper immer Glenn Miller oder Count Basie gespielt hat."

„Klingt wunderbar." Maddie lächelte. „Zumindest die Musik."

„Was meinst du? Das Schlittenfahren war genauso genial! Ah, Liebes, Jax hätte einen Riesenspaß dabei. Ich würde es ihm gerne irgendwann mal zeigen, wenn er noch nicht dort gewesen ist." Con deutete mit dem Kochlöffel auf Maddie. „Ja, ich nehme euch beide mit nach Edinburgh und werde ihm den Hügel zeigen und wie man runterfahren muss, um an der einen Stelle zu fliegen und dann in die Bäume zu krachen. Ah... er wird es lieben!"

Maddie schüttelte den Kopf. „Auf gar keinen Fall."

„Was? Ah, siehst du? Nichts hat sich verändert. Du vertraust mir immer noch nicht." Con ließ die Schultern hängen. So viel zum Thema Fortschritt. Vielleicht würde Madlyn nie lernen, Jax mit einem anderen Mann zu teilen, und vielleicht musste er es einfach akzeptieren.

„So ein Quatsch. Das stimmt überhaupt nicht."

„Und ob. Ich schätze, du hältst mich einfach nicht für verlässlich. Ich kann sehen, dass ich nicht dein Held in glänzender Rüstung bin, wie dein Ex, den du *immer noch* in deine Wohnung lässt." Con schnaubte und stürmte auf die Veranda. Was zum Teufel stimmte nicht mit ihm? Warum ging ihm plötzlich jede Kleinigkeit so dermaßen an die Nieren? Schließlich *war* ihr Ex Jax' Vater. *Ah, Scheiß!*

„Erstens…" Madlyn war ihm gefolgt. „Der einzige Grund, warum Leo immer noch kommt, ist, weil er Jax' Vater ist. Und zweitens liebe ich ihn nicht. Ich liebe dich. Und drittens…"

„Du liebst mich?"

Sie erwiderte seinen Blick. „Ja, das tue ich. Und drittens… schau mal da drüben." Sie deutete den Strand entlang, wo zwei Gestalten durch den Nebel am Wasser entlang gingen. „Ich habe vorhin gelogen. Wir sind nicht hier, weil Jax das Meer sehen wollte. Ich wollte, dass ihr beiden euch seht. Ich wollte den Tag mit dir und den beiden anderen Menschen verbringen, die mir am wichtigsten sind. Darum habe ich sie mitgebracht." Sie legte ihre Arme um seine Schultern und umhüllte ihn mit ihrer Wärme.

„Ist das dein Ernst?" Er drehte sich um und zog sie in seine Arme. „Das ist so schön. Also…dann liebst du mich, und ich bin dir wichtig?"

„Das bist du", sagte sie sanft. „Und ich weiß, dass wir dich überrascht haben und du nicht auf uns vorbereitet gewesen bist. Und ich will dich nur vorwarnen. Du solltest vielleicht ein bisschen mehr kochen, denn mein Kind kann einem wirklich die Haare vom Kopf fressen." Sie lachte.

Er lächelte und küsste sie. „Damit kann ich umgehen. Ich stamme aus einer großen Familie, oder hast du das vergessen?"

Sie warteten auf der Veranda, bis Vanessa und Jax in Sichtweite waren, dann begann Maddie, die beiden herbeizuwinken. Er ging ins Haus zurück, um Snacks und Getränke vorzubereiten und irgendetwas zu suchen, womit er Jax unterhalten konnte. Auch wenn sie ihn unvorbereitet überfallen hatte, war er überglücklich. Gäste. Außer seinen Brüdern waren sie die ersten *wirklichen* Gäste, seit er hier eingezogen war.

„Bin gleich zurück." Er küsste Madlyn und eilte in die Garage, um die Kartons mit der Weihnachtsdeko zu holen, die er letzte Woche aus Green Valley mitgebracht hatte. Bis jetzt hatte er jedoch keine Lust gehabt zu dekorieren – bis er sich sicher war, dass Maddie an seiner Seite war, hatte keine Weihnachtsstimmung bei ihm aufkommen wollen.

Von draußen konnte er die Stimmen der Frauen und des Kindes hören. Es weckte ein Gefühl in ihm, das er schon lange nicht mehr empfunden hatte, und er kam zu dem Schluss, dass es die Aufregung sein musste, Teil einer Gruppe zu sein – einer, die nicht nur aus seinen Brüdern bestand. Er konnte sich nicht erinnern, wann er das letzte Mal zu irgendetwas gehört hatte, das nicht seine eigene Familie gewesen war, und musste zugeben, dass es sowohl beängstigend als auch berauschend war.

„Con?", rief Maddie ihn von der Verandatür.

„Hier."

Sie trat ein, gefolgt von Vanessa und Jax, der sich neugierig umsah.

„Hey, Con", begrüßte Vanessa ihn. „Entschuldige den Überfall."

„Was? Nein, alles bestens. Ihr seid genau rechtzeitig gekommen. Ich wollte gerade Mittagessen machen. Ich hoffe, ihr bleibt."

„Sicher, das klingt super." Vanessa sah sich um und rieb sich die Hände. Ihr Blick blieb an seinem noch ungeschmückten Weihnachtsbaum hängen. „Können wir den Baum für dich dekorieren, während du kochst?"

„Ah, sicher. Das wäre großartig. Und du, Sir? Con ging vor Jax in die Hocke und zog einen Karton mit Baumschmuck zu ihm herüber. „Möchtest du anfangen, während ich dir etwas zu trinken hole?" In dem Karton befanden sich ein paar der sentimentalen Favoriten seiner Mom und seines Dads aus seiner Kinderzeit. Rudolph das rotnasige Rentier und ein paar andere stammten noch aus seiner Kindergartenzeit. Quinn und Brady hatte sie letzte Woche für ihn aussortiert, als sie in Forestville Bäume gekauft hatten.

„Hast du welche von Ralphie?", fragte Jax hoffnungsvoll. Die Augen des Jungen waren wie die von Madlyn, nur unschuldiger und funkelnder. Ein hübsches Kind.

„Von wem?" Conor runzelte die Stirn.

„Ralphie", wiederholte Maddie. „Damit meint er den Film *Fröhliche Weihnachten.* Kennst du den? Das ist ein alter Film, den er über alles liebt."

„Nie davon gehört, doch ich habe eine Xbox mit Videothek-Zugang. Wenn du willst, such den Film, während ich mich um das Essen kümmere, und wenn du ihn findest, können wir ihn zusammen ansehen. Wie klingt das?", fragte er Jax. „Und in der Zwischenzeit kannst du mir davon erzählen, denn ich habe ihn noch nie gesehen."

Jax sah seine Mutter an, als hätte ihm gerade jemand gesagt, er hätte Tickets zum echten Jurassic Park gewonnen. „Er hat gesagt, wir können den Film gucken!"

„Yay!", jubelte Madlyn und warf Con den zerknirschten Blick einer Mutter zu, die einen Film schon mindestens hundertmal gesehen hatte. „Jippiieee! Danke, Con!" Vanessa und sie lachten, dann nahm Maddie die Fernbedienung, und Con zeigte ihr, wie sie nach dem Film suchen konnte.

Während er in die Küche ging, um die Zwiebeln und Paprika für den Guinness Pie zu schneiden, beobachtete er, wie sie den Film fanden und luden. Als die erste Szene über den Bildschirm flackerte, erinnerte er sich vage daran, dass er den Film vor langer Zeit doch gesehen hatte.

Irgendwas mit einem *Red Ryder* Luftgewehr oder so was. Netter Film, und der kleine Junge mit den blauen Augen war jetzt einer der Produzenten der Iron Man-Filme. Jax hatte schon einen guten Geschmack für Filme, genau wie Maddie einen großartigen Geschmack hatte, was Klamotten anging – und jetzt auch in Bezug auf Männer (endlich). Doch das Beste daran war, dass sie alle bei ihm waren. Er war kein Geheimnis, das man wegsperrte, sondern Teil ihres Lebens. Hier, in seinem Wohnzimmer.

Sie schmückten seinen Baum.

Sahen einen Film.

Warteten aufs Mittagessen.

Beinahe wie eine normale Familie.

Und wenn er Madlyn dabei beobachtete, wie sie eine Kugel an den Baum hängte, ihn fast schüchtern anlächelte und sich auf die Lippe biss, während sie wahrscheinlich an ihr kleines Tête-à-tête in der Dusche dachte, oder wenn sie mit Jax lachte, dachte er, dass er vielleicht… ja vielleicht tatsächlich eine Chance hatte, sie glücklich zu machen.

KAPITEL
EINUNDZWANZIG

Etwas an dem kleinen Ort 150 Meilen von der Stadt entfernt, in dem es außer einem ruhigen Strand, ein paar Häusern und einer Menge Möwen nicht viel gab, machte es ihr leicht, ihre Sorgen zu vergessen.

Mehr als das. Beim Weihnachtsbaumschmücken in Cons kleinem Haus in Timber Cove, wo sie einen alten Film nach dem anderen ansahen und seinen höllisch guten Irish Coffee tranken, hatte Madlyn das Gefühl, dass ihr Herz vor Glück und Weihnachtsstimmung fast platzen musste. Alles würde gut werden, dachte sie. Con war jetzt ein Teil ihrer Welt. Er war ihre Welt.

Doch wie alle guten Dinge, war auch das nicht von langer Dauer.

Nachdem Jax in Madlyns Armen auf dem Sofa eingeschlafen war und Vanessa am anderen Ende in eine Decke gekuschelt eine romantische Komödie ansah, räumte Con die Küche auf und verstaute das übriggebliebene Essen im Kühlschrank, als Madlyn eine dringende Nachricht erhielt. Sie war von Kimmi, einer der anderen Hochzeitsplanerinnen ihrer Firma. Madlyn tippte eilig eine Antwort.

„Alles okay?", fragte Conor.

„Eins der anderen Mädchen" Sie scrollte durch die lange Nachricht. „Sie hat sich eine Magengrippe eingefangen und will wissen, ob ich ihre Hochzeit morgen übernehmen kann. Uff. Ich hab so was von *keine* Lust darauf."

„Wer heiratet denn auch drei Tage vor Weihnachten?"

„Leute, deren Familien überall auf der Welt verstreut sind, und die nicht so oft zusammenkommen."

„Kannst du nicht einfach nein sagen?"

„Das kann ich schon. Aber es gibt niemanden sonst, der für sie einspringen kann, und es ist eine große Hochzeit. Luxus-Power-Paar. Er ist Bezirksstaatsanwalt. Wenn ich übernehme, stehe ich gut da, besonders weil ich unbedingt diese Beförderung brauche. Das Timing könnte jedoch nicht schlechter sein. Nachdem Leo Jax erst am 25. wieder hat, ist er für ein paar Tage weggefahren." Er hatte ihr erzählt, dass er ein paar Tage mit seiner neuen Freundin Skifahren wollte – nachdem er Madlyn erklärt hatte, dass sie wunderbar war, und dass sie sie wirklich mögen würde. Sie hatte nur gelächelt und genickt, auch wenn ihr erster Gedanke „Jaja, schon klar" gewesen war. Ausgesprochen hatte sie ihn jedoch nicht, da sie und Leo sich Mühe gaben, freundlich miteinander umzugehen. Vielleicht gab es ja tatsächlich so etwas wie

Weihnachtswunder.

Vanessa warf ihr einen Seitenblick vom anderen Ende des Sofas zu. „Schau mich nicht an. Ich muss morgen früh zurück. Ich muss Mami helfen, alles für Nochebuena vorzubereiten."

„Nein, ich weiß, ich weiß…" Madlyn nagte an ihrem Fingernagel und streichelte Jax' Rücken, als er sich im Schlaf bewegte. Sie hatten viel zu laut geredet.

Irgendwie musste sie es hinbekommen. Zuhause rannte Kimmi wahrscheinlich andauernd ins Bad und wartete auf ihre Antwort. Sie konnte Leo nicht anrufen und sein Wochenende stören. Naja, theoretisch schon. Schließlich hatte er dasselbe zahllose Male mit ihr gemacht, doch sie wollte nicht so sein. Jax war alt genug, dass sie ihm einen Anzug anziehen und ihn mitbringen konnte, doch so sehr sie ihn auch liebte, er war immer noch ein kleines Kind, und spätestens nach einer Stunde würde ihm langweilig werden.

„Ich kann auf ihn aufpassen", rief Con ihr aus der Küche zu. Er lehnte am Küchentresen und wartete mit neutraler Miene, auch wenn er erwartete, dass Madlyn ablehnen würde.

„Du meinst, ich soll ihn hier lassen?" Madlyn versuchte, nicht allzu entsetzt auszusehen.

In Timber Cove? Während sie und Vanessa zurück nach Hause fuhren? Jax würde sich nicht wohl fühlen, wenn er allein bei jemandem bleiben sollte, den er kaum kannte, und am Ende des Tages würde Conor sich die Haare raufen, weil er nicht wusste, wie er einen

Vierjährigen den ganzen Tag lang bei Laune halten sollte. Zumindest glaubte sie das.

„Das wäre eine ganz schöne Fahrerei", sagte sie, nachdem sie sich für diese Ausrede entschieden hatte. „Ich müsste zwei Stunden nach Hause fahren, dann wieder zwei Stunden hierher, um ihn zu holen, und dann wieder zwei Stunden zurück. *Gutes Argument, Madlyn. Und jetzt?*

„Ich kann mitkommen, Maddie. Ich meine, in deine Wohnung. Natürlich nur, wenn es dir nichts ausmacht, dass ich auf Jax aufpasse, während du arbeitest. Ich bin ein Familienmensch. Vier Brüder, oder hast du das schon vergessen?"

Sein leicht schnippischer Ton reizte sie, auch wenn sie wusste, dass er immer noch nicht sicher war, ob sie ihm vertraute. Doch sie sprachen schließlich von ihrem Kind, und Con und Jax hatten bisher kaum einen Tag miteinander verbracht. „Du hast den Kuchen gekillt, oder hast *du* das schon vergessen?", konterte sie.

Vanessa sah ihn mit zusammengebissenen Zähnen an. „Autsch."

„Das war nicht meine Schuld!" Er sah so niedlich aus mit der Schürze und dem Küchenhandtuch, das über seiner Schulter hing. Wie konnte sie ihm zutrauen, dass er Steak und Guinness Pie zum Abendessen kochte und Irish Coffee zum Dessert, und eine gemütliche Weihnachtsatmosphäre in seinem Haus am Meer für sie erschuf, doch nicht, dass er einen halben Tag lang auf ihr Kind aufpasste?

Was zum Teufel stimmt nicht mit mir?

Sie zögerte. Die Wahrheit war, dass sie Conor vertraute. Er würde Jax nie bewusst in Gefahr bringen. Doch es konnte immer etwas passieren, was auch der Grund gewesen war, warum sie den Kuchen erwähnt hatte. Sie hatte damit nicht sagen wollen, dass er nicht vertrauenswürdig war.

Dazu kam, dass sie gerade erst einen großen Sieg errungen hatte, indem sie Leo dazu gebracht hatte zuzustimmen, dass sie Jax zu Conor mitnehmen konnte. Konnte sie da wirklich erwarten, dass er zustimmte, dass sie Conor allein auf ihren Sohn aufpassen ließ?

Wenn Leo *ihrem* Urteil vertraute, dann ja.

Zumindest musste sie es versuchen.

Sie nickte. „Ich muss Leo anrufen und sichergehen, dass er einverstanden ist. Doch wenn ja, dann wäre es schön, wenn du auf Jax aufpassen könntest, Conor." Da. Die Last auf ihren Schultern. Schwups. Weg war sie. Sie atmete aus und lächelte.

Er riss die Augen auf und neigte den Kopf. „Bist du dir sicher?"

„Ich *bin* mir sicher."

Conor lächelte. „Angenommen, dass Leo damit einverstanden ist, fahren wir dann also morgen früh in die Stadt zurück.

Hochzeiten im Julian Morgan Ballsaal waren nichts für schwache Herzen und nur etwas für Leute mit dickem Bankkonto, darum stand Madlyn unter großem Druck, dafür zu sorgen Kimmis gutem Namen gerecht zu werden und ihren eigenen Ruf auf ein neues Niveau zu bringen. In den 15. Stock, um genau zu sein, wo halbrunde Fenster in elegant getäfelten Wänden einen atemberaubenden Blick auf die Skyline der Stadt freigaben und riesige Natursteinkamine und Gewölbedecken die Eleganz und Klasse des Brautpaars unterstrichen. Die Hochzeitsgala zelebrierte die Ehe eines prominenten Bezirksstaatsanwalts und seiner Braut, einer Cheerleaderin von den 49ers, und alles vom Kleid, über die Torte, bis hin zur Live Band, der Küche und der Garderobiere war auf höchstem Niveau. Madlyn hatte keine Ahnung, wie jemand so viel Geld verdienen konnte, doch sie hoffte, bald auch ein wenig mehr zu verdienen, indem sie anspruchsvollere Events wie dieses für solche Leute plante.

Kimmi war zum Glück eine ausgezeichnete Planerin, und alles lief glatt. Das einzige Problemchen, das aufgetaucht war, war die Harfenistin, die keinen Parkplatz hatte finden können, um ihr Instrument auszuladen, doch sobald Madlyn ihr den Zugangscode zur Einfahrt zum Serviceaufzug gegeben hatte, lief der Rest der Hochzeit wie geschmiert.

Auch wenn sie sich um eine so wichtige Hochzeit kümmern musste, wanderten Madlyns Gedanken immer noch zu Con und ihrem Sohn. Er wollte mit ihm ein paar Stunden in ein Museum gehen, das nur 25 Minuten entfernt war, wo Jax sich Dinosaurierknochen, ein funktionierendes Modell eines Vulkans, Pinguin-Fütterungen und ein künstliches Korallenriff ansehen konnte. Sie hatte ein schlechtes Gewissen, denn sie hatte selbst mit Jax dorthin gehen wollen. Doch da sich nie die Gelegenheit ergeben hatte, war sie froh, dass jemand mit ihm hinging.

Nicht irgendjemand, sondern Conor.

Das war eine gute Gelegenheit für die beiden, eine Beziehung zueinander aufzubauen.

Als die Feier am Nachmittag zu Ende war, wartete sie wie immer noch etwas über eine Stunde nachdem der letzte Gast gegangen war, bis alle Dienstleister ihre Sachen gepackt hatten, alle gezahlten Kautionen zurückgegeben und der Veranstaltungsort in seinen ursprünglichen Zustand zurück versetzt worden war. Im Auftrag des frisch verheirateten Paares und der Brauteltern händigte sie dem Personal die Umschläge mit dem Trinkgeld aus und ging schließlich mit Blasen an den Füßen zurück zu ihrem Wagen.

Als sie auf dem Parkplatz des Museums anhielt, wechselte sie in ein paar flache Schuhe und machte sich auf die Suche nach ihren geliebten Jungs. Sie lächelte. Es war seltsam, dass sie so von ihnen dachte. In Jax' Fall war das nur natürlich, doch Conor auch? Scheinbar schon. Sie hatte ihm ihren Sohn anvertraut, und hatte ihm gesagt, dass sie ihn liebte – dabei kannte sie ihn gerade erst einen Monat. Er behandelte sie unglaublich gut und weckte allerlei gute Gefühle in ihr.

Und da war noch mehr. Da war ihr Sohn, der ihr mit einem riesigen Plüsch-Dinosaurier im Arm und einem strahlenden Lächeln im Gesicht entgegen gerannt kam.

„Mommy!"

„Hey, hey!" Sie ging in die Hocke und nahm ihn in die Arme. Hinter Jax kam Conor auf sie zu, mit einem glücklichen Lächeln im Gesicht und einem Strauß Gänseblümchen in der Hand.

„Hallo Mom. Die haben wir für dich gepflückt."

„Für mich?" Sie stand mit Jax auf dem Arm auf, was dieser Tage immer schwerer wurde, und nahm die Blumen von Conor entgegen. „Wow, Gentlemen."

„Man findet ja auch nur selten eine Mom, die so schön ist und so schwer arbeitet wie du."

„Das ist so süß von dir. Danke!" Sie umarmte ihn. „Habt ihr schon was gegessen?"

„Ja, wir haben gerade einen Dino-Burger gegessen", sagte Con. „Und davor haben wir die Hände gewaschen und Handdesinfektionsmittel benutzt, und wir haben Wasser anstatt Saft getrunken, und die Weintrauben auch zuerst in zwei Hälften geschnitten. Haben wir irgendwas vergessen, kleiner Schlawiner?"

„Er hat alles genau so gemacht, wie du es ihm gesagt hast, Mommy", sagte Jax und attackierte Madlyns Bein mit seinem T-Rex.

Madlyn war die lange to-do Liste ein wenig peinlich gewesen, die sie Conor gegeben hatte, bevor sie sie im Museum alleine gelassen hatte. Rückblickend hätte sie ihn einfach machen lassen sollen, wie er dachte. Wenn Leo der Meinung war, dass es eine gute Idee war, Jax nicht zu baden und ihn bis Mitternacht Videospiele spielen zu lassen, war sie sich sicher, dass Conor gewissenhafter an die Aufgabe herangehen würde.

„Ich habe noch nie in meinem Leben mehr Regeln befolgt." Conor zwinkerte Madlyn zu, und warf Jax einen gespielt ernsten Blick zu. „War nur ein Scherz. Ich habe immer brav die Regeln befolgt. In der Schule, bei meiner Mom, Ober-Regelbefolger und Schüler der Woche. So solltest du auch mal werden." Er zerzauste Jax' Haare und knuffte den Dinosaurier.

Jax ließ das Plüschtier mit einem Stöhnen k.o. auf den Boden fallen, und er und Conor lachten vergnügt. Es wärmte Madlyn das Herz zu sehen, dass die beiden Spaß hatten, und machte sie auch ein klein wenig eifersüchtig.

„Jax, Baby, heb das auf. Der Boden ist schmutzig", sagte sie.

Als Jax den Dinosaurier aufhob und ihn Conor zuwarf, der ihn auffing und mit übertriebener Geste wieder zurückwarf, erkannte sie, was für eine wunderbare Sache sich gerade vor ihren Augen abspielte. Jax hatte jemanden, mit dem er spielen konnte, jemanden, der ihn besser verstand als sie – und dafür war sie mehr als dankbar.

Schau sie dir an… als kennen sie sich schon ewig.

Sie verstand jetzt, dass das genau das war, was sie am meisten befürchtet hatte. Nicht dass Jax und Conor sich nicht verstehen würden, sondern dass sie schnell eine derart enge Bindung zueinander aufbauen würden. Wer würde Jax gebrochenes Herz trösten, wenn es zwischen Madlyn und Conor nicht funktionieren sollte? Natürlich hatte Conor gesagt, dass er sie liebte. Und dass er diese Beziehung von ganzem Herzen wollte, selbst wenn das bedeutete, dass er seinen Surfladen schließen und nach San Francisco ziehen musste. Das war jetzt. Doch sie war sich bewusst, dass sich all das schnell ändern konnte. Was, wenn Con eines Tages wieder die Wanderlust packte? Was, wenn sich der Wind drehte und er seine Meinung änderte. Anders als Leo hatte er Jax gegenüber keinerlei Verpflichtungen. Conor hatte nichts, das ihn an Jax band. Nichts.

Nichts, außer seinem guten Charakter. Seinem Respekt für Madlyn. Seiner Zuneigung dem kleinen Jungen gegenüber, die bereits deutlich sichtbar war. Nein, jetzt wusste sie, dass, egal was in Zukunft geschah, Conor genauso rücksichtsvoll mit Jax' Herz umgehen würde wie mit ihrem. Nichts konnte verhindern, dass sie zu einer Familie zusammenwuchsen, solange Madlyn vertraute und zuließ, dass sie daran glaubte.

Die Sonne begann zu sinken, und es war Zeit zu gehen. Die Temperatur war bereits deutlich gefallen. „Ich sollte Jax ins Bett bringen", sagte Madlyn zu Conor, während sie langsam auf den Parkplatz zugingen. „Möchtest du noch ein bisschen mit uns kommen?"

Sie war noch nicht bereit, ihn in ihrer Wohnung übernachten zu lassen. Nicht, wenn Jax da war, und sie hielt den Atem an und fragte sich, ob er das wieder als Beweis sah, dass sie ihm etwas vorenthielt.

Er lächelte nur und nahm ihre Hand. „Das wäre schön. Ich fahr' euch hinterher. Komm, Kiddo", rief er Jax zu. Der Junge kam wie ein Raubtier mit seinem T-Rex aus dem Gebüsch gestürmt. Madlyn und Con taten beide, als hätte er sie zu Tode erschreckt, und Jax kicherte.

Als sie in ihre Wohnung kamen, setzte sich Conor vor den Fernseher, damit Madlyn Jax baden konnte. Mit einem dankbaren Lächeln nickte sie ihm zu und begann mit ihrem allabendlichen Ritual. Als Jax frisch gebadet war und sie ihm einen seiner niedlichen Pyjamas angezogen hatte, ging er sehr zu Madlyns Überraschung nicht wie sonst sofort in sein Bett, sondern ins Wohnzimmer. Langsam folgte sie ihm.

Vom Flur aus beobachtete sie, wie Conor sich aufrichtete und sich zu Jax hinunterbeugte. Ehe er sich versah, fiel Jax ihm um den Hals und umarmte ihn. Con flüsterte ihm etwas ins Ohr, dann begegnete er Madlyns Blick.

Es fiel ihr schwer, gegen die Tränen anzukämpfen, die in ihre Augen steigen wollten, und sich nicht die Hand vor den Mund zu schlagen. Leo war ein guter Vater. Das hatte sie immer gewusst. Doch ihren Sohn in diesem Augenblick in Conors Armen zu sehen. Zu sehen, wie er dem Mann, den sie liebte, bereits so viel Zuneigung entgegenbrachte, ließ Madlyns Herz vor Dankbarkeit anschwellen. Sie war nie sonderlich religiös gewesen. Doch in diesem Augenblick dankte sie ihren Glückssternen, Gott, dem Universum und allen Mächten, die sonst noch dafür verantwortlich waren, in einer so schwierigen Zeit einen so wunderbaren Mann in ihr Leben geschickt zu haben.

Als Jax sich aus Conors Umarmung löste, und seine Hand ergriff, holte Madlyn tief Luft.

„Mommy, kann Con mich heute ins Bett bringen?"

„Oh, ein Ehrengast beim ins-Bett-bringen? Aber natürlich. Ist das okay für dich?", fragte sie Conor lächelnd.

Dieser stand auf und warf Madlyn einen erstaunten Blick zu. „Aber sicher, Kumpel. Zeigst du mir den Weg?" Dann folgte er Jax, der seinen neuen Dinosaurier hinter sich her schleifte und das Riesenvieh dann neben sein Kopfkissen setzte. „Ralphie soll genau hier sitzen."

„Ah, meinst du nicht, dass der dir einen Schreck einjagen wird, wenn du mitten in der Nacht wach wirst und mal pieseln musst?", fragte Con.

„Nah. Ralphie wird alle Monster verscheuchen", erklärte Jax, dem offenbar vollkommen entgangen war, dass Ralphie, der T-Rex tatsächlich selbst ein Monster war.

Madlyn lachte und sah Conor an, der mit den Schultern zuckte.

Con warf Madlyn einen wissenden Blick zu. „Ralphie", sagte ernst und hob die Hände. „Ich hätte es wissen müssen."

„Der einzige T-Rex, der dieses Jahr ein Red Ryder Luftgewehr zu Weihnachten bekommt", fügte Madlyn hinzu.

„Mommy, können wir nochmal Ralphie gucken?", fragte Jax, der schon in sein Bett geklettert war.

„Ah, das meinst du doch nicht ernst! Zum 2478. Mal?", lachte Conor.

„Bitte?", bettelte Jax und knuffte Ralphie, dem

Dinosaurier gegen den Kiefer.

Madlyn zuckte mit den Schultern und bemerkte Cons ungläubigen Blick. Es gab ein paar Dinge, die er nicht verstehen würde, bis er selbst Vater war. „Das hilft ihm beim Einschlafen. Mach mir keine Vorwürfe, bis du es nicht selbst erlebt hast, Mister. Ich habe deinen Blick gesehen. Also gut. Komm." Sie ging ins Wohnzimmer, wo sie den Film für Jax einlegte, und sobald er mit einem Glas Milch und seinem neuen Dino auf dem Sofa saß, bot Madlyn Conor ein Bier in der Küche an.

„Ich habe eine Frage an dich", sagte sie und zog zwei Flaschen aus dem Kühlschrank. „Eher einen Vorschlag."

„Hier? Wo der kleine Scheißer auf dem Sofa sitzt?" Er zwinkerte ihr zu.

Sie stellte das Bier auf den Tresen und knuffte ihn gegen den Oberarm. Er zuckte.

„Okay. Ich sage nicht, dass das sofort passieren muss. Es muss auch gar nicht sein, wenn du dir nicht sicher bist oder deine Meinung geändert hast. Wenn wir beide bleiben, wo wir sind, wird mich das auch nicht davon abhalten, an unserer Beziehung zu arbeiten. Ich bin zu 100% in diese Beziehung investiert, Con. Und dasselbe gilt auch für Jax."

Con nickte. „Ich bin froh, dass du das sagst."

„Aber ich – ich will dir versichern, dass ich dich höre. Und ich lerne, dir zu glauben."

Sie hielt wieder inne, und Conor wedelte ungeduldig mit den Händen. „Jetzt nicht aufhören, meine kleine Furie."

Sie holte tief Luft. „Okay. Also… du hast gesagt, dass dein Herz nicht an Timber Cove hängt."

Er sah sie mit gespielt entnervter Miene an, als sie wieder inne hielt, und diesmal lächelte sie. Es gefiel ihr, wenn sie einander neckten.

„Das stimmt", sagte er. „Das Geschäft läuft recht mau. Ich meine, ich liebe das Meer. Ich wache gerne auf und setze mich raus auf die Veranda. Hat was Friedliches an sich, das mich beruhigt. Doch du beruhigst mich noch mehr. Wenn ich das Meer ansehe, suche ich nach Antworten, die ich nicht finden kann. Doch mit dir habe ich sie schon." Er warf einen Blick in Jax' Richtung und sah, dass er gebannt auf den Bildschirm stierte, darum wagte er, ihre Wange zu streicheln. „Davon abgesehen gibt es viele Orte am Meer. Orte, an denen man leben kann. Die man besuchen kann. Ich sehne mich nicht danach, das Meer jeden Tag zu sehen. Dich allerdings schon."

Wow. Dieser Junge und die Art, wie er seine Gefühle in Worte fasste, brachten sie aus der Fassung. Sie musste einfach die Karten auf den Tisch legen. „Möchtest du immer noch eine Massage-Ausbildung machen?"

Langsam breitete sich ein Lächeln auf seinem Gesicht aus. „Hängt davon ab. Du hast gesagt, dass meine Massagen großartig waren. Hast du das ernst gemeint, oder wolltest du mir nur Honig um den Bart schmieren?"

„Das war todernst gemeint." Madlyn starrte in Conors Augen. Sie leuchteten, auch wenn es in der Küche dunkel war. Er hatte wirklich wunderbare Hände. „Ich habe gehört, dass es ausgezeichnete Kurse dafür hier gibt."

„Ach so? Vielleicht sollten wir uns näher damit befassen… du würdest aber nicht eifersüchtig werden, meine kleine Furie? Du weißt schon, wenn meine Kundschaft dann hauptsächlich aus scharfen reichen Amerikanerinnen besteht, die unbedingt einen strammen irischen Burschen wollen, der Hand an sie legt?"

Darüber hatte sie tatsächlich schon nachgedacht. Bis Leo sie betrogen hatte, war sie nie ein sonderlich misstrauischer oder besitzergreifender Mensch gewesen. Sie wusste, dass Massage eine Heilkunst war, die großes Einfühlungsvermögen erforderte. Conor hatte so viel Balance und Entspannung in ihr Leben gebracht. Er konnte auch anderen helfen. Doch sie wollte nicht, dass er dachte, dass sie die Idee sonderlich *mochte*, dass er andere Frauen anfasste.

„Was, wenn ich eifersüchtig werde?" Sie blinzelte ihm zu, warf einen verstohlenen Blick in Jax' Richtung und strich mit dem Finger über sein Shirt. „Was, wenn ich den Gedanken nicht ertragen kann, dass du jemand anderen als mich berührst und jedes Mal einen Wutanfall bekomme, wenn du von der Arbeit kommst? Was dann?"

„Dann muss ich dich jeden Abend kalt duschen und ficken, bis du dich beruhigt hast." Er stieß mit ihr an und leckte den Rand seiner Flasche, bevor er einen Schluck trank.

Sie lächelte und saugte wie ein Schwamm diesen perfekten Moment in sich auf. Sie war zu Hause, ihr Kleiner saß zufrieden auf dem Sofa, und in der Küche unterhielt sie sich mit dem Mann ihrer Träume über ihre gemeinsame Zukunft. Ihr Herz war voller Freude und frei von Sorgen. Und was noch besser war: sie wusste, dass es noch Hunderte, nein Tausende dieser Augenblicke geben würde, auf die sie sich freuen konnte. Und all das, weil dieser atemberaubende irische Surferboy seine Mutter so sehr geliebt hatte, dass er Dublin verlassen hatte, um nach Green Valley zu ziehen, und seinem Instinkt gefolgt war und einen Surfladen in Timber Cove eröffnet hatte.

„Ich habe noch einen Vorschlag für dich", sagte sie und legte ihre Hand auf seine.

„Daran könnte ich mich glatt gewöhnen." Er sah sie mit derart sexy Augen an, dass sie sich wünschte, dass Jax schon schliefe.

„Was machst du an Nochebuena?"

„Noche-was?"

„Am 24. … in zwei Tagen? Da feiere ich mit meiner Familie Weihnachten. Am Weihnachtsabend. Möchtest du mit mir und Jax den Abend im Haus von Vanessas Mom feiern?"

„Whoa, whoa, whoa…" Conor wich zurück und machte eine große Show aus Madlyns Frage. „Soll das etwa heißen, dass du *mich* in deinen inneren Kreis einlädst? Zu deiner Familie, zu deinem Sohn? Bist du dir sicher? Was, wenn ich dich in deinem Element sehe? Was wenn ich …*oh Gott*… mehr über dich erfahre?"

Sie knuffte ihn wieder. „Con, würdest du bitte kommen?"

Con trat näher an sie heran und nahm ihr Gesicht sanft

in seine Hände. Nach einem schnellen Blick in Jax' Richtung, der immer noch vollkommen auf den Film konzentriert war, gab er ihr einen Kuss auf die Stirn. „Es wäre mir eine Ehre. Danke, dass du mich gefragt hast. Soll ich irgendwas mitbringen?"

„Nein. Wir kümmern uns um alles. Gibt jede Menge mexikanisches Essen. Du wirst es lieben!"

„Aufregend! Kommen dein Vater und dein Bruder auch?"

„Das werden sie", sagte sie, und ihr Magen machte vor Aufregung einen Sprung bei dem Gedanken, dass sie zum ersten Mal seit sechs Jahren ihrer Familie einen neuen Mann vorstellen würde. Und zum ersten Mal seit sechs Jahren dachte sie noch an etwas anderes – dass ihr vollkommen egal war, was irgendjemand dachte. Natürlich würde es Blicke geben. Ihre Tante Chiqui würde wissen wollen, was mit Leo war, ob sie nun tatsächlich getrennte Wege gingen, und ihr Vater würde fragen, ob sie auch wirklich gründlich darüber nachgedacht hatte, bevor sie sich auf eine Beziehung mit einem neuen Mann eingelassen hatte, und ihr Bruder würde sichergehen wollen, dass es sicher war, den neuen Typen in Jax' Nähe zu lassen. Doch sollten sie doch alle so neugierig sein, wie sie wollten.

Die einzige Meinung, die zählte, war ihre. Und die von Jax natürlich.

Sie liebte Conor. Und konnte nicht fassen, dass er Nochebuena mit ihr verbringen würde. Wenn jemand ihr vor zwei Monaten gesagt hätte, dass Leo nach

Thanksgiving ausziehen und sie mit jemand neuem zusammmen sein würde, den sie dann auch noch zu Weihnachten ihrer Familie vorstellen und dass auch Jax ihn lieben würde, hätte sie geschnaubt und es nicht geglaubt.

Doch es war wahr.

Besser als wahr – es war real.

Und geschah.

Direkt vor ihren Augen.

KAPITEL
ZWEIUNDZWANZIG

Nervös war nie ein Wort gewesen, mit dem sich Conor beschrieben hätte, doch so gesehen hatte er auch nie einen Grund gehabt, nervös zu sein. Nicht so. Er wollte unbedingt einen guten ersten Eindruck bei Madlyns Familie hinterlassen. Doch würden sie sich für den verrückten Iren erwärmen? Würden sie seinen selbstgebackenen Apfelkuchen mögen oder ihn aus dem Fenster werfen, weil es keine traditionell mexikanische Speise war? Und ihr Vater? Vielleicht war es ein Fehler gewesen, darauf zu bestehen, dass Madlyn ihn so schnell nach ihrer Scheidung an ihrem Leben teilhaben lassen wollte. Vielleicht würde Mr. Sanchez Senior ihn ansehen und verlangen, dass Madlyn den Neuen rauswarf und Jax' Vater zurückholte.

Natürlich waren das dumme Gedanken.

Doch Gott bewahre – genau das konnte passieren.

An der Tür zum Haus ihrer Tante, brachte dieser

absurde Gedanke einen weiteren hervor. „Was ist der Nachname deines Vaters?", fragte er. Ihm war eingefallen, dass es nicht Sanchez sein konnte. Jax' Nachname war Sanchez, darum ging er davon aus, dass Madlyn bei der Hochzeit den Nachnamen ihres Exmannes angenommen hatte.

Sie lächelte ihn an. „Gut mitgedacht. Er heißt Figueroa."

„Gott, das ist ja noch schwerer auszusprechen. Wie nochmal?"

„Fie-ga-roh-ah", sagte sie langsam und rollte das R.

„Fie-gach-roh-ah. Fiegachrohah. Fiegachrohah…" Wiederholte er den Namen, bis sie schließlich Schritte hinter der Tür hörten. Laute Salsa-Musik und Gelächter klangen durch das Haus. Wow. Jemand hier wusste definitiv, wie man feierte. Sein Magen zog sich zusammen.

„Schon ganz gut", sagte sie und tätschelte seinen Arm. „Du packst das schon."

Sogar Jax drückte seine Hand, da auch er gemerkt hatte, wie nervös Conor war.

Doch als sie im Haus waren, schmolz seine Angst sofort dahin. Er musste sich wirklich keine Sorgen machen. Ja, alle schienen neugierig zu sein, und da war eine Menge Geküsse und Gedrücke und laute Rufe auf Spanisch, und Conor fühlte sich wie ein *pescado fuera del agua* – wie ein Fisch auf dem Trockenen, doch wenigstens waren Madlyn, Vanessa und Jax da – drei Leute, die er kannte und liebte, und mehr war nicht nötig, um ihn zu beruhigen. Solange ihre Tante Chiqui ihn anlächelte, und ihm *Tamales, Buñuelos,* und *Ponche navideño* anbot, war alles gut.

Dennoch hatte er ein Taschentuch in der Hosentasche, mit dem er sich immer wieder den Schweiß von der Stirn wischte.

Ihr Vater, Mr. Figueroa, kam schließlich mit ihrem Bruder Rico an, etwa zwei Stunden, nachdem sie selbst angekommen waren, was laut Madlyn vollkommen normal war. Zum einen, weil sie in L.A. lebten, und weil sie Hispanos waren, die ohnehin kamen, wann sie wollen, da es eine Party war, die die ganze Nacht lang andauern würde. Er bemerkte auch sofort, dass Mr. Figueroa ein starker, kleiner Mann war, der perfekt Englisch sprach.

„Hallo Conor, freut mich, Sie kennenzulernen." Sein Vater hatte einen angenehm festen Händedruck, was Con sehr gefiel. Die Brille des älteren Mannes mochte er auch. Sie gab ihm das Aussehen eines Gelehrten. „Habe wunderbare Dinge über Sie gehört, junger Mann."

„Das haben Sie? Oh, das ist schön. Freut mich auch, Sie kennenzulernen, ähm…" Con zögerte und schickte ein Stoßgebet gen Himmel. „Mr. Fie-gach-roa." *Na bitte, gar nicht so schlecht.*

Madlyn seufzte glücklich und umarmte ihren Vater. „Hi, Papi."

Auch Vanessa hinter ihr schien erleichtert aufzuatmen.

Mr. Figueroa nickte und bot Conor eine Flasche *Dos Equis* Bier an, die dieser dankbar annahm. Rico schüttelte ihm ebenfalls die Hand, und die drei Männer ließen sich zusammen auf dem Sofa nieder, um sich über seinen Umzug von Dublin nach Green Valley zu unterhalten. Madlyn kam mehrfach vorbei, um nach ihnen zu sehen und sicherzugehen, dass sie sich gut verstanden, und der Rest der Nacht verlief reibungslos. Conor machte es Spaß, Jax dabei zuzusehen, wie er den ganzen Abend mit den anderen Kindern spielte. Sie spielten Verstecken, wobei Jax die meiste Zeit suchte und die Familie mit Ralphie, seinem neuen T-Rex tyrannisierte.

Kurz vor Mitternacht dachte Con, dass die Party endete, als sie schöne Weihnachtslieder sangen, begleitet von zweien ihrer Onkels, die Gitarre spielten, doch das war erst der Anfang. Alle zogen sich warm an und gingen zur Tür.

„Bereit für die Christmette?" Madlyn lächelte und hakte sich bei Con unter.

„Was? Es geht noch weiter?"

„*Cláro, hombre!* Wir gehen zur Messe und singen noch mehr *villancicos*, dann kommen wir wieder her und packen die Geschenke aus", sagte sie, mit einem Funkeln in den Augen. Es war amüsant mehr Spanisch von ihr zu hören, wenn sie im Kreis ihrer Familie war. „Du hast gesagt, dass du Teil meines Lebens sein möchtest. Du hast nicht einmal ansatzweise geahnt, was du dir damit einbrockst, oder?" Sie lachte.

„Nein, das habe ich nicht, doch es gefällt mir. Kannst du nur bitte ein paar *Churros* in deine Tasche packen? Die Dinger sind der Hammer!" Con deutete auf den Teller mit dem frittierten Zimtgebäck. Wenn er ehrlich war, wurde er langsam müde und wäre am liebsten mit ihr nach Hause gegangen. Er hoffte, dass sie ihn vielleicht zum ersten Mal bei sich übernachten ließ und er vielleicht auch ein wenig Zweisamkeit mit ihr genießen konnte, doch ein paar Stunden mehr mit ihrer Familie würden ihm auch nicht wehtun.

So unterschiedlich ihre Kulturen waren, eines hatten sie gemein – sie waren beide katholisch, und plötzlich vermisste Conor seinen Vater mehr denn je. Während er in der Kirche saß, der Musik lauschte und *Churros* aus Madlyns Handtasche naschte, dachte er, dass es seinem Vater auch gefallen hätte, die Kinder zu sehen, die alle hübsch angezogen die Krippenszene nachstellten. Er hätte sich sicher über den kleinen Knirps amüsiert, der den Hirten spielte und anstatt eines Lamms einen flauschigen kläffenden Zwergspitz auf der Schulter trug.

Zurück im Haus ihrer Tante, müde und ziemlich erledigt, erklärte Madlyn ihm, dass jeder ein Geschenk aufmachen durfte. Conor holte zwei Schachteln aus einer Tüte, die er im Flur gelassen hatte. Eine große und eine kleine.

„Ist das für mich?" Jax sprang auf und kletterte auf Conors Schoß. Sie hatten sich im Wohnzimmer versammelt, und alle saßen auf den Sofas oder auf dem Boden.

„Ich weiß nicht. Da steht Jax Sanchez drauf. Bist du das? Ich dachte, dein Name ist kleiner Scherzkeks." Er lächelte und reichte Jax die größere der beiden Schachteln, die mit Geschenkpapier eingewickelt war, das mit Dinosauriern mit roten Weihnachtsmann-Mützen bedruckt war.

„Ich bin kein kleiner Scherzkeks. Du bist ein Scherzkeks. Ist das vom Weihnachtsmann?" Jax machte große Augen.

Conor ließ Madlyn die Frage beantworten.

„Nein, Jax. Du weißt, dass der Weihnachtsmann seine Geschenke heute Nacht bringen wird, wenn du brav schläfst. Das hier ist von Con." Sie zwinkerte ihm zu.

„Ja, Kumpel. Ich glaub nicht, dass der Weihnachtsmann sowas am Nordpol macht."

Madlyn sah gespannt zu, als Jax das Papier aufriss. Darunter war eine Schachtel, auf der die berühmte Netz-bestrumpfte Damenbein-Lampe aus dem Film *Fröhliche Weihnachten,* in die Ralphie so vernarrt gewesen war, abgebildet war. „Ja! Die hässliche Lampe! Die hässliche Lampe! Jippieeee!"

„Sorry", grinste Con. „Konnte nicht widerstehen."

„*Ay, pero y eso?*", fragte Tía Chiqui mit verwirrter Miene.

„Nichts. Ein Insiderwitz, Tía." Madlyn schlug sich die Hand vors Gesicht und lachte leise. „Ich fass es nicht. *Qué pena!*"

„Und das hier ist für dich. Nur eine Kleinigkeit. Ich hoffe, dass ich dir bald viel mehr geben kann, Maddie." Er reichte ihr die kleine Schachtel, die er gestern verpackt hatte, nachdem er den Tag damit verbracht hatte, in ein paar Läden in San Francisco danach zu suchen.

„Danke, Con. Das ist wirklich nicht nötig gewesen… aber danke." Vorsichtig löste sie das silberne Papier und öffnete den Deckel des winzigen Koffers, den er gekauft hatte. Darin befand sich eine Auswahl der feinsten Massageöle, die er in einem Laden für Naturprodukte gefunden hatte. Zitronenöl, Mandelöl, Kokosnuss, Avocado, Lavendel, Ingwer und Rosenöl, alle liebevoll in ein Nest aus zerknittertem Seidenpapier gebettet. „Was ist das?", fragte sie mit einem strahlenden Lächeln.

„Ich dachte, dass du dich vielleicht bereit erklären könntest, mir als Übungsobjekt auszuhelfen, während ich die feine Kunst schwedischer Massage erlerne."

„Mmmm." Sie lehnte sich an ihn und ließ ihren Kopf an seiner Schulter ruhen. „Das wäre schön." Auf dem Boden des kleinen Koffers fand sie zwei gefaltete Karten und zog sie heraus. „Und das hier?"

„Das sind Gutscheine für einen Salsakurs. Zweimal pro Woche für zwei Monate bei *Salsa Lovers*. Ganz in der Nähe deiner Wohnung, Liebes." Er lächelte und genoss die Freude, die ihr ins Gesicht geschrieben stand, während ihre Familie so tat, als beobachteten sie sie nicht. Er hatte sich daran erinnert, dass sie ihm davon erzählt hatte, dass sie immer schon Salsatanzen hatte lernen wollen, doch dass Leo nie gewollt hatte.

Doch wie konnte man dieser wunderbaren Frau nicht alles geben wollen, was sie wollte? Nach all der Freude, die sie allen brachte? Eine wunderbare Mutter, Cousine, Freundin, Hochzeitsplanerin und Partnerin. Sie hatte alles verdient, und Conor würde tun, was auch immer nötig war, damit sie wusste, wie sehr er sie liebte.

„Danke, Conor. Das ist einfach wow. Du hast keine Ahnung, wie viel mir das bedeutet." Sie fiel ihm um den Hals und umarmte ihn eine ganze Weile. Dabei war es ihr vollkommen egal, dass eine Hälfte der Familie sie verstohlen beobachtete, während die andere Hälfte auf den Sofas einschlief. Er war sich ziemlich sicher, dass er wusste, wie viel dieses Geschenk Maddie bedeutete. Lange Zeit hatte auch er sich unbeachtet gefühlt.

Doch das war vorbei.

Als sie sich von ihm löste, griff sie in ihre Tasche neben dem Sofa und zog ihrerseits ein Geschenk hervor. Als sie es ihm reichte, lächelte er. Er hatte kein Geschenk erwartet, doch zu wissen, dass sie sich ebenfalls die Mühe gemacht hatte, ihm etwas zu besorgen... bedeutete auch *ihm* viel. Er wackelte die Augenbrauen in Jax' Richtung, riss das Papier auf und öffnete den Deckel des Kartons. Er schob das Seidenpapier beiseite und holte etwa heraus, das aussah wie zwei Rahmen, die aneinander befestigt waren. Hatte sie vielleicht Fotos von sich und Jax rahmen lassen?

Nein, als er die Rahmen auseinander klappte, war er sprachlos, als er das Foto seiner Eltern vom Abend vor Allerheiligen sah, das, auf dem sie als Andrew Sister und er als Frank Sinatra verkleidet waren. Sie hatte das Foto vergrößern und digital nachbearbeiten lassen. Im zweiten Rahmen war ein Schwarzweiß-Foto der Andrews Sisters mit einem Autogramm.

„Das... ähm... ist ein echtes Foto von allen dreien, unterschrieben hat es allerdings nur Patty. Ich dachte das war okay, da das die Schwester war, als die sich deine Mom verkleidet hatte. Und ich hoffe, dass es dir nichts ausmacht, dass ich mir das Foto aus deinem Haus *ausgeborgt* habe, um es vergrößern zu lassen. Das Original ist wieder in deiner Schublade."

Conor schüttelte den Kopf. „Wann hast du denn die Zeit gehabt, das zu machen?"

Sie zuckte mit den Schultern und fuhr mit dem Finger das Muster auf einem Sofakissen nach. „Ich – ich habe das Autogramm kurz nach Thanksgiving auf Ebay gefunden. Und das Foto habe ich an dem Wochenende mitgenommen, nachdem wir in der Pension in Forestville übernachtet haben." Sie blickte durch ihre Wimpern zu ihm auf. „Gefällt es dir?"

„Gefallen? Ich liebe es, Maddie." Vorsichtig legte er die Rahmen zurück in die Schachtel, stellte sie auf den Boden und umarmte sie. „Ich liebe dich", sagte er leise, kaum lauter als ein Flüstern. Doch weil es im Raum plötzlich seltsam still geworden war, schienen seine Worte widerzuhallen. Als Con schließlich seinen Kopf hob und sich umsah, bemerkte er, dass Madlyns Verwandte sie wohlwollend ansahen.

Plötzlich stand Mr. Figueroa auf, ging zu ihnen, küsste Madlyns Stirn und tätschelte Conors Wange. „*Tu papá hubiera estado orgulloso de tí.*"

Als er wieder ging, sah Con Madlyn an.

„Mein Vater ist nicht gerade freigiebig, was Komplimente angeht", sagte sie. „Er – er hat Leo nie Komplimente gemacht. Doch er hat gerade gesagt, dass dein Vater stolz auf dich wäre, Conor."

Sie drückte seine Hand, und Conor erwiderte die Geste. In diesem Augenblick hatte er das Gefühl, dass Mr. Figueroa die Wahrheit gesagt hatte. Dass sein Vater, trotz aller Differenzen, die sie in der Vergangenheit gehabt hatten, stolz auf ihn herabblickte.

Er dachte, dass diese Nacht gar nicht mehr besser werden konnte, doch als sich schließlich alle verabschiedeten, realisierte er, dass er sich getäuscht hatte. Das Gefühl, dass er nicht mehr nur eine Familie, sondern zwei hatte, überwältigte ihn. Selbst Tía Chiqui gab ihm einen dicken Kuss auf die Wange, und alle anderen Tanten redeten auf Spanisch auf ihn ein. Auch wenn er noch nichts davon verstand, ging er davon aus, dass es freundliche Worte waren, die in der Familie seines Vaters in gälischer Sprache gewesen wären.

Als sie das Haus verließen, winkte er zurück und inhalierte den neuen Tag, das neue Leben, die neue Frau und das Kind, die ihm geschenkt worden waren. „Frohe Weihnachten!"

Zwei Monate später

Februar in San Francisco war viel wärmer als Conor erwartet hatte. Warum er sich verschneite Hügel in der Bucht vorgestellt hatte, wusste er nicht, doch was er stattdessen erlebte, war eine tropfnasse Stadt. Er war in ein Apartment drei Türen weiter eingezogen, nachdem das schwule Paar, das dort gelebt hatte, sich zum Valentinstag getrennt hatte und der eine zurück nach Minneapolis gezogen war, während der andere wieder bei seinem Bruder untergekommen war. Kismet.

Dann, als ob seine Mutter selbst sein Schutzengel war, ein paar Strippen zog und ihm Dinge ermöglichte, jetzt wo sie vom Himmel aus eingreifen konnte, hatte eine Massageschule im Gebäude gegenüber von Madlyns Büro eröffnet. Direkt gegenüber von Deene & Nora, bot das Institut der Heilenden Künste an drei Tagen pro Woche Kurse an. Conor hatte sich für das volle Programm angemeldet und nahm Unterricht in Schwedischer Massage, Aromatherapie-Massage und Tiefengewebe-Massage. Die arme, überarbeitete Madlyn opferte sich als Versuchskaninchen für Conors Hausaufgaben, und selbst Jax saß still, damit Conor Anti-Stress Stirn- und Rückenmassagen für Kinder an ihm üben konnte.

So viel Spaß hatte Conor noch nie beim Lernen gehabt, und jeden Tag kehrte er in den Unterricht zurück, begierig, neue Techniken zu lernen, mit dem Ziel, der beste Masseur zu werden, der er sein konnte, und am Abend betrieb er Marktforschung, um in den Wettbewerb mit den erfolgreichsten Massagestudios treten zu können, die es bereits gab. Wenn er es schon tat, dann richtig. Keine Fehlversuche mehr. Er wollte, dass seine Mom und sein Dad im Himmel auf ihn herablächelten. Er wollte seine Brüder in Erstaunen versetzen, die seiner Meinung nach davon überzeugt waren, dass er es ums Verrecken nicht schaffen würde, bei der Stange zu bleiben.

Doch am allermeisten wollte er sich selbst stolz machen.

Und das hatte er Madlyn zu verdanken.

Ihr Ehrgeiz inspirierte ihn und trieb ihn dazu, Leistungen zu erbringen, und eines Tages, hoffte er, ihr mit einem finanziell erfolgreichen Geschäft danken zu können, damit sie nicht mehr so hart arbeiten musste.

Als er während der vierten Woche nach dem Unterricht nach Hause kam, dachte Conor darüber nach, wie sehr sich sein Leben in so kurzer Zeit verändert hatte. Mom und Dad waren gestorben, und er und seine Brüder hatten von der Vergangenheit ihrer Mutter erfahren, ihrem Leben in Forestville und Green Valley. Dann waren sie nach Amerika gekommen. Dann sein erstes Zuhause in den Staaten – das Haus am Meer in Timber Cove, das ihm rückblickend eher der Meditation gedient hatte, um herauszufinden, was er hier wirklich wollte. Er würde die Erinnerungen an den kleinen Ort am Meer immer in liebevoller Erinnerung halten, den Ort, der ihm seine Liebe gebracht hatte.

Wenn er jetzt durch den Flur ihres Apartmentgebäudes ging, wurde er an Madlyns Vergangenheit erinnert, da er Leo mehrmals pro Woche begegnete, wenn der Jax von Madlyns Wohnung abholte. Meistens schnitten Con und Jax Grimassen und lachten, während Leo sich in der Regel raushielt. Doch an diesem Tag war etwas anders. Er war sich nicht sicher warum, oder wer Leo am Morgen ein Bier in sein Müesli gekippt hatte, doch er blieb stehen und sah ihn an. „Hey", sagte er.

„Hey", antwortete Conor in ebenso männlichem Ton, da er bemerkte, dass der andere eine ernste Konversation versuchen wollte. Auch er blieb stehen. „Hey, kleiner Scherzkeks", sagte er zu Jax.

„Ich bin kein Scherzkeks. Du bist ein Scherzkeks", kicherte Jax.

„Wenn ich einer bin, dann bist du auch einer."

„Das geht überhaupt nicht", sagte Jax und gähnte.

Con lachte. „Okay, du hast gewonnen."

Leo neigte den Kopf und ließ seine Finger knacken. „Ich wollte nur sagen... ähm... Danke." Der große, normalerweise überaus selbstbewusste Mann spielte mit gesenktem Blick am Rand von Jax' Strickmütze herum. „Danke, dass du gut zu meinem Sohn bist. Ich schätze... ich meine, das müsstest du nicht. Du könntest ein Arsch sein, und naja... das bist du nicht. Darum danke."

Also.

Er hatte recht. Con hätte ein Arsch sein können. Und er war keiner.

Das reichte schon, um dankbar zu sein. Selbst wenn er mehr war als nur „kein Arsch"; dass er mit Jax spielte, ihm bei seinen Hausaufgaben half, ihn ins Bett brachte, ihm ein gutes Vorbild war, freundlich zu anderen, respektvoll gegenüber Jax' Mutter, ja sogar zu Leo, nicht fluchte und sich insgesamt wie ein vorbildlicher Bürger verhielt. Das alles. Doch es reichte schon, wenn er ihm dankbar dafür war, dass er „kein Arsch" war.

„Kein Problem, Mann" Conor schüttelte Leos Hand. „Seine Mutter ist wunderbar, und naja, er eben auch." Er zwinkerte Jax zu. „Da muss man einfach „kein Arsch" sein, weißt du?"

Leo kniff die Augen zusammen. „Jup." Seine Augen wanderten zu Conors Botentasche. „Junge, das Ding ist verdammt... feminin."

„Ich weiß. Cool, nicht wahr? Da passt alles rein." Conor lächelte und zerzauste Jax' Haare. „Schönen Abend, ihr zwei." Auf seinem Weg zu Madlyns Wohnung blieb er stehen und drehte sich um, um Jax und Leo zu beobachten, die in den Aufzug einstiegen. Er lächelte. Wirklich erstaunlich, wie sich seine Welt in nur zwei Monaten verändert hatte. Was vor nicht allzu langer Zeit unmöglich erschienen war, war jetzt vollkommen normal.

Conor dachte darüber nach, wie viel mehr sich in den nächsten zwei Monaten verändern würde, in den nächsten zwei Jahren oder in seinem ganzen Leben. Er erschauderte.

Madlyn öffnete die Tür in Yogahosen, einem sexy Lächeln und einer langen Umarmung. Das war noch etwas, das sich verändert hatte. Natürlich flippte sie ab und an immer noch aus und kommandierte ihn gerne herum. Das lag ihr einfach im Blut. Sie war nicht glücklich, wenn sie nicht jemanden herumscheuchen konnte, doch zumindest konnte sie jetzt unterscheiden, wann es um Leben und Tod ging und wann nicht. Und weil sie für heute Abend geplant hatten, bei einer Flasche Wein Netflix zu schauen und ein paar letzte Sachen für die Banksy-Panú Hochzeit morgen fertig zu machen, und Conor den Unterschied zwischen Streichel- und

Knetmassage an ihr üben wollte, war Madlyn bester Stimmung.

„Woo! Mein Masseur ist da!" Sie biss sich auf die Unterlippe und schwenkte ihr Glas Merlot unter ihrer Nase.

„Ah, ich weiß nicht. Hab den ganzen Tag geübt, darum bin ich jetzt ein bisschen müde", sagte er und wartete darauf, dass sie eine Flunsch zog, damit er lachen und ihr einen Klaps auf den Po geben konnte.

„Ich hab's gewusst. Des Schusters Kinder haben die schlechtesten Schuh! Ich weiß jetzt schon, dass ich nie eine Massage bekommen werde, wenn du erst richtig damit anfängst." Sie führte ihn ins Wohnzimmer, wo sie den Fernseher von der Wand weggerückt hatte, um an den Kabeln herumzufummeln. „Plötzlich war die WLAN-Verbindung futsch. Ich weiß nicht, was passiert ist." Sie seufzte frustriert. „Aber wenn ich sie nicht wieder hinbekomme, muss ich den Netzanbieter anrufen, und das war's dann mit Downtown Abbey für uns heute Abend."

„Verdammt", sagte Conor sarkastisch. „Das ist ja schrecklich."

„Hey, wenn ich Downtown Abbey schauen kann, dann lächle ich. Und wenn ich lächle, lächelst *du* auch. Verstanden?" Sie schmunzelte.

„Ja, ja. Ich verstehe. Mach Platz, Weib. Jesus, Maria und Josef!"

Sie kicherte, als er sich ans Werk machte, um herauszufinden, was mit den Kabeln nicht stimmte. Technik war nie sein Ding gewesen, doch das musste sie nicht wissen. Er setzte seine männlichste „ich-mach-das-schon"-Miene auf und zog das Kabel der Routers heraus, um es nach dreißig Sekunden wieder einzustöpseln, in der Hoffnung, dass das reichen würde, um das Problem zu lösen. Wenn er eines über das Leben mit einer festen Freundin gelernt hatte, dann, dass sie sich versorgt fühlen wollte. Sie wollte eine Schulter zum Anlehnen. Er hatte sich vielleicht ein paar Monate verloren gefühlt – nein, wenn er ehrlich war sogar drei oder mehr Jahre, doch jetzt hatte er das Gefühl, eine klare Richtung zu haben, und Madlyn war sein Kompass.

„Geht's wieder?", fragte er und spähte um die Ecke.

„Ja, fährt gerade wieder hoch!" Sie hüpfte fröhlich und verschüttete ein paar Tropfen Wein auf ihr Shirt. „Oh, Scheiße."

„Siehst du, was du gemacht hast?" Er schob den Fernsehschrank wieder an die Wand. „Du bist so aufgeregt, dass du dich nass gemacht hast."

„Soll ich das etwa nicht?"

„Naja schon, doch das mit deinem Shirt sollte ich machen."

„Mr. O'Neill!" Ihre gespielte Empörung fand er unglaublich niedlich. „Hey, bevor wir die Folge anschauen, kannst du mir dabei helfen, die Tischdeko einzupacken?" Sie griff nach einem Haufen auf dem Boden und hob mit der einen Hand einen Zylinder auf und mit der anderen einen Brautschleier.

„Das ist Tischdeko?" Er nahm ihr den Zylinder ab, setzte ihn ein wenig schief auf und warf ihr einen lodernden Blick zu. „Wie sehe ich aus, Darling?"

„Umwerfend", sagte sie und legte den Schleier über ihre Haare. Bei diesem Anblick stockte ihm für einen Augenblick der Atem. Sie sah so hübsch aus, und ganz kurz stellte er sie sich nur mit dem Schleier bekleidet vor, eine Vision blasser Haut mit dunklen Locken, die sich über ihre Schultern ergossen, dunklen Haaren und einem Strahlen im Gesicht.

„Schön", sagte er. Und er meinte es so. Sie war das atemberaubendste Wesen, das er je gesehen hatte, doch er fürchtete, dass sie ihn nicht ernst nahm, wenn er ihr Komplimente machte.

„Danke, Con. Bist du okay? Du siehst auf einmal traurig aus."

„Mir geht's bestens, Liebes. Absolut bestens. Wenn wir beiden jemals sowas tragen sollten", sagte er und nahm den Hut ab. Er konnte das Wort *heiraten* noch nicht aussprechen. Nicht, weil er Angst davor gehabt hätte. Schließlich waren seine Eltern dreißig wunderbare Jahre verheiratet gewesen, bevor das Schicksal zugeschlagen hatte, sondern weil Madlyn es schon einmal durchgemacht hatte und er sie nicht dazu drängen wollte, schon zu bald wieder darüber nachzudenken. „Hättest du gerne eine große Feier? Oder lieber auf den Pomp verzichten und gleich auf Hochzeitsreise gehen?"

„Hm", sagte sie, nahm den Schleier ab und wickelte ihn wie einen Sarong um sich. Jetzt stellte er sie sich in einem Bikini irgendwo an einem tropischen Strand vor. „Ich hatte das schon, doch wenn du willst, könnten wir groß feiern. Doch wie wäre es mit ruhig und klein?"

Er nahm sie in die Arme. „Am Meer?"

„Perfekt."

Sie küssten sich, zärtlich zuerst, dann leidenschaftlich, und der Weingeschmack auf ihren Lippen und ihrer Zunge hätte ihn beinahe selbst beschwipst gemacht. Er setzte den Schleier wieder auf ihren Kopf und den Zylinder auf seinen, dann hob er sie schwungvoll auf und trug sie den Flur entlang. „Wir müssen nicht wirklich Downtown Abbey anschauen oder?"

„Das wird in einer Stunde immer noch auf Netflix sein."

„Eine Stunde? Du schmeichelst mir, meine Liebe. Okay, gut. Ich muss nämlich meine Reibungstechnik üben."

„Das klingt furchteinflößend."

„Furchteinflößend gut", sagte er, betrat das Schlafzimmer und legte sie auf ihr Bett. „So nennt man es, wenn man die Hitze der Hände benutzt, die man aneinander gerieben hat, um die Muskeln zu entspannen."

„Ja, bitte", kicherte sie, drehte sich auf den Rücken und streckte in einer sinnlichen Bewegung ihre Arme aus. Das liebte er an Madlyn, wenn sie losließ und ihn tun ließ, was immer er wollte. Es war absolut sexy, zu sehen, wie sie die Kontrolle abgab.

„Bin gleich zurück", sagte er und verschwand im Bad, wo er sich auszog und lediglich den Zylinder wieder aufsetzte. Er betrachtete sich im Spiegel. „Ja, du siehst gut aus, O'Neill. Verdammt gut", sagte er mit einem anzüglichen Grinsen zu sich selbst, bevor er wieder ins Schlafzimmer ging, wo Madlyn mit geschlossenen Augen dalag. „Hallo, Miss Sanchez. Mein Name ist Conor, und ich bin heute Abend ihr Masseur. Darf ich ihr Interesse auf unser Vanille- oder Mandelöl lenken?"

Das perlende Lachen war Musik für sein Herz, auch wenn sie sich über ihn lustig machte. „Oh mein Gott! Warte. Das muss ich fotografieren!"

„Oh nein." Er hechtete zu ihr und wand ihr das Handy aus der Hand. Sie rangen einen Moment, und sie kreischte und gab sich geschlagen. Er warf das Handy auf den Boden und drückte ihre Handgelenke aufs Bett. „Jetzt bist du dran."

Er schob ihr Shirt hoch über ihre Brüste, vergrub seinen Kopf in ihrem Dekolleté und inhalierte den wunderbaren natürlichen Duft ihrer Haut.

Nachdem er ihr das Shirt ausgezogen hatte und sich an ihre Hose machte, wiederholte er seine Frage. „Vanille oder Mandel?"

„Zitrone", sagte sie.

„Ah, ich hatte vergessen, du bist meine schwierige Kundin. Ich will sehen, ob ich den Wunsch meiner Frau erfüllen kann." Als er ihr die Yogahose ausgezogen hatte, zog er ihr langsam auch das Höschen aus und stopfte es sich, begleitet von ihrem Kichern – in den Mund, bevor er den Schleier um ihre Hüften wickelte.

„Ich glaube nicht, dass es der Braut gefallen würde, wenn sie wüsste, dass wir ihre Tischdeko beim Sex benutzt haben", lachte sie, und ihre Brüste wippten, während sie sich den Bauch hielt.

„Was in Madlyns Apartment geschieht, bleibt in Madlyns Apartment."

Madlyn machte eine Geste vor ihren Lippen und warf den imaginären Schlüssel weg. Con ging zu dem kleinen Lederkoffer mit den Ölen und holte die Flasche mit dem Zitronen-Massageöl hervor, die er ihr zu Weihnachten geschenkt hatte. Er war froh, dass Madlyn sich diesen Duft gewünscht hatte. Er war perfekt, um einen tristen verregneten Abend zu verschönern. Und andere Dinge. „Zitronenöl aus dem besten Weihnachtsgeschenk, das eine Frau je bekommen hat." Er zwinkerte und zeigte ihr die Flasche.

Sie sah ihn mit unglaublich sexy braunen Augen an. „*Du* bist das beste Weihnachtsgeschenk, das eine Frau je bekommen hat."

In diesem Moment schmolz sein Herz. Er beugte sich zu ihr hinunter und küsste sie sanft. „Danke, Liebes. Und du bist auch das beste Geschenk, das ich je bekommen habe. Doch jetzt… dreh dich um."

„Was ist das Zauberwort?", fragte sie.

„Zeig mir deinen Arsch?"

„Das ist es sicher nicht."

Er seufzte. Nichts bereitete ihm mehr Vergnügen, sich den Wünschen seiner Frau zu fügen. Er verbeugte sich. „Ich werde für immer in Eurer Schuld stehen, Mylady, wenn Ihr die Güte hättet, Euren feinen Körper umzudrehen und mir Euren köstlichen Pfirsichpo zu zeigen. *Sofort.*" Er biss sich auf die Unterlippe.

Madlyn keuchte, die Hand auf der Brust. „Du und dein verdammtes Grinsen, Conor O'Neill!"

„Das ist irisches Geburtsrecht, meine kleine Furie, und jetzt dreh dich verdammt nochmal um. Bitte." Er wedelte mit der Flasche mit dem Zitronenöl.

„Oh... wenn's sein muss." Sie drehte sich um und wackelte mit ihrem Po, bevor sie sich wieder hinlegte und setzte damit seine ohnehin schon aufgeheizte Männlichkeit in Brand. Heiliger Gott im Himmel. Was er in einem Weilchen mit diesem Arsch alles anfangen würde... vor allem, wenn sie weiter so mit ihm wackelte.

„Wenn du so weiter machst, gibt's keine Massage, Mädel", sagte er und rieb seine Hände aneinander, um sie aufzuwärmen, bevor er sie über ihre wunderschönen runden Kurven gleiten ließ. Sofort seufzte sie und entspannte sich.

„Mmm, okay. Ich will brav sein."

„Ich habe dich nicht gebeten, brav zu sein. Ich weiß, dass du eine kleine Furie bist, und du weißt besser als jeder andere, dass ein Tiger nicht aus seiner Haut kann."

„Nie was?", erwiderte sie. „Dann kann ich also erwarten, dass du immer ein Träumer sein wirst, ungebunden und flatterhaft, hm?" Sie stellte ihn auf die Probe, und er wusste es zu gut, um sich provozieren zu lassen. Sie wollte nur seine Reaktion hören, um zu sehen, was ihm ihre Herausforderung bedeutete.

„Du kannst erwarten..." Er goss Öl in seine Hände, dann legte er seine warmen Hände auf ihren Rücken. „dass ich immer kreativ sein und mir Neues einfallen lassen werde, um dein Interesse nicht einschlafen zu lassen. Ich lasse nicht zu, dass dir langweilig wird." Er verteilte das Öl über ihren Rücken, ihren Po und zwischen ihre Pobacken. Dann legte er sich auf sie und glitt langsam an ihr empor, schob ihre Haare beiseite und biss ihr sanft in den Hals. „Und es bedeutet auch, dass du nie weißt, was dich erwartet."

Sie wand sich unter seinem geölten Körper.

Er rutschte zwischen ihre Beine, während sie stöhnte und ihm ihren wunderbaren Po entgegenreckte. Genau, was er wollte. „Weil ich genau *das* am liebsten höre und ich alles tun werde, was nötig ist, um meine Frau zu verwöhnen, damit ich es weiter hören kann." Dann schob er seine Hände unter ihre Hüften und stieß tief in sie hinein.

KAPITEL
DREIUNDZWANZIG

Weil es Spätfrühling war, weil die Seelöwen spätestens im Juni verschwinden würden, und weil Madlyn es leid war, Dinge aufzuschieben, die sie mit ihrem Sohn tun wollte, fuhren sie, der jetzt fünfjährige Jax und Con, zum K-Dock von Pier 39, um die Seelöwen in all ihrer Pracht zu sehen. Es war ein wunderschöner sonniger Tag von der Sorte, an dem man dankbar war; an dem sie begriff, dass es tatsächlich so etwas wie eine zweite Chance gab, und dass es für jede Frau den richtigen Mann gab

Manchmal musste man nur auf ihn warten.

Es gab keine Garantie im Leben, dass er auftauchte, wenn man wollte, früh im Leben, vor der ersten Hochzeit oder vielleicht sogar vor dem ersten Kind, so wie es die gesellschaftlichen Normen implizierten. Vielleicht begegnet man ihm auch erst, wenn man alt und grau ist, dachte Madlyn und beobachtete Conor, der die Seelöwen beobachtete und Jax erklärte, was sie aßen, wie sie schliefen und wie sie spielten. Gott sei Dank waren sie noch jung. Auch wenn es mit Leo nicht geklappt hatte, hatten sie und Conor immer noch ihr ganzes Leben vor sich. Sie konnten es gemeinsam genießen. Gemeinsam alt werden. Das war auch der Plan gewesen, den sie mit Leo gehabt hatte. Doch jetzt konnte sie noch einmal von vorn anfangen.

Schau dir die beiden nur an... Sie lächelte in den Wind.

Die beiden Jungs hatten ihre gemeinsame Liebe zur Natur und Wissenschaft entdeckt, zur Erde und zum Weltraum und zur universellen Harmonie. Beim Stichwort Weltraum konnte Madlyn nur ihrem Glücksstern danken, dass er Conor im November an diesen Strand geschickt hatte, direkt in ihren Weg, an den perfekten Ort, hinter den Felsen, um ihr auf die Nerven zu gehen und die Fotos ihrer Klienten zu ruinieren. Sonst wäre sie heute nicht hier.

Sie machte ein paar Dutzend Fotos von Jax und Con mit den Seelöwen und auch ein paar Selfies – Familienselfies – wenn sie sie so nennen durfte. Es war eine sichere Wette. Jax liebte Con, betete ihn geradezu an. Es stand ihm ins Gesicht geschrieben, mehr noch als der Schmutz und die Obstflecken. Und es gab *nichts* auf der Welt, was schlimmer war als Obstflecken, doch Conor bestand darauf, den kleinen Jungen auch ab und an mal verschmiert herumlaufen zu lassen, weil „es ihn schon nicht umbringt." Wenn Jax ein Eis wollte, so wie jetzt, hob Conor ihn auf seine Schultern und besorgte ihm eines.

Natürlich nie, ohne Madlyn zu fragen, die jedoch immer zustimmte. Denn warum auch nicht? Warum es verbieten? Würde es Jax und Con glücklicher machen, wenn sie kein Eis hätten? Würde es sie gesünder machen, wenn sie auf ihre wöchentliche Dosis Zucker verzichteten?

So ein Quatsch.

Ja, Cons entspannte Haltung hatte auf sie abgefärbt, doch war das nicht eine gute Sache?

Sie fühlte sich entspannter. Vielleicht waren es die Massagen. Oder der Sex. Oder das Lächeln danach. Oder alles zusammen.

Wenn Jax wollte, dass Con ihn hoch in die Luft schwang, tat er das, bis ihm beinahe das Mittagessen wieder hochkam. Ob sich dabei Madlyns Herz vor mütterlicher Sorge zusammenzog? Natürlich tat es das. Doch was war die Alternative? Dass sie und Jax allein waren, dass ihr Baby nicht lachte oder kicherte, wie er es tat, wann immer er Zeit mit Conor verbrachte. Sie hätte das für nichts auf Erden aufgegeben. Ja, er tat viel davon, um sie zufriedenzustellen, doch das störte sie nicht. Überhaupt nicht. Er tat es auch, weil er einfach so war – Con war ein Freigeist, genau wie Jax.

Sie waren perfekt füreinander.

Und Madlyn beneidete ihre Beziehung.

Doch sie brachte ihr die Freude, die sie so dringend brauchte, um die Vergangenheit zu hinterlassen. Nein, sie waren nicht die perfekte Familie, und manchmal war Jax bei Leo, doch an diesen Tagen erholten sie sich und wurden stärker. Während andere Paare nie eine Chance bekamen, allein zu sein, genossen sie die Nächte ohne Jax und gingen zusammen auf Dates, denn starke Paare können besser mit ihren Kindern umgehen.

Ob sie irgendwann ein gemeinsames Kind haben würden?

Wer wusste das schon.

Dazu war es noch zu früh, doch Madlyn war nicht unbehaglich zumute, wenn sie daran dachte, wobei sie vor gar nicht allzu langer Zeit solche Gedanken gar nicht zugelassen hätte. Sechs Monate hatten viele Veränderungen mit sich gebracht, und sie war aufgeregt und begierig zu sehen, was weitere sechs Monate bringen würden. Sie hatte immer ein Geschwisterchen für Jax gewollt.

Während dem Mittagessen in ihrem liebsten Burger-Restaurant, wollte Jax zwischen seiner Mutter und Conor sitzen. Mit Con spielte er Tic-Tac-Toe auf dem Tischset, und mit seiner Mutter malte er das Bild einer überdimensionalen Chilischote aus, die einen Burger aß.

„Mommy, Con sagt, dass er mir nächstes Jahr die Dinosaurier-Knochen in New York zeigt", sagte Jax, der das Brötchen blau ausmalte, da es keine braunen Stifte gab.

Madlyn zog eine Braue hoch und sah Con an. „Hat er das?"

„Mh-hm, er sagt, dass die Dinosaurier-Skelette sooooo groß sind, und dass man an ihnen schaukeln kann und im Maul des Brontosaurierskeletts landet." Jax kicherte. „Pow! Das hat er gesagt."

Conor zog den Nacken ein und fing an, mit dem grünen Stift zu malen. „Das ist nur das, was ich gehört habe, Jax. Ich bin noch nicht selbst dort gewesen, doch ich fürchte fast, dass man heutzutage nicht mehr an den Knochen schaukeln darf. Du weißt schon, Verletzungsgefahr und so… Vielleicht darfst du nur den Schwanz runterrutschen und die lebenden Dinos mit Mineralen aus der geologischen Sammlung bewerfen. Keine Ahnung."

Jax lachte. „Ja, aber nicht mit den Diamanten. Die sind zu selten. Smaragde und Amethyste sind aber okay."

„Mmm, ja. Amethyste", sagte Con und malte einen Amethysten auf den Burger. „Aber wir müssen Mom fragen, ob es okay ist, denn du weißt ja, sie macht die Regeln, wir befolgen sie nur. Sie ist schließlich die Königin. Die Königin unserer Herzen. Was sagst du Königin Mom, dürfen wir nächstes Jahr nach New York, damit wir die Dinosaurier mit Amethysten bewerfen können?"

Madlyn lächelte, während sie die Chilischote leuchtend orange ausmalte. „Ich schätze, das ist okay. Jax ist noch nie außerhalb von Kalifornien gewesen, und zu dritt zu verreisen klingt nach Spaß." Ihr Magen kribbelte mehr, als sie gedacht hätte. Dachte er wirklich so weit in die Zukunft? Er sprach tatsächlich mit Jax über eine Reise, die er nächstes Jahr mit ihm unternehmen wollte.

Er hatte wirklich vor, bei ihr zu bleiben, nicht wahr?

Sie legte den Stift hin, und starrte ihn eine Weile an. Er bemerkte es nicht. Er bemerkte es nicht, denn er unterhielt sich mit Jax, malte mit ihm und lachte mit ihm. Er erzählte die irrwitzigsten Dinge über das Naturhistorische Museum in New York, und dass sie es mit Diamantengranaten und Fritten-Maschinengewehren dem Erdboden gleich machen wollten. Jax konnte kaum abwarten, seine Ketchup-Strahlenkanone zu verwenden.

In der Zwischenzeit versuchte Madlyn nicht zu weinen.

Er hatte es wirklich getan.

Er hatte sein Leben verändert, um *bei ihr* zu sein. Um *mit ihr* zusammen zu sein. Er hatte den Surfladen aufgegeben und war nach San Francisco gezogen. Er hatte eine neue Karriere begonnen. Er hatte die Richtung gefunden, die er so verzweifelt gesucht hatte. Er war zu einem Familienmenschen geworden, auch wenn er kurz zuvor noch ein rastloser Single gewesen war. Taten Männer das für Frauen, die sie wirklich liebten? Bedeutete das, dass Leo sie nie wirklich geliebt hatte? Der Gedanke stimmte sie traurig, doch er machte Sinn, und sie sah klarer als je zuvor, wie wahre Liebe sein sollte.

Es gab ihr Frieden.

Nachdem sie aufgegessen hatten, zahlte Conor und stand langsam auf. Er küsste Jax auf den Kopf und Madlyn auf die Lippen – etwas, das er erst vor kurzem in Jax' Anwesenheit zu tun begonnen hatte. „Ich muss los, Liebes", sagte er und streichelte ihr Kinn.

Der *Relaxation Cove*, sein neuer Massagesalon, hatte erst vor drei Wochen eröffnet, und er war wild entschlossen, ihn zu einem Erfolg zu machen. Er hatte ihn nach Timber Cove benannt, seinem ersten Zuhause, nachdem er von Dublin weggezogen war, und bereits ein paar Leute eingestellt, die er eher wie ein Unternehmer managte – etwas, das er von seinem Bruder Quinn gelernt hatte.

Es lief schon ziemlich gut, weswegen er sich erlauben konnte, ab und zu einen Nachmittag freizunehmen.

„Warum küsst du Mommy auf den Mund?", fragte Jax und verzog das Gesicht. „Das ist eklig."

„Ich küsse sie, weil ich sie liebe, und weil sie wunderbar ist." Er lächelte und tippte auf Madlyns Nasenspitze. „Und weil sie schöner ist als eine Prinzessin."

„Weil sie die Königin ist", korrigierte Jax.

„Du hast Recht." Conor deutete auf Jax. „Ich wollte dich nur testen. Bis später, meine kleine Furie. Und bis später, kleiner Scherzkeks." Dann verließ er das Restaurant und ließ Madlyn und Jax allein zurück. Madlyn hatte den Eindruck, dass mit Conor ein Wirbelwind aus Liebe und Leidenschaft das Gebäude verlassen hatte.

„Mommy", sagte Jax. „Ich mag Con nicht."

Madlyn starrte ihn erschrocken an. „Was? Warum?"

„Ich liebe ihn." Jax lächelte und schaukelte unter dem Tisch mit seinen Beinen. „Ha ha, jetzt hab ich dich aber erschreckt."

„Jesus, Maria und Josef!" Madlyn presste sich die Hand aufs Herz. „Hast du mir gerade Angst gemacht."

Einen Augenblick lang kehrten ihre alten Ängste zurück. Dass Con zu unstet war, dass Jax ihn durchschauen und ihn nicht akzeptieren würde. Und vielleicht *war* Conor unstet. Vielleicht würde er verschiedene Geschäftsideen ausprobieren, bis er die fand, die zu ihm passte. Wenn das geschah, würde sie zu ihm stehen. Er war ein kreativer Mensch. Doch im Augenblick würde sie ihn unterstützen, während er seinen Kundenstamm aufbaute und bis sich seine Investition auszuzahlen begann. Bis jetzt lief alles gut, und sie war stolz auf das, was er erreicht hatte.

Sie wusste, dass er Angst davor hatte, jemanden zu enttäuschen, doch bisher war der Punktestand 100 für Conor und 0 für Enttäuschung. Vielleicht hatte sie ihn inspiriert, hart zu arbeiten, so wie er es ihr einmal gesagt hatte. Vielleicht war es der Tod seiner Mutter, der ihn aufgeweckt hatte. Vielleicht auch der Umzug nach Amerika. Oder vielleicht war der 26. Geburtstag ein Weckruf gewesen. Wer konnte das schon wissen? Doch Conor hatte seinen Rhythmus gefunden, seine Heimat am Meer in einer Stadt an einer großen Bucht.

Er hatte gefunden, wo er hingehörte – zu Madlyn und zu Jax, nicht weit von deren Ex entfernt, denn als Conor bei ihr eingezogen war, waren Leo und seine Freundin Amber in Conors alte Wohnung gezogen. Es lief perfekt auf eine Art und Weise, mit der niemand gerechnet hatte. *Doch das ist das Leben. Man weiß nie, was man bekommt,* dachte Madlyn, nahm Jax bei der Hand und ging hinaus in die warme Sonne am Pier. *That's the way love goes.*

BÜCHER VON VIRNA DEPAUL

KISS TALENTAGENTUR

Band 1: Küss mich für immer (Bastian)
Band 2: Halt den Mund und küss mich (Simon)
Band 3: Küss mich, du sexy Typ (Caleb)

LIEBE AM SPIELFELDRAND

Band 1: Gelbe Karte für die Liebe (Heath)
Band 2: Blaues Blut und tiefe Pässe (Kyle)
Band 3: Ganz tief drin (Alec)

HART WIE STAHL-REIHE

Band 1: Harte Zeiten für Schwere Jungs
Band 2: Harte Fälle für Toughe Anwälte
Band 3: Harte Entscheidungen, Sanfte Liebe
Band 4: Harte Jungs - Zwischen Hammer und Amboss
Band 5: Harte Schale, Weicher Kern

DIE SERIE, ROCK'N'ROLL CANDY

Die Rock'n'Roll Candy Serie handelt von einer Gruppe von Freunden, Schauspieler Bad-Boys und sexy Rock Stars Anfang 20, die jeweils der Frau ihrer Träume begegnen.

Band 1: Sexy wie Rock'n'Roll
Band 2: Stark wie Rock'n'Roll
Band 3: Crazy wie Rock'n'Roll
Band 4: Süß wie Rock'n'Roll
Band 5: Wild wie Rock'n'Roll

ÜBER DIE AUTORIN

Virna DePaul ist eine *New York Times* Bestsellerautorin und steht auch auf der Bestselling-Liste von *USA Today* für erregende, spannungsvolle Erzählliteratur. Ob es um Vampire, eine Spezialeinheit für paranormale Phänomene, heiße Polizisten oder umwerfende identische Zwillingsbrüder geht, ihre fiktiven Geschichten handeln immer von komplexen Individuen, die gewillt sind, auch die unglaublichsten Schwierigkeiten zu überwinden, um der Liebe den Weg zu bahnen.

Um weitere Informationen zu erhalten und den kostenlosen Newsletter zu abonnieren, besuchen Sie mich bitte auf: www.virnadepaul.com

Website: www.virnadepaul.com
Facebook: www.facebook.com/booksthatrock
Twitter: twitter.com/virnadepaul